Museo de la Novela de la Eterna
Primera Novela Buena

永恒之人的小说博物馆

第一部好小说

［阿根廷］马塞多尼奥·费尔南德斯 著

张梦 译

图书在版编目（CIP）数据

永恒之人的小说博物馆：第一部好小说 /（阿根廷）马塞多尼奥·费尔南德斯著；张梦译. -- 北京：北京联合出版公司，2024.11
　　ISBN 978-7-5596-7511-8

Ⅰ.①永… Ⅱ.①马… ②张… Ⅲ.①长篇小说—阿根廷—现代 Ⅳ.①I783.45

中国国家版本馆CIP数据核字（2024）第062938号

Copyright © 2024 by Beijing United Publishing Co., Ltd.
All rights reserved.
本作品版权由北京联合出版有限责任公司所有

永恒之人的小说博物馆：第一部好小说

[阿根廷] 马塞多尼奥·费尔南德斯　著
张梦　译

出 品 人：赵红仕
出版监制：刘　凯　赵鑫玮
选题策划：联合低音
特约编辑：赵璧君
责任编辑：李建波
封面设计：今亮後聲 HOPESOUND 2580590616@qq.com
内文制作：聯合書莊

关注联合低音

北京联合出版公司出版
（北京市西城区德外大街83号楼9层　100088）
北京联合天畅文化传播公司发行
北京美图印务有限公司印刷　新华书店经销
字数210千字　710毫米×1000毫米　1/16　17.5印张
2024年11月第1版　2024年11月第1次印刷
ISBN 978-7-5596-7511-8
定价：58.00元

版权所有，侵权必究
未经书面许可，不得以任何方式转载、复制、翻印本书部分或全部内容。
本书若有质量问题，请与本公司图书销售中心联系调换。电话：（010）64258472-800

目　录

致我的女主角：永恒小姐　　　　　　　　　　　/ 1

序　言　　　　　　　　　　　　　　　　　　　/ 001

前面那些，是序言吗？现在这个，是小说吗？　　/ 113

醒一醒，小说时间开始了。动起来！　　　　　　/ 115

试图愈合一道意识上的伤口　　　　　　　　　　/ 257

分阶段的小说　　　　　　　　　　　　　　　　/ 263

给想写这部小说的人　　　　　　　　　　　　　/ 269

"永恒小姐"[1]和伤心女孩[2]的小说博物馆"甜人儿"[3]默默无闻的爱人[4]

1　永恒小姐：原文为 Eterna，意为"永恒之人"。——译者注
2　伤心女孩：原文为 Niña de Dolor，是小说中的一个人物。——译者注
3　甜人儿：原文为 Dulce-Persona，是小说中的一个人物。——译者注
4　爱人：此处对应的原文是 De-un-amor，下文中均写作 Deunamor，是小说中的一个人物。——译者注

以学理论性之死为终结：这是在艺术和生活中，对缺席的一次充满智慧的使用——主动的缺席等同于甜蜜的死亡。

　　这也是一场操纵人物的预演：以对广大读者展示尊重和提供保证，而这是他们首次获得这样的待遇。

致我的女主角：永恒小姐

　　我在永恒小姐身上看到了最强烈的慈悲心，她在自我牺牲和援助他人的行为中，未曾暴露出任何陋习、困惑或愚蠢：一个人穷尽其所储存的记忆、所阅读过的书籍或所发表过的言论，都不足以理解她的慈悲行为之坚毅果决、毫不迟疑、毫无保留。永恒小姐毫无保留、毫不迟疑地为他人提供帮助，给予他人以鼓励和抚慰，其无私的姿态展现出一个最优雅、最机敏的灵魂。

瞬间
我找到高雅的机敏

　　它在永恒小姐身上；谁也不曾看见。
　　她的光芒，谁也看不见，无处可见。

　　在"现实"与"我"的概念——或主要是"我"的概念中——

"人"（无论"世界"是否存在）只在利他主义的慈悲（以及满足）中，才能自我实现和获得完满。这种慈悲拒绝被同化，维持着自身的多样性。非直觉的慈悲行为，维持着对多样性的明澈洞察，不混淆"他者"和"自己"，这便是"存在"的目的，"世界"的目的，也是唯一符合伦理的：为另一个而存在，同时因另一个而存在。

致"最高个体"

拥有控制时间、逃脱死亡、改变过去的力量。

若本性聪慧，就足以具备杀戮的力量，只需凭借：

拒绝

遗忘

幽默

斥责

然而，因其无法磨灭、无法挣脱的过去，"最高个体"也将永远痛苦。

序言

PRÓLOGOS

生与死

我们宣布,最后一部差小说和第一部好小说于今天出版[1]。哪一本更好?为了避免读者有先入为主的想法——过早选择一部而舍弃另一部——我们安排这两部书捆绑在一起销售。读者买了原本无意购买的一部却无法退货,但与此同时,这一部跟另一部也无法脱离关联;想到这一点,虽然我们不能强行指定两本都是必读书,但至少可以感到一丝宽慰:不管读者想读的是哪一部——是最后一部差小说还是第一部好小说——这两者的"合体书"都将是一部必读书。我们无论如何都不能接受的荒唐情况是,读者将两部小说视作是同样好的,并由此来祝贺我们贡献出了如此完整的"宝藏"。

---

[1] 这句话已经出现在《新来者文件和虚无的继续》(1944年)中。正如《阿德里亚娜·布宜诺斯艾利斯》之"警告"篇中所说,随着本书的出版,原定计划恢复执行,因为虽然两本书没有绑在一起出售,但它们的确是几乎同时问世的。——原书编者注

"差小说"值得拥有致辞，我会写一篇的。这样，就不会有人说我不懂得如何把事情搞砸；或是说，受才华所限，我无法创作出两种小说类型中的一种，即差小说这个类型。我现在就要展示我具备足够的才华。的确，我曾一度陷入将已完成的《阿德里亚娜·布宜诺斯艾利斯》的"差"跟尚未问世的《永恒之人的小说博物馆》的"好"混为一谈的风险，因此这需要来自读者的帮助，以便将两者区分开来。你们知道，这两部书我每天各写一页，当风把手稿吹乱的时候，我时常陷入困惑，因为无法辨别某一页属于哪一部。我无能为力，因为它们的页码是一样的，观点的水准、所用的纸张和墨水都是一样的。因为我致力于在这两部书中展现同样的智慧，以避免这对双胞胎之间发生争执。当我不知道某一页精彩的手稿是属于最后一部差小说还是第一部好小说时，我是多么痛苦啊！

请读者记住我的焦虑，并对我即将写完的这部坏小说给予信任，它也是其所属文类中的第一部，将把《阿德里亚娜·布宜诺斯艾利斯》中最突出的缺点，和《永恒之人的小说博物馆》中最优秀的优点结合在一起。在这部书里，我将积累经验，尝试证实一些好其实为坏——反之亦然，因为我需要这些经验来为一些作品的章节收尾……

一篇致永恒小姐的序言

一切都已写过，一切都已说过，一切都已做过。上帝创造世界之前，在混沌虚无之中，他听到这个声音。这句话早已有人对我说过，他告诉我，从那古老的、碎裂的虚无中，一切开始了。

一位罗马尼亚女士曾给我唱过一首乡村歌曲，她的唱词在过去四百年间不同作家的不同作品中，我读到过不下十次。无疑，事情尚未开始；或者说，它们虽然被创造了出来，却始终未曾开始。又或者说，世界被创造出来那一刻，就已经老了。

视　角

没有什么比粗制滥造更糟糕的了，除非它看起来庄严、简约而完美。这部书就是一个杰出的粗制滥造之物，也就是说，它最大程度地冒犯了读者，展示了对读者的不敬。还有另一种冒犯更严重，也更常见，即写一部空洞又完美的书。

在这部散文体小说中，修改所留下的补丁绵延不绝地在地上拖曳着，在缝合织补诸多片段的过程中，我已经尽我所能，避免缝补的痕迹暴露在外。谁也不会发现——我可以自豪地如此宣称——因为这部书着实花费了我不少心力。我也相信，一切艺术都是劳动，是十分艰辛的劳动。

我知道，一份只属于我个人的，且具有针对性质的永恒现象正等待着我：一代又一代的读者走过书店橱窗，但没有一个人会买下这部书。

这部书注定会被一次又一次使劲扔到地上，再被一次又一次热切地捡起来。试问还有哪位作家能享有这份殊荣？

书中故事的不连贯处，被横向缝补起来，这些横切面所展示的是在每一个瞬间，小说中每一个人物都在做什么。

这将是一次令人恼火的阅读：作者对有头无尾、自相矛盾叙事手法的自诩和实践，让这部小说比任何一部书都惹人恼怒。然而，它能够有力地对抗一切闪躲式的阅读，因为它会在读者心中激发出一种兴致，使得读者与这部书的命运紧密相连——这是一部渴求友情的小说。

总之，过去的三天我都处于暴躁之中，因为对这部小说无序结构的整理和检查，已经进入最后一个阶段。好在我有戴可拆卸袖套工作的习惯,从开始构思这部书起,我就已经把所有用过的旧袖套都保存了起来,总共大约有一千个,上面保留有全部我用于备忘的标识,除此之外还有小笔记本、便条本以及活页本共计一万两千份。我把这些都丢到房间的角落里。那天,一从床上爬起来,我就扑倒在地,在地板上躺了三天,上百次地发怒、哭泣、尖叫。这是我最后一次为了出版而写作了。

如果我这副样子被永恒小姐撞见,她会笑到不得不去看医生的,因为为了一些不想笑的事笑个不停,这对身体有害,而大笑正是她一碰到满腹牢骚的人就会有的反应。她从来不理解"牢骚"为何物。它是多么令人绝望的一种生物!我十分珍视她这一点,因为她的这一特质对我尤为重要,我甚至为她买了一件昂贵且装饰精美的醋制烟嘴,这种烟嘴用的原材料是我自己发现的,将醋固化处理后,做成烟嘴,供我们吸入"牢骚"。让永恒小姐爆发出一阵致命大笑的正是"牢骚",而"牢骚"现象在男性身上尤其常见。"脾气可真暴躁!"她会喊一句,接着不由自主地开始打击对方。她会打来一通漫长的电话,先用几句轻松和同情的话开场,继而用她的技巧和耐力,把对方烦扰到几乎要窒息而死,之后再将其引入一个绝望到极点的可笑境地,最终让他不得不接受自己的脾气实在过于暴躁这一事实。

永恒小姐有一个秘密,只有我知晓:相比于女性性情,她在男性性情中发现了更多优点,因此她极力想要弥补男人性格中那个容易暴躁的缺陷。由此可见,永恒小姐的秘密在于两点:既擅长共情他人的快乐,又擅长感受"可笑",她会一直笑到令自己和他人都感到不适。她为什么会这样,我一直都没弄明白。

然后:人世间的一切痛苦,不必非得是父子二人爱上了同一个女人,兄妹间产生了欲望,或亲属关系陷入了困境,或发生了越轨、盲目、疯狂的事……一切痛苦都是悲剧,而人世间的一切幸福,不必非得是车间女工嫁了百万富翁、失明男子与丑陋女子缔结了美满婚姻，也不必非得拥有权力或荣誉，只要是为了"激情"，就都是确凿无疑的幸福。

关于我的作者人格的序言

在人生的这个阶段出书，最怕的是别人不知道自己的年纪。我七十三岁了，希望这个数字可以帮我减少一些展望未来的评论："以第一部好小说这个标准来讲，这部书不算差。这又是作者的第一部小说，只要他在艺术拓展中保持信念和自律，我们坚信他将拥有一个可喜的前程。无论如何，让我们期待他有更多的作品问世，到时再下定论。"定论被推迟到了未来，可我没有多少未来了。评论家推迟对作家的评论，转而将希望寄予他们的未来，这并非对任何一个年龄段的作家来说都是一件好事。

此外，我计划在地球上石油全部耗尽的二十二年后，再出版这部小说，因为一个算命神婆曾向我保证过，世界到那时也恰好会耗尽另一样东西的储量，即我们如今所拥有的读者的哈欠量。但全球读者协会承诺要惩治某一位作家——这位作家刚刚宣传了他的下一部作品——将会把大量读者的哈欠供应给他，那些哈欠原本是预留给我这部没那么高调宣传过的小说的。诸位可以来瞧瞧运气好的作家是什么样的。有了这份迄今为止没有人享受过的保证，谁不会兴冲冲地去向公众推销自己的书呢？

啊，还有，从我成为作家的那天起，一位和善的先生就跟我说："我读过所有的书。"我第一时间对他表达了信任，因为《真理》的题词太令人悲伤了："人不可能读完已被写下的一切。"在这种令人恼怒的不可能成真之前，我得抓紧时间把我的书给出版了。

继　续

　　这部上了报的知名小说，已经被宣传过太多次，以至于正式出版时，作者并未对其成功下任何赌注。

　　书中没有人死去——虽然书本身寿命有限——因为作家明白，作为虚构人物的小说角色，最终都会一齐随着故事的结束而死去：消灭他们不费吹灰之力。作家没有必要跟教堂司事在弥撒结束时挨个把蜡烛吹灭一样，给这个以及那个人物分别设置死亡日期，因为这样做一不小心就会遗漏掉某一个人，或者让同一个人死两次。鱼离开水自然活不了，小说结束了，人物也一样会死去。

　　此外，我也相信这部小说中没有一个活人，这就是为什么我们从来看不到其中的人物生病和接受治疗，因为他们的职责只是表演生病，积极维持生病或垂死的形象。那些有生理机能的角色——还都是些饱受疲乏和各种不适困扰的角色——属于现实主义美学世界，而我们的美学世界是虚构的。

　　这是一部情节丰富的虚构作品——丰富到快要撑破封面了；节奏也很快，连标题中都满是情节，以此来充分利用空间和时间。读者如果等到封面已经翻过去才出现，那就太迟了。

　　在这部小说中，一切都是已知的，或至少已经被充分调查过，因此不会有任何一个人物会让读者觉得他不知道什么事情在发生，或者作者不知道什么事情在发生，又或是作者知道但出于不信任而故意不让书中的人物知道。我们不会从书中人物的口中听到这样的呐喊：上帝啊，这是什么？我应该怎么去思考？我现在应该怎么做？这场折磨什么时候是个头？读者不知道要如何回答这些问题，并且因回答不出而沮丧。他只能接收信息。

下面这些事会发生在作家们身上：

1. 没有卖力地宣传自己的小说。

2. 不懂得用"难以表达"的句子书写"不可言说"之事。

3. 依然认为奏鸣曲、绘画、诗歌和小说需要标题。

场景和人物实际存在的"不可能"是衡量一件作品是否是艺术品（不掺杂历史或被生理学要素干扰的艺术品）的唯一标准。本小说极其注意维护这种不可能性，以至于任何人——任何一个在生活中对不可能性有所了解的人，任何一个熟悉不可能性的人——都无法声称书中的某些事或人曾真实发生在他们眼前或家对面，因此也就无法戳破我们在这部作品中持之以恒地维系着的幻想。

更好的做法，本应是我们当初向我的艺术家朋友们提议的：做一本"走上街头的小说"。我们将在城市中到处上演不可能。

公众将会看到我们这些"艺术的边边角角"，小说中的场景会在大街上上演，其中混杂着"生活的边边角角"，人行道、门口、寓所、酒吧，他们会误以为那些是真的"生活"。公众随着小说做梦，但实际情况却是反过来的：对小说而言，清醒就是做梦，它的梦就在于将场景在外部世界上演。但为了说明这个道理，我们需要另一套理论，仅靠前面"关于不可能性是艺术唯一标准"的那个理论不足以把它阐述清楚。

这部小说的存在是虚构的，因为它虽已被多次宣传、承诺，但最终还是被舍弃了。而任何一位能够理解它的读者也是虚构的。这样的读者将顶着"奇幻读者"的头衔被广为人知。我的这位读者将被所有的读者广泛阅读。

作者也有话说

我时常担忧，不知怎么做才能让这本庄重又艰难——之前对于我、现在对于读者——的小说可以被遗忘，尤其考虑到其中竟出现过一位战战兢兢的大将军，他摸着黑，犹犹豫豫地走在通往"小说之家"地下室的阶梯上，带路的是永恒小姐。见将军吓得发抖，永恒小姐说："将军，抓住我的裙子，放心迈步，我不会把你拐走的。"

读者也会读到这么一件发生在永恒小姐身上的事。在一个无风的白天，永恒小姐走在布宜诺斯艾利斯街头，决定穿越整座城市去找一位信使。她的一只胳膊固定在夹板上，另一只手因需五指并拢捏住一根燃烧中的蜡烛而已几近麻痹。她一直举到它燃尽的一刻，因为没有人愿意主动上前将其吹灭，信使也吐不出一口气：由于这部庄重到不容置疑的小说对于表现尊严和荣耀的霸道要求，他作为其中一个人物，已经在满足这些要求的"努力"之中耗尽了气力。信使化成了英雄的灰烬，被放入圣骨盒中，但这并不是因为这位布宜诺斯艾利斯人的善心和慈悲不足，而是，无论是教授、作家，还是记者、政客、资本家、新旧教派、盘尼西林派，都认为布宜诺斯艾利斯人承诺得太多，但现实感和诚意又太少——他们不信任信使！他们不信任永恒小姐！对于这样一位绝无仅有的善良信使，他们连吹一口气的小小帮助都吝于给予。

你也会读到，我将生命赋予了不存在的爱人[1]，一如后来者[2]将生命

---

[1] 《美洲新诗选集》（1926年）之"杂集"（第七卷）中，收录有一首《"爱人"对"不存在的绅士"的一次问候：承载我们全部希望的一部小说》。"爱人"也出现在《并非所有意识都是清醒》之中，这本书的副标题为"一个由艺术创造的小说人物留下的论文汇编，'爱人'，不存在的绅士，希望的研习者"；在《问候》和《结论》中，该人物具体阐述了他形而上学的理论，与本书所谈论内容相关。——原书编者注

[2] 后来者：原文为 Posteridad，本意为"后世""后人""后来"。作为小说中的一个人物，在原文中始终以首字母大写形式出现。——译者注

赋予那些本不存在的杰出人物，比如作家，使他们从一无所有变得荣耀加身。另一种经歌剧、小说和诗歌获得生命的不存在之物，是得不到回应的爱；哪怕是真爱，它也从来不曾发生。数不胜数的不存在之物被编造出来，而它们完全属于另一个世界（它们包括潜意识、义务、肌肉运动知觉、各种"宗教"中的"神"）。请允许我只在小说中保留一个不存在者，他就是不存在的绅士[1]。其价值在于彰显这部文艺作品中其他人物的存在。他是唯一一个不存在的人物，在他的反衬下，其余人物会活起来，这就是他存在的意义。

爱人也愿意在他出现期间，将自己的不存在完整地交给小说处置，即便是冒着该不存在被纳入"艺术存在"的风险；相比于艺术，他更爱自己的不存在，而相比于不存在，他又更偏爱"利他存在"：存在于他人之中，即爱情之中；他唯一不会冒险去体验的是为了活而活，或者是为了生日、为了漫长的存在、为了长寿而活。

有了如此丰富的元素，我准备创作第一部"小说"——这个"第一"，不是指它诞生的那一天、那个上午，所有作品都拥有这样的第一时刻。我在文学中已耽搁太久。我必须早起，因为这位迟来者有急事要做：我要赶去一个对"小说"这个文类而言尚未太迟的地方，然后迟缓地开始。再说一遍：我要写出第一部真正称得上是艺术的小说。而它也将是最后一部"原小说"：我这部小说将是它既有同类作品的最后一部，因为它不会再抓住过去那些不放了。

综上，作为作者，我相信已经通过阐明如下小说的特质，树立起了自己的形象：

---

[1] 不存在的绅士：原文为 El No-Existente-Caballero。——译者注

"开拓性的小说"。

"受挫的小说"（出现了构成退货理由的毛病）。

"走上街头的小说"，同它所有的人物一起，走上街头去自我实现。

"序言小说"，故事背着读者在序言中偷偷进行。

"由其中人物书写而成的小说"。

"非专业小说"，以将人物一个接一个杀死为使命，罔顾书中所有人物都会在阅读结束时死去这一事实。

"阶段小说"。

"最后一部坏小说"——"第一部好小说"——"一部强制阅读的小说"。

致批评家

自杀使平庸作家成为伟大作家，在他配得上那个令人心神舒畅的"再版"二字之前；一场等到拥有充分理由之后才发生的自杀。但我更加警惕的是那种真正的自杀，即在失败之后还继续活着。修改几乎就是一切"成功"的来源，修改成就天才。修改，修改是另一种巨大的权力；我这部书，从三十岁开始写，写到五十岁，又写到七十三岁，终于抵达了它的终点：一个拥有"良好品味"的家伙担当第三作者，它是三个人共同修改的成果。最后，我将亲手书写一封致批评家的信——"一封致警察局长的信"，并在之后继续活着：自杀可没有回头路。

一封致批评家的信

我是唯一一个懂你们的人，也是第一个为你们的本质作出准确定义的人：你们永远在期待完美，却又每天仅限于赞美书籍装订，一天又一天，被迫因诗歌、小说和书籍感到挫败；你们是唯一一群热爱和理解完美的人。作家们则丝毫不具备上述特点，他们只会出版草稿，出版匆忙之作、投机之作、游戏之作；完美终有一天会降临在某一本书中，正如你们不无道理地期待和想象的那样；但迄今为止没人见过完美的踪影，除了在某些男人和女人的优雅举止与道德品质之中，我们在某个时刻都见识过这些品质，但它们永远不会在历史和日常生活中广为人知。

但你们的等待是没错的，我也相信，当完美的那本书终于出现时，你们会齐刷刷鼓掌，并为此感到深深的满足。

至于作家，我们在很长时间内都没有对批评家的态度给予充分的重视，因为我知道，严格依照艺术标准来创作一部书是多么令人疲惫，而通过这种途径取得成功的概率又是多么的低。我们不仅将在那个过程中受尽痛苦，而且创作力也会凋零，因为我们的目的不是写出那部书；对它的期待，会导致我们失去对其他尝试的期待，而完美恰恰可能就出现在其他的尝试之中。

我没有为自己的艺术理论找到一种便捷的实施方式。我的小说是失败的，但即便如此我还是希望大家可以看到，这是第一部尝试使用混乱意识这一非凡手法的作品，换句话说，小说人物将以其真实的能力和品德示人。读者也将经历意识的完全混乱，而非局限于对某些个别的、不牢靠的、转瞬即逝的话题的浅显了解。这本正在写作中的书，就是在这一理念以及有待于继续阐述的其他思考的基础上展开创作的，通过这种方式，我将早于你们期待的日期，将完美带到大家面前；也借此来替严谨的文学艺术树立一个榜样。

如果我失败了，那我作为失败者，将既不是第一个也不是最后一个。请你们审判我，不必留情。

我也明白，我的作品可能会让你们开始期待在其中看到完美，而且是用一种更为锐利的目光。如果你们的目光变得更加锐利了，那我这部书的价值也就实现了。

事实上，我曾推断，你们其实并不懂什么是完美。

马塞多尼奥·费尔南德斯

介绍永恒小姐

迟疑。

一如暴雨与艳阳交织的冬日，天色在闪闪烁烁之间，会瞬时昏暗下去，让整个世界呈现一片犹疑不决的苦难景观。认识永恒小姐之后，我也过上了这样的日子，在她、艺术和神秘之间犹疑不决，活在漫长的昏暗与胆怯之中。在全然的迷失中，我此后的生活，一切均是奇遇。

与我无数次获得的对于自己的信心相比，唯有对她的信心是触手可及的。

我之所以写这部不必要的书，正是因为她想对她的爱人致以最后一次微笑，在爱情之外，从艺术之中。

写出一部无足轻重的书毫无难度。很久以前，最初步入怀疑主义时，我就已经在做这件事了，不是怀疑艺术，而是怀疑将艺术作为某种参考而保存起来的这种行为的意义。

暴雨之鸟不会为我们的爱而驻足，也不会从其中穿行而过。

唯有终点，或隐蔽，所投下的那片影子……

当它来到我们近旁时，我们会收缩变小，我们的身体和衣服都会缩起，生怕那种正在逼近的苍白恐惧会触碰到我们。

她眼中的一切悲伤，于我的存在——由等待构成的存在——而言都是高尚的。而那个瞬间会过去，会再一次过去。我必须这样做，我将劈开那道影子，让它不会再来。

你依然不信。我也没有猜到你会如此。你是如此令人难以置信。我拥有对死亡的回答，虽然那是个不可能的回答。你是全部的爱，而我带来全知。

无论你是否存在，我都将这部作品献给你；至少，你是我真实的灵魂，永恒的美。

不存在的居所

激发我创作这部小说的，是打造一个家园的渴求，并要使它成为不存在的家园，爱人需要以不存在为寓所，那位不存在的绅士，他借此才能拥有效力，才能在等待中变得真实。这部小说将他放置在某个地区的某栋住宅中，这些处所满足了他想让自己有迹可循的、那个细腻而精美的梦。他在我的小说中等待着，等待着他的爱人从死亡中返回，他称呼其为"美逝[1]"，意思是她用她离世时美丽的微笑装点了死亡。死去的只是她的美：由分离、隐藏构成的美丽，从死亡中诞生了现实中一切的美——这美让恋人分离，除此之外不存在别的美。没有人为自己而死，没有爱过的人也便没有死亡；没有不来源于死亡的美，也没有不来源于美的死亡，因为是死亡将田园诗升华为悲剧；田园诗得以升华，得益于对死亡的恐惧，而悲剧的产生正是来源于田园被毁灭而引发的深切悲伤。[2]

---

[1] 美逝，原文为 Bellamuerte。——译者注
[2] 参照本书"杂集"部分的《田园诗-悲剧》，以及其他相关内容。——原书编者注

换句话说，我这部小说的神圣性在于，它渴望成为接纳被爱者从死亡中回归的场所，死亡并不高于被爱者，也不需要依靠被爱者来净化自身。它只需要被爱者让她的爱人担忧，她为了这个从死亡中安然归来，不是复活，而是重生，带着离去时一样的微笑，仿佛她多年的缺席只是一瞬间。[1]

脉搏的蜜蜂、生命的蜜蜂，将停驻在返回者崭新的微笑之上，一如停驻在她离去时的微笑之上，两次微笑都同样鲜活，并被一个恒久的时间联结在一起，一个不凋零的时间，呼吸无法将其腐蚀。

爱人的等待也是如此纯洁而完整。他的不存在比死亡还要纯净，"在平等者之间"，给他力量，让他再次与她结合，仿佛她与死亡的接触毫无困惑、毫无羞耻。

我们是一个无穷尽的梦，只是一个梦。因此我们无从理解何为"不做梦"。

一切事物、一切存在于世的，都只是一种感觉，我们每一个人，

---

[1] 马塞多尼奥·费尔南德斯曾想过，将一本书献给在多处被提及或影射的"她"，并一度将其形容为一个"在被等待中存在的人"。在1932年写给拉蒙·戈麦斯·德拉塞尔纳的信（见《书信集》）中，他说："我很快就会完成我的《永恒之人的小说博物馆》和形而上学的专著《她》（以阐述形象、感觉和记忆之永恒性的理论）。"开头段落独占一页：解释一下。我自年轻时就生活在诗人、思想家、音乐家和政治家中间，吸引公众注意和留下公开记录的愿望，在我这里既不占主导也不遭排斥。但生平第一次，在这所谓生活的阴影和残余中，通过出版作品来永远留住一个人和一件往事的冲动突然降临在我身上，这种事过去从未发生过。就这样，我加入了表达思想与情感的专业人士的世界，而我的加入是为了离开，没有任何矫饰地，既无占有欲也不感到遗憾地，放弃这个职业所赋予人的光环和力量。但在那之前，我得首先请求谅解和寻求援助，以便于怀有野心的我为自己的名字赢得一点荣耀（对于这份野心，她看我的目光中掺杂着责备和同情），而我的主要目的是赢得同情，并取得对她这个人、对她性格和行动的了解。——原书编者注

始终、永远如此。既然唯一真实存在的只有所发生之事，只有我们在各自感觉中的状态，那么一份感受、一种感觉将如何与无感受、无事件之间建立概念上的对应？我们的无限存在，一个与当下一样无边无际的梦，这些都是真实可信的。

但你会说，一些梦是有尽头的，这些梦极为叛逆，以至于我们无法追回：有一些梦会隐藏起来，它们或许存在，但隐藏起来后，我们将看不到，也无从辨认。

这些隐藏只会发生在一场迟疑的梦里：有一些梦宣称会完满地回到我们充盈的灵魂之中，让我们可以带着毫无阴影的确信和决心去遇见它们。

在这些脆弱的梦中，谁知道我们曾多少次将归来的梦拒之门外，多少次半信半疑、视而不见那些从隐蔽中归来的人呢！[1]

致因读不懂该小说而苦恼的读者

（据观察，喜欢跳着读的读者反而是会完整阅读的人。此外，每当开始读一部跳读型作品——例如眼下这一部——为了继续做跳读型读者，他们应该谨慎地保持逐页阅读。作家们也惊奇地发现，虽身为跳读型作品创作者，他们跟其他作家一样，都喜欢逐页阅读的读者。为了说服读者，他们找到一个好论据：那些从头读到尾的读者——因为在页码间跳来跳去是一种懒惰的阅读方式——不会说出以下这种只会令他们自己难受的话："我是零零碎碎、断断续续地读的，这是部很好的小说，只是有点不连贯，很多地方有头无尾。"）

---

[1] 参照本书"杂集"部分的《陛下》。

跳读型读者，我不会要求你即便坚持读完了整本书也拒不承认，因为如果你逐页读完了，专门为你设计的混乱页码似乎就白白被打乱了。还记得在一本读者最终成了阅读对象的书《读者传记》中，喜欢跳读的读者就遭遇了一件令人困惑的事：这本书如此多断裂的沟壑，以至于读者除了逐页阅读别无他法，因为只有这样才能保持阅读的不连贯——作品自己先跳跃了。抱歉抛出了这样一本不连贯的书，想必它给你的阅读造成了困扰。虽然你自己在阅读中早已经习惯了跳跃式，但是现在我用这样一堆序言给你的阅读带来混乱，你一定感到很不舒服，因为这位跳读型作品创作者让你陷入令人惊异的幻象和梦境，让你在持续的阅读中开始怀疑这个跳读中的自己的真实身份，怀疑他是否的确是自己长期以来认为的那个人。

如果你非要全部读完不可，我得先提个醒，请不要拿着它这里翻翻那里翻翻，看看它有没有写完，或者是不是够甜，火力是不是够足。你最好像我的管家一样，系上餐巾，拿起刀叉，温和地对厨师说："我就尝一尝。"[1] 通过这部充斥着彼此间关系松散的序言和标题的作品，我成功将你塑造成了一个逐页阅读的读者，让你深陷这场奇异的持续阅读之旅。

我无法继续取悦你了。我已经提前透露了所有原本安排在之后呈现的内容：不到小说结束之后，不会再有更多序言了。我投身其中的这项艺术事业是多么让我压抑呀！迄今为止我都还尚未真正领会小说

---

[1] "最好的甜点经常被品尝，但从未被奉上。""待在厨房里的人，是不会在餐桌就座的客人。""看不见的食客，实则什么也没错过。"我自作聪明编的一些谚语，意在冒犯那些喜欢跳读的读者，他们到处宣扬说我的书可以只读一半，把另一半跳过，说面对这部让人昏昏欲睡的冗长小说，没有人能抵挡跳读的诱惑。我对我的跳读读者是如此了如指掌，以至于将他变成了他所属读者类型中唯一一个阅读了所跳过内容的人。

理论、美学理论，也不清楚该如何规划和构建自己的理论。[1]

好了，现在来谈谈这篇序言的标题，"致因读不懂该小说而苦恼的读者"：

"旅行者[2]说了几句话——从这部小说中听不到——随后一边挥手致意一边远去了。"（旅行者常常这样做）我的小说也在挥手致意，但令它十分难过的是，它依然读不透其中的一位人物。这部小说十分好奇自己即将讲述的故事，它是它自己的读者，更确切地说，它是它的故事的读者。自爱的艺术（为了艺术的、朝向艺术的）向来如此，一边创作一边并不知道下面会发生什么、接下来该写什么，它温顺地面对每一种局面、挨个解决每一个情节或表达上出现的问题。作为作者，每当迟迟不能完成一个场景时，我就对我的小说感到绝望。这部小说爱着（但永恒小姐不）它自己（永恒小姐不爱自己：虽然她代表一份广博的、令我满怀痛苦和崇敬的美，但她对自己毫无兴趣，对我日复一日的要她开始爱自己的请求不理不睬；难道我和她都不应该爱自己、爱他人吗？还是这会扰乱她对自身的认知、对其命运高度的认知，因此是一项大错特错的行为吗？我对此毫不迟疑：永恒小姐，我们的热情显而易见；但你不希望它存在，不愿承认在这一阶段你具备热情的可能；即便如此，你爱着艺术，虽然并不爱自己）。小说中充斥着不幸事件和冒险故事，以及对艺术的犹疑不决——它时不时在沉默和无视中偏离着艺术轨道；在它正讲述一些故事时，又会被另一些故事席卷，

---

[1] 不乏比我这一部更难写的作品，也就是说，不乏跟我这一部有同样缺陷的作品。然而，从今天早上开始，我就在听玛鲁卡边梳头边唱歌，截止下午，她这两件事似乎都要完成了：有待于完成的并非只有困难的事。

[2] 旅行者：原文为 El Viajero，小说中的一个人物。——译者注

它讲述的内容中包含着事故，自身也经受着事故的折磨，正如我们常在车辆内部看到行人被碾压的安全警示图，与此同时车辆这些机器依然在向外散播着冲撞的恐吓。这本小说对自己充满好奇，就像身着节日装扮的孩子，大喊一句"面具来了"，然后自己却着了迷般地跟了上去。这件事中被装扮掩饰起来的真相是，这帮孩子自己就是观赏对象。像他们这样乔装打扮起来四处走动，这就是一种百分之百的伪装：他们自己就是面具。我，作者，即便正被他人公开宣传，也不能掩盖我早已是一个公共存在这一事实。我总是在寻找，不断试图了解更多、经历更多，因为我一直想体验另一种活法，虽然我自认为已经知道它指的是什么：将艺术的目的作为生活的目的，作为生活的个体面对，那实为悲剧田园诗的爱情、由死亡之美构筑的爱情。死亡使爱情成为悲剧与田园诗的结合体，因为爱的旅途无疑将通往爱人的毁灭（不爱的人也会走向毁灭，不同之处只在于后者会经历死亡但不会体验到生命之美，这是个体间的差别）。爱人毁灭后必然升华的爱情，使爱情成为悲剧，而爱情之为爱情也正在于此。死亡只是爱情的死亡，唯一存在的死亡只是他人的死亡，他人的隐藏，因为没有人可以对自己隐藏。但我仍有许多东西有待学习，关于实践中的爱情，关于如何从它每日的饥渴中获得情感的滋养，关于它细腻又严苛的运作，以及，它如何实现艺术的呈现。

　　就这样，我一边写一边和读者一样，探查和期待着接下来会发生的事情。一想到喜欢跳读的读者，我就会要求自己去想象，每发生一件事，我希望旅行者作何感受，由此来推断他大致会说出什么话，那几句实际听不出是什么的话。他所说的，就是我打算对你们说的。他说的有可能是："我是小说里的旅行者，小说讲的是一段进行中的故事，因此我不应该停下脚步。在这个场景中，我已经停留过久了。读者会看到我随时搭上火车或登上船只启程而去;你会不断看到我一次次启程,频繁到难以察觉我曾驻留,甚至担心我会在某次启程中,一抬足就从小说里跳了出来。"

实际上,在一眼看到读者就抽身离开之前,旅行者并不打算立即动身。在这个间隙,在离开之前的那段时刻,他曾想过留下来,可惜读者——从来不能说他们不合时宜——突然降临。我想读者会对旅行者说出的那句话感到满意,我将那些话置于他的口中,仿佛是他自己说出来的:那就是他的全部所想,他表达了出来,只是没有人能听得到。

至此,我认为这篇序言已经完整了,我也履行了我对小说的承诺,即讲述一切,包括那些我不知道的。我在小说内部是这样做的,但有时又会游移到小说之外。我为小说安排了庞杂的外围,即这些序言,为的就是达到这个效果。一直在期待着降临到故事中的这个旅行者形象,正在赢得我越来越多的同情。我赋予他的那些话,显示他的首要职责是扮演好自己的角色,克服自己的欲望(这些欲望包括,让人们听到他说出口的每一句话,以及始终停留在同一个地方)。他被推荐给我时,正是这副十分务实的样子,由于人员匮乏,我分配给他这个需要不断移动的角色;准备这部作品是如此仓促,以至于连迟到、迟归、推迟回复、选取解决措施等事项——它们在小说中随处可见,而也正是它们推动了小说的展开——都是在仓促中完成的。我们把总处在离开状态的角色分配给了旅行者,这是一个只要停留就会一无所有的人物。这种由使命带来的挫败感,在生活中极为真实常见,但由于小说不愿宣称自己提供了什么真实的东西,因此单是提一下这种与现实生活的关联,就让我们深感不安。

如果读者发现上述补充说明依然有不足之处,那么我会请求他安于享受阅读这段文字本身即可,这是我到目前为止始终在尽力守护的东西，我尤其在努力阻止那位手持长棍的男孩[1]进入小说。无须多言，他一上来就会扰乱一切，比如先找一段平静的段落，一棍子砸上去，之后再让这场灾难蔓延到所有场景，舞台空间随着他改换，所有角色也因他的出现而被统统清出场。到最后，他会一跃躺进沙发里，盯着愁眉苦脸的我们，温和地问道："可以允许我时不时舞弄一下它吗？"他边说边指了指棍子。他会为没有及时赶到而向你们致歉，再为稍后的离去请求你们的许可，仿佛他不得不如此一样，仿佛他肩负着把别处也搞得一团糟的繁重责任；然而，在我们准许他离去之后，他却仍然赖着不走，留下来调整被棍子砸到的这幅或那幅画的位置。你们将在这个过程中陆续离开，因为通常来说，在他离开某地之后，该处也将空无一人，谁知道为什么会有这种巧合。

他的在场总会给这个世界带来伤害。至今尚未找到一种能让他不在场的方式。即便是不在场，他也是近在咫尺。不见他影踪的地方——这样的地方让人心向往之——连从他的"缺席"贩卖商那里都打听不到；并且，是否有他"缺席"的可能，都还是一个疑问。他的离去又是如此迅速，仿佛这样就可以离去更多次，就可以减少逗留的时间，让这段时间在停留结束之前就消耗殆尽。他的"远去"分秒难续，对人造成的煎熬却在分秒递增。他需要学习一种迅速结束停留的方法，这是所有人都想发明并教会他的一样东西；他的撤离并非真的离去，而是正准备离去。连他的缺席都会把人们冲撞出内伤。他实为一种占领性最强的存在。

我们不会像谴责他不合宜的在场一样，谴责他快速的离去；我们需要宽厚一些，推测他"突然"离去，是由于想起城里某道墙尚未

---

[1] 手持长棍的男孩：原文为 El Chico de Largo Palo，小说中的一个人物。——译者注

坍塌，他得赶紧去亲自把它推倒。世界因有他而受尽苦难，人们虽想将其驱赶，却又找不到能容留他的地方。然而，他却在世界的折叠之处——小说提供的幻想中——找到了一个新的空间。我琢磨着，如果放他进入我的小说，他就会猜测我需要依靠他来扰乱读者对某页不完美书写的阅读。此外，我知道只要他不进来、不在场，他就会规规矩矩。因此，我的宣传语这样写道："唯一一部禁止长棍男孩入场的小说""这是一部对那个男孩敬而远之的小说"。

他更适合一部想要面向公众的小说——我这部小说已经对我颇为厌倦，它希望接待访客，希望出门与人交谈，也期待着被阅读——只需一个撞击、一个急刹车，叙述就此开启。聚集围观的人数如此之多，以至于一些书籍想把追尾立为普遍标准。

从成为作家那一天起，我就满怀嫉妒地望着观赏撞车的公众。有时我会梦见小说的某些段落，读者聚集人数之多，堵塞了情节的推进，导致故事前方随时会出现事故和灾难，比如踩踏。诸位一定明白，如果小说冷不丁地停下来，将不得不插入一篇新序言，以填补叙述的空隙。我会写一篇体面的序言，装饰以混乱、匆忙、辱骂、责令、逃窜、铃声、刹车、看守人、监察员，以及走到正在阅读我小说的读者的车窗前，查看发生了什么事故的警察。以这样的方式，针对事件的虚假性展开诸多行动，直到将其完全掩盖，正如他们在那些"公司"中所做的，从不承认交通事故真正发生一样，这成为车辆叙事中亘古不变的一个特征。此外，我会从我小说的侧门伸出一只手臂，以示意跟在后面的车辆不要撞到我。读者不要觉得前面提到的那位监察员好笑——他不是我们的监察员，小说的监察员正站立在另一个街角呢。

让我们就此与长棍男孩告别。最后补充一句，就算他有不在场的时候，其缺席性也已被严重耗损，以至于他的第一次到来已经司空见惯，就像是第五个版本的出场。

关于我的作者人格的一篇新序言

我总在想象着一样东西：非-死；我以艺术的方式探究它，目的是为了呈现"我"的变幻莫测，为了推翻每个人自我的稳定性。

在我的全部作品中，我研究了好几个人，换言之，我尝试转换成好几个人："她"、永恒小姐、威廉·詹姆斯、爱人，还有"作者"。我尝试在幽默中审视作者及其身份的非理性。[1]

"她"是最为游离的：在这里和在"永恒小姐"那里，我于矛盾之中处理她的游离——不是最小程度的那种游离，即活在另一个地方，或梦见另一个地方，而是最大程度的游离，即成为意象，真实又看似虚假，虚假又看似真实。在永恒小姐身上，也存在着最大程度的游离，因为她拥有改变他人过去的力量（甜人儿就来哀求被改变过去，因为她是最不幸的一个），但无法改变导致自己错失认识总统时机的那段过去，爱人是"中止"，是身份的停顿，甜人儿是"期待存在"。这个小可怜，她盼着存在。

我以构建一门关于百分之百爱人的形而上学为此生志业，却对我自己的形而上学缺乏兴趣：我这样的人，不值得阐释，不配享有永恒；我不配拥有"她"，或一门形而上学；只有爱人配得上。

将"我"去除，搅乱内心、打破身份认同，是一项微妙的需要耐心的工作。在已写完的全部作品中，我认为只有八到十次，每一次只

---

[1] 这部分对幽默的讨论收录在《理论》之"艺术理论"篇，以及《新来者文件和虚无的继续》的练习部分。——编者注

有两到三行，做到了打破人内在认同的稳定性；有时候我想，我也打破了读者的统一性。然而，我认为，"大写的文学"并不存在，因为既有作品未曾一心一意地致力于打造这种去除身份认同的效果，而唯有这份追求才是定义了文学的东西，它们应该只致力于加工这一片黑呢料。或许绘画和舞蹈也可以尝试这样做。

我不认为形而上学是阐释行为的直接乐趣所在：这项工作的乐趣所反映出的是一个权力视角；是一份惹人追逐的权力，一种直截了当的爱的权力。该权力也许是机械世界、表层物质世界的直接动因（并非间接的，因为若是间接动因，所有的美德与理想都会终于挫败，因为其中间环节必然受挫），而作为物质表面的爱人的身体，就处于这个世界之中。上述权力作为直接动因，一旦出现在一个怀有热望和欲求的灵魂中，就会造成其爱人的全面在场（视觉的、触觉的、听觉的、热力的）、永远在场、同时在场，永远与欲望同在。由此，当下的一切信息（消息）都将以情感的形式存在。

如果我在每一部书中，都能有两到三个瞬间，抵达一种我用家常话称之为"窒息"的状态——一种对个人持续之确定性的不满，读者的自我所遭遇的一次脚底打滑——那我的中程目标就实现了。至于我的终极目标，则是要去寻求人从死亡概念中的解脱："我"的可消散性，以及其变化、周旋、轮转，共同构成它不死的缘由；换句话说，我要让"我"的命运不被牢牢捆绑于其肉身之上。（与之相对的观点是，这副身体仅仅是一个我感官中意象的集合，我的感官捆绑于我的这具肉身，正如另一个人的感官捆绑于另一具肉身。）借用威廉·詹姆斯在他四十年前的作品中时不时插入的那句"请允许我"，请允许我在这里也实施一下那个极度困难的尝试——扰乱"我"的概念，并使其不朽。

在其《心理学原理》中，有一条关于空间感知的注解，威廉·詹姆斯在注解里说："让我们来看一看我们能否将理论洞见再推进一步。我感觉我们可以做到。"我画了横线，在威廉·詹姆斯的"我感觉"三字下面画了横线。威廉·詹姆斯在这里流露出的语气在一百年以后将会依然存在、依然能被阅读到——在页脚我如此写道。这个"我感觉"，是四十年前的威廉·詹姆斯于某个思考和写作的瞬间所经历的一个预感：他预感会战胜那个自己研究许久的烦琐问题。注意到这个细节为今日的我——1931年4月，于布宜诺斯艾利斯——带来新的领悟：在一种不满同时又怀有期待的情绪下，我不耐烦地读着威廉·詹姆斯这些艰涩的作品段落，一心想看看他究竟何时会透露他如何从运动的（位置变化、肌肉力量，或任何能联系到其中之一的）角度展开对空间的解释，而现在我乐观地认为，他想必已经和我一样，借助肌肉联想，已经看到了对局域"影响"解释的可能性。

但拉开距离来看，我可以带上强调语气断言，如今已经没有任何人比我在非话语形而上学领域实力更强，更严苛，更认真和专业。它主要发生在我所拥护称颂的艺术活动中；黑格尔忽视了这个领域。我不认为真正的形而上学者——指的不是形而上学领域的传记作者、历史学者和讲授者——会轻视我这里所展示的智识力量。我不认为任何一个感受过"神秘"（或"感受的神秘"，即威廉·詹姆斯说的"感受到感受的神秘性"）的人曾贡献出如我这部书中的内容一般明澈的启迪。这几页篇章，即便放入康德、黑格尔的作品，与他们的观点放到一起，其真理性也丝毫不会减弱。

我自认为跟坡很像，虽然我是最近才开始有意识地稍微模仿他；在这个过程中我再次认为自己就是坡了。而且，发现我与坡的相似之处的，居然是秘鲁诗人、作家马里奥·查贝斯，这太奇妙了。不是相像，是……谁知道呢？……是化身。在《埃莱娜·美逝》那首诗中，我从情感上觉得自己就是坡，虽然那首诗本身并未展现出我与他在文学创作上的任何联系。

我作出这些断言，无非是为了激励年轻读者去持续对抗身体死亡会带来自我的消亡这种印象。

请读者跟随我吧：我寻求的是"一种"至今不曾有人追寻的永恒，虽然其他人对这件事的愿望和我一样强烈。他们只是缺乏信念，以及对途径的认知不足。

许多人，甚至可能是所有人，都确信人的永恒存在，然而谁也不相信人的形象可以被爱永久留存。没有对肉体永驻的信仰，每个人都只会承认自己个人的永存，然而无论是永久还是短暂，这种存在都毫无价值，一分钟还是一千个世纪，都毫无差异。

你会看到，我与热情奔放并智力超群的威廉·詹姆斯一样，正投身于一场不知疲倦的探索中。在威廉·詹姆斯触碰真理之前，死亡便已降临到他身上；等待我的很可能是同样的命运。但他不依靠对"死亡"（隐蔽）的预知和死亡带来的快乐，便触碰了"事实"的真理。在探寻过程中，诱惑和客观形势的束缚，当然会令他无法总是能够将全部思想派上用场。只有在未陷于类似困境时，我才能够在"是"之前维持对"知"的信心。

是激情的存在让我认为这样的探索是高贵的，如果没有激情，生命和任何探索都不值得向往。[1] 为了维护激情的尊严，我努力用最大限

---

[1] 《并非所有意识都是清醒》恰恰是以对激情的守卫来反对令人疲惫的智性主义。（"激情，存在的最高才能！"）但除了激情的形而上学，以及与之相关的存在、非存在、死亡、个体永恒、身体等问题，那部书还偶然影射了艺术人物的存在及其形而上层面的运作（"解决方案""入梦是一道程序"）。——阿多尔夫·德·奥比耶塔

度的信息来武装自己；我想，没有人比我研究得更充分，筹备得更镇定，或更善于自我批评。如今包围我的是一份沉重的思索——展开这项调查之时，我已经获取了对个人之存在永恒性的确信，这项调查为的只是寻找肉体永恒的可能，因为没有肉体的永恒，"陪伴"就会结束：爱与记忆依附于两个人之上；更加令人痛苦的是，没了对方的消息或相见的希望，对彼此存在的感知也必定会隐藏起来。

我希望遭受最大不幸的人把自己奉献出去，换取让爱人永生的保障，那是我们只有通过持之以恒的努力才能拥有的：精神形象的永恒、个人肉身形象的永恒。此外，我也要承担起继续为他人争取这份永恒的责任。

一篇自以为懂得些什么的序言，不是关于小说——这绝无可能——而是关于艺术这门学问

本书所探索的美学是对现实主义学派的一个挑衅，该学派的整个纲要就在于否定小说中所发生事情的真实性或现实性。而艺术真实是内在于其自身的，无条件的，独立自主的。凭借本真性（本真性已经存在于艺术之中，这让祈愿梦境成真的人显得愚蠢），我向"真实"这个艺术的畸形入侵者发起挑战。这份挑战的最高表现，在于打破讲述的连贯性，借由忘记人物身份，忘记时间的延续和先后，以使得结果发生在原因之前，等等。因此，我恳请读者，不要停下脚步来试图解决荒诞的谜团或者调和矛盾，而是要随着阅读在他身体每一毫每一寸上开拓出的那条情感长河，一路前行。

我在这里进行的尝试，包含了一些很可能是由我所原创的观点。我对方法论感兴趣：我寻求让读者分心的时刻，而当我感到必须在他

身上激发出一些微妙情感，以此来打动他时，我甚至会采取一些具有压迫性的方式。我会制造一些小小的感动，目的是达到作品整体想要获得的一种情感效果，即在读者身上创造一种独特的、最终的、普遍的状态，使我能够在他缺乏警惕、且未能意识到他正在面对的是一场文学运动时，出其不意地困住他的感官。他不会预料到，之后也不会意识到，自己已经被征服了。

有一类读者是我无法与之取得一致的，这种读者想要所有小说家都梦寐以求、而与此同时他却不愿轻易相信的东西："幻觉"。我希望读者始终明白，他在阅读一部小说，而不是在观察生活，他不是在见证"人生"。在读者陷入这样的幻觉——这是艺术的耻辱——那一刻，我便失去了、而非赢得了一位读者。我想要实现的完全是另外一回事，是争取使他变成人物，也就是说，让他在某一个瞬间忘记自己还活着。我想让他因为这种体验而感激我——没有人想过为他创造这种体验。

读者应该知道，这种体验，之前从未有人使用书面文字在任何人身上实现过，而我正试图借由我的小说在人类意识、在其心理世界中开启这种体验。这对所有意识而言都是一份福音，因为它将抹去并解放人类在观念或者精神上的一种恐惧，即我们称之为对停止存在的恐惧。人只要经历了哪怕是片刻的认为自己不存在的状态，而后又回到相信存在的状态，便会永远明白，一切关于"不存在"的语言表述或概念，其全部内容就是对"不存在"的信仰。笛卡尔的形而上学必须以"我不在"为出发点，而非他那句可悲的"我在"。总而言之，不存在的信念会与存在的信念一道，以同等的频率造访存在。谁相信，谁便存在，即便他相信的是不存在；存在的人可以认为自己不存在，也可以反过来认为自己存在。"我思考"顶多称得上是个无害的表达，除此之外毫无意义，但还是能被漫不经心地、时不时地提一提；它可以是一项被感知到的事实和判断。存在是一项事实,但我存在绝无可能是一项"被感知到"的判断,它只是词语的并列,因为它不包含一个相信的时刻。这两个词语只是碰巧走到了一起。向你们保证这些的是这样一个人:与康德所有伟大的读者不同,他感慨自己已经太了解康德了,也就是说,他对康德是一个形而上学家这件事已经不抱有任何幻想。(法国人每二十年就推翻一个被神化的画家,每十五年推翻一个被神化的诗人,每十年推翻一个被神化的小说家;如此下去,一百五十年之后,康德将会遭受到诸多质疑。质疑康德并不算大胆,把他称为形而上学家才是大胆。有了这些前车之鉴,我能预料未来人们会用哪些观点来推翻我的艺术。)

在我看来,还没有人使用过这种方法,它也不适用于小说之外的任何其他体裁。除了技巧之外,我还实施了一系列骗局诡计以及对故事真实性的否定。这就是我的学说。只有当以说明性的而非艺术性的方式来解释一件从未发生、却在鲜活的意识中已被充分思忖的事时,这门学说的实施才最鲜明有效,该鲜活意识就是甜人儿的父亲的意识,是这份意识构成甜人儿命运的决定性因素。

如果我真的发明了一座小说博物馆,何必在乎是否激发出了别人对故事的兴趣,何必在意读者始终认为自己只是一个读者、人物在他们眼中也始终只是小说和序言中的人物呢?——虽然在序言中,人物只是不明朗地存在着,微妙地若隐若现,其行为和相关事件也有头无尾。(我认为,永恒小姐、甜人儿、或许天才[1]和爱人,他们将永远被人铭记,尽管我几乎没有把他们放入故事里。)为了让读者在兴趣被激发的同时产生意识上的疏忽,我会对他们的心理实施一种"不存在之冲击",即发现自己

---

1 或许天才:原文为 Quizagenio,是小说中的一个人物。——译者注

并非在阅读,而是作为人物在被阅读,这样一种冲击感。

如果这本书作为所谓的小说是失败的,我的美学理念会弥补这一缺憾:我承认它会被归类为小说,一个对好文体的幻想,一部替代小说。所以,如果这部书作为小说是失败的,那我的美学可以使之成为一部好小说。

角色们的小说

经过谨慎挑选并观察他们在其他小说中的表现,我把对这部小说的书写,委托给了以下角色。我向他们灌输了一个"艺术角色"应该知道的一切,也让他们阅读了序言,这些序言都是我的美学研究成果。如果小说写出来效果不好,你们会对我说什么呢?但我已经做了身为一个作者应当做的一切:根据角色以前的行为来验证他们的表现是否符合规范,赋予他们一套以前没有的理论,即艺术角色的理论。

每个角色都半存在着,因为每个角色,至少一半的部分,都是由作者取自"生活"中的人。这就是为什么在每个角色的"存在"中,都有一种微妙的不适和躁动,因为在这个世界上,有几个游荡其中的人被小说家部分地拿去用于塑造角色,而他们正是为自己的"存在"感到不适的一些人。他们的一部分被放入小说中,在书页上被幻想着,虽然无人知晓他们实际身在何处。

所有的角色都承担着梦想自己存在的责任,这是他们的属性,活人无法具备。这是艺术唯一真正拥有的特质。成为一个角色,就意味着梦想成为真实的人。而他们的魔力,他们统摄我们、令我们着迷之处,以及仅仅他们才拥有并构成其存在的东西,不是作者的梦想,不是作者让他们去把握和感受的东西,而是他们热切地参与其中的、对于存在的梦想。只有非贝拉特[1]现实主义艺术——安娜·卡列尼娜、包法利夫人、堂吉诃德、迷娘的艺术——才缺乏"角色",换言之,这些角色并不梦想存在,因为他们认为自己只是复制品。

我不希望、同时也在书页中二十次试图避免的,是让一个角色看起来似乎是活的。每当读者心中出现事件真实性的幻觉,这种情况就会发生。生活的真实和对生活的复制都是我憎恶的,而且,事实上,一个角色看起来活着,这难道不是艺术的真正失败,是艺术最大的或许是唯一的挫折和落空吗?我承认他们想要活着,他们企图甚至觊觎活着,但我不能接受他们看起来是活的、事件看起来真实发生过:我憎恶一切现实主义。

我希望我的书页中保有持续的幻想,同时避免对真实的幻觉,后者是艺术的污点。面对这一困难,我创造了一个史无前例的角色,他对幻想的坚定是这部小说坚守不真实、免于堕入真实的保障。那是一个从来不曾出现的角色,无论是对于这部小说还是对于世界、对于存在这件事,这个角色都显得颇为神奇,他在我们看来具备真实性,因为幻想确实存在。如果其他一切均告失败,我会把拯救幻想的任务委托给他,委托给旅行者。他在现实生活中也许从未存在过,因为我不相信有旅行者。定义优质旅行者的两种情感,一是遗忘的能力以及愿望,二是被遗忘的愿望。伟大的遗忘者,就拥有这后一种对被遗忘无动于衷的能力,甚至还有希望自己的形象在别人心中死去的胆识。那样一种死亡比人的死亡更恐怖,这或许是因为我们都感觉到了人的死亡并不存在。发生在遗忘中的死亡导致我们错误地相信个人死亡。但这种信念非常薄弱,这就是为什么我们为了避免被遗忘而做的事情,

---

[1] 贝拉特:原文为 Belarte。——译者注

甚至比避免死亡要多得多。

"那么，我们的旅行者要流浪和游荡去哪里呢？"

"我的旅行者就住在对面，直到小说章节结束他才会从房子里出来。"

他的职能只在于消灭会让故事堕入现实主义的一切幻觉。

关于从未见过之事的序言

频繁被提及，却从未有过先例的"从未有过"之文类——即从未存在过，"从未有过"的东西便是从未出现过的东西——将于今年首次亮相。为公平起见，地点将选在布宜诺斯艾利斯，因为该文类正是在这座城市被第一次呈现给世界的。布宜诺斯艾利斯是以它为起点环绕地球之旅的唯一可选终点，也是以任何城市为起点的旅途的唯一终点，这是诸多环球航行者已经相继证实了的，无论他们是从柏林还是里约热内卢出发，不管旅程如何规划，其最后一站——这并非在草率地炫耀——总是悄无声息地来到布宜诺斯艾利斯，带着对其他行程安排的蔑视，走在这座城市的街道、交通工具和公共建筑之中，买房子、结婚、生儿育女，所有这些都令人感到完满并具有英雄主义色彩，跟当初高调宣称要环游世界一周时一样。

有了这种文类，人类最终将见到之前从未见过的事物，因为这是一次对从未出现之物的展示；它不会是一座永远干燥的桥梁，不会是夫妻之间的冷漠，不会是无宗教信仰的民族之间的宗教战争，也不会是其他未曾见过的东西。从未见过之物即将被真切地看到，它不是幻想，而是别的东西：这种文类的第一个例子将是一部小说。我正准备出版它，正如书稿评论者们带着赞赏口吻所说的："这是一部过去从未有人写过的小说。"它到现在也还没有被写出来，但只差一点点了。

小说将搜集到的事件全部包含其中，以至于在街道、住所和广场上几乎没有多余的事件了。面对时事的缺乏，报纸不得不去引用小说："昨天中午，在永恒小姐的小说中发生了如下对话……""今天上午，甜人儿笑呵呵的。""小说中的总统回应了在他众多读者中流传的谣言，向我们确认，从今天起他将启动他的计划，让布宜诺斯艾利斯整座城市变得歇斯底里，并以拯救审美的名义，用幽默征服我们的民众。"

"小说第五章之后，我们可以确认，不存在的绅士不是导致甜人儿为自己的存在而悲伤的原因。""小说将于今晚令其独奏乐团——六把吉他——为'理想''骄奢淫逸''真实'等酒吧的管弦乐队演奏数首复调乐曲，好让他们听一下何为音乐。沉默的多题材作家将以博学的姿态解释此举的目的，并将深不见底的感谢收集托盘在管弦乐队人员中传阅，这些聆听者往托盘里扔硬币以示感谢，盘子发出叮叮当当的碰撞声。公众也参与进这一片表达满足的和谐之声中，与管弦乐队中的聆听者们一样，双手暂时不再招呼服务生，而是将其用来鼓掌。"

这是一部直到写完为止，都曾是也将是未来主义作品的小说，就像它的作者一样，直到今天还没有写过一页未来的作品，他把未来主义留到了未来，作为他对想尽早成为未来主义者的热情的证明。不同于那些在当下采用了未来主义、实际上却并未理解它的人，他没有落入即刻成为未来主义者这个陷阱。正因为如此，小说家被宣称是最有前途的一群人，大把事情等着他们去做，他们意识到，一切都在加速前行中，连未来都被抛在了后面，他们身上那种独特的匆忙气质便由此而生。如今，遗忘比什么都来得更早，几乎是即刻发生的，所有作品，出版时在最新一期报纸中出现一下，随后就被遗忘了。我们所有人在死去那天，都已经接受了遗忘的审判，作者如此，书如此，那些或青史留名或湮没无闻的事件也如此，但我们却依然对当下满怀抱怨，转而把自己寄托于未来。所有这些都公正地在一天二十四小时之内完成。古老的后来人，经过漫长的思考，把众多无名小卒神化为光荣的艺术家。现在的记者比以往更加公正和具备常识了：空洞的庄严和道德教条，是来自后来人的廉价而有效的贿赂，而这些后来人其实直到昨天才诞生。我将在1929年9月30日最新版的《批判与理性》中，期待看到后来人就我的小说所发表的普遍观点，小说将于这一天问世，不可延迟，因为所有的延迟都已经在承诺中被用完了，其中最具文学性的延迟已经用来撰写序言了。

神圣的未来文人只相信和看重一种"后来"，即在每个白天结束后的夜晚，他们不再有以往作家们感受到的那种仓促感。以往的作家需要快速写完，以便于尽快得到后来人的评价。鉴于当代社会的发展速度，在艺术家们尚在人世时，"后来"就已经来临了，甚至到第二天就能知道他是否还能写得更好，还是已经写得足够好，可以为自己所达到的精湛感到满足，抑或是已无文学写作的前程可言，只剩下最艰难的那条路可以走，即成为一名读者。如今写作十分便捷，可读的东西却很少，甚至对读者的需要——对一些创作者来说，声明自己需要读者意味着羞辱——都被抹除了：写作是为了获得艺术成就，充其量是为了了解批评家们的意见。诚然，这是好的变化，这是为艺术而艺术，也是为批评家而艺术，而由后者又会再次返回到为艺术而艺术。糟糕的艺术和过往积累的荣耀都将一直存在下去，它们的存在要归因于语言的声音，以及公众的存在。没有语言的发音，就只剩下思考和创作；没有喧嚣的群众，艺术就不会被淹没。在文学中将会只诞生艺术，以及更多美妙的作品：三四个塞万提斯——塑造出堂吉诃德的纯粹的塞万提斯，而不是他那些短篇故事；幽默家和激情诗人克维多，而不是他的道德宣讲；好几个戈麦斯·德拉·塞尔纳。我们将从卡尔德隆这样的人那里得到解放,他是假声王子,缺乏感情,是低级趣味的集中表现;也从贡戈拉这样的人那里得到解放,至少要摒弃他那不时发出的"啊,法比奥,哦,悲哀!"诸如此类的感叹;我们会有三个悲伤又善于讽刺的海涅,或者是极度诗化激情的邓南遮。我们将幸福地只拥有《浮士德》的第一幕,而作为补偿,我们会有好几位坡、好几位包法利,及其无爱、卑鄙又血腥的欲求所导致的悲痛。还有另一份荒谬的折磨——哈姆雷特的悲伤抒情诗,尽管其来源是虚假的心理学,却颇具说服力,并能激发人的同情。我们将摆脱易卜生的科学现实主义,他是左拉的受害者之一,而左拉这位伟大的艺术家,又会被社会学和遗传病理学理论所击溃。我们将拥有一百件大师级作品,具有真正的、艺术内在价值的作品,而不仅仅是对现实的复制。它们将是典型的文学作品,是真正的散文,不使用说教词汇、音乐术语(节拍、韵律、响度),也拒绝沦为文字式绘画,即描写。

我在此发表一篇关于这部小说的序言,因为我希望确保小说中的人物、事件、笑话等,都能在特殊的排练过程中,证实这是一部完全严肃的作品;甚至小说的发表也是一次先于读者阅读的排练。但不是这一篇,而是后面那一篇!

下一篇序言将是我的排练。西班牙语中有一个新的德语单词,我在苏尔·索拉的工作室里咨询过他,这个词就是"维修中的语言"。这是一个组合形容词,不过是全新的,不像修补过的靴子。

致"被-所有-我们-艺术家-提供-梦想"的读者。

致"被如此-梦寐以求"的读者;致"作者-梦到-阅读-他们的-梦"的读者。

致"艺术家-作者-希望-真实的-更孤单-真实的-读者-梦想中"

的读者。

致"唯一的-真实-艺术-想要"的梦想中的读者。

致"最-不真实,梦见-他人的-梦,更加-坚强的-现实中,从不-丧失,虽然-不被允许-做梦-而是再次-做梦"的读者。

我相信我已经对我的读者进行了一番具体的描述,在经历过诸多支离破碎乃至虚假的尝试后,终于为其存在获取了一套完整的形容词。"亲爱的"读者,修饰的不是读者,而是作者,诸如此类。

上面谈及形容词化。尚未提到的内容,我会在小说开始前谈到,谈一谈总是有益的;而剩下的也都会在一切开始前谈到,其实已经所剩无几了。借由这些序言,我仔细地赋予读者了解整本书内容的特权,只有我的读者能获得这一特权,因为我是一个无私的作者。我把书交给公众,继而把它送去给那位特别的艺术家,苏尔·索拉的语言工作室,他将会把它变成一个明确的词。带着对读者的敬意和歉意,我在此奉上这本书的第四版——这一版是剔除了梗蒂的。

读者,祝你健康。我们是多么可悲,无论书里还是书外。比如我,所有无名氏中被提及、被描述最多的那个,就发现自己正处于"作品全集"所带来的困扰中,因为我的整个未来、整个文学生涯,都将后于全集而发生;只是因为公众没有停下来等待我,赋予我这个伟大的无名氏一个名字,所以我现在不得不给自己取个名字,并在一次性地谱写一段作家的过往之后,才可以开始写作。这是作家生活中需要面对的一个新情况。这对成功来说难道不是有害无益吗?

对于那些在我开始写作之前就读过我作品的人来说,如果你有跟我一样的困扰,那我想说我现在已经不感到困扰了。我已经完成了我的"作品全集"。沉浸于满足之中的我,一时变得无法理解之前的烦扰,因为我已从长时间艺术创作经验中提炼出一个实质性的道理,而它就被收集在了这部全集之中。

艺术及其一切元素都应该享有无限自由，包括它的文字、标题，以及崇拜它的人的生活。无论是悲剧还是喜剧还是幻想，都不应该被"过去"指导，也不可复制现在。一切都应不断被评判、被冒犯。

把艺术定义为副本是一个不言自明的错误。我无须依赖生活的副本就能理解生活；如果副本是必要的，那么我们遇到的每一种新情况、每一个新角色都永远无法被理解。创作者的有效性仅仅来自他的创造。

我只完成了标题，因为：

马上就开始一篇序言，是十分草率的：构成它馨香气味的"在先"性就会消散，一如实践未来主义的真正方法是将其推迟到更晚一些——我说。

我首先会说，这是一部无法书写序言的小说的二十九篇序言中的一篇——一位无疑是出生于一个叫"事后告知"国度的批评家，如此向我预言。还有另一本更值得同情的书，篇幅更长、序言更少——这一点还可以补救——名为"那个即将当上总统而从未当过的人"。[1]

等同于：

"布宜诺斯艾利斯被紧张兮兮地夹在欢乐派和浪漫派之间，之后出现了一位优秀的同乡，他将幽默和激情结合，拯救了大家。"但"任由它开始的小说"的标题——虽然开始得很晚，但也不失为一个开始；而且，读者一旦翻开，就会希望它无限延续下去——就有了这个选项："永恒小姐和伤心女孩的小说，甜人儿，默默无闻的爱人。"

---

[1] （在小说中）"即将当上总统"但（在历史上——谁想在历史中当总统？）"从未当过"的人，与一个可能发生的政治幻想行为有关。《理论》之"国家理论"篇对该行为有所涉及。——原书编者注

一位先生喜欢最后一个标题,他已经开始读了,并承诺会很快回来把余下的读完,以便知道小说最终叫什么名字。

这是唯一一部讲述了一切、除此之外再无其他的小说,虽然讲述一切的冲动导致总是需要讲述更多。少年时的我阅读那部著名的阿拉伯民间故事集,因为不知道它们有一千零一个,所以在已经读完之后还在继续读:我被警告得太晚了,所以在故事结束之后仍继续贪婪地阅读它们,我发现这些故事遍布于和道德、历史相关的书籍中。其中有进步派的故事,有忘我的政治家、教徒或各种无私事业宣传者的故事;有好人的幸福、坏人的悔恨、特殊与普遍在共处中实现的最终和谐,或者是功利主义、宇宙秩序、科学人士丰富的"信仰"所引发的其他奇迹——他们对民间奇迹的要求是如此之高!

根据不同偏好,这部小说有两个开头。

它包含许多悲伤、许多激情,唯独没有死亡,只有写在很久以后的"完结",这个词的出现远在你读完标题之后,而且只出现一次,尽管序言会需要它(不是所有的,但其中几篇序言需要结尾),甚至标题在结尾也需要这个词:我已经取消了标题的结尾、序言的结尾,以便表明小说的存在极少依托于死亡——也不依托于生命(真理、现实主义)。

它有两个几近解决了的几近不可能的难题:如何叙述最后,以及如何处理错误的笑——由于标题指示不明,将一场悲剧误认作喜剧而发出笑声,这种情况下,如何在笑之后恢复风度。

仅有的一次,阅读和叙述发生了中断,这是为了让甜人儿穿上衣服,而在此期间,读者不应找任何借口继续阅读,因为那等同于偷窥。

序言共有二十九篇，目的是防止小说开始。

它独家采用了三种新的数学时间形态。该"小说时间形态"迄今为止从未在其他叙事作品和小说中出现过，仿佛在幻想事件中，时间既不流动也不逃逸。这些时间形态是：表现布宜诺斯艾利斯式的礼貌时，它规定不能赶走或拒绝任何人，而是要说"下场探戈再见"，以便于对方寻找新职位或修正自我；威尔士王子两次跌倒（在地上）的间隔时间——这位土地测量员王子非常可亲，他用他真人的体长来测量较短距离，"土地测量员"的头衔由此而来，但我希望这不会加强跳读型读者的跳读倾向，因为这位王子众所周知地喜欢骑着马跳来跳去；最后一个，是最小时间——留存下来被用作今年冬天的第一件大衣、应对第一场感冒的时间，或者也可以用另一个标准来衡量它：在一个即将来访的客人刚刚抵达时，捡起他遗忘在黑色座椅上那顶黑色帽子的时间；又或者，如果你认为可以，在五分钟的电影中，好莱坞所有演员全体出动，跑得东磕西撞，把两个小时的电影中所有的不幸——婚礼、接吻、对虚假美德的揭穿——都转化为幸福的时间。

以遗忘为标准，小说的人物被划分为三个年龄段：把燃烧着的香烟放到爸爸的新烟嘴里，然后遗忘在女佣房间的阶段；更老一些，把长棍面包放在擦得锃亮的桌子上，之后却忘记了的阶段；最后是那个令人绝望的年纪，我们遗忘一切，包括自己的年龄，甚至把帽子落在汤锅里——一个可怕的事态转变。（我们蹦蹦跳跳上楼梯的阶段将占据大部分时间，接下来，我们收起最后一只风筝、缠起最后一根鱼线，再之后，开始第一场台球游戏，以及第一个从家里出来却忘记钥匙的夜晚。）

带着女孩的忧郁。她美丽的爱情无人知晓。

还有不存在的绅士的英勇追求。

所有这些都给不知道自己是否是天才的银行雇员制造了难以描摹

的困惑——但鉴于小说所付出的努力，这一次的困惑是可以借由语言表达的。

序言一旦完结，小说当即开始，开场便是令人惊讶的一句："一部刻不容缓的小说，来到了大街上。"急匆匆地将长篇累牍的"被阻止的小说"插入其中，并以作者在"哭什么"中所谈论的其他内容结束。"哭什么"这一章将为读者提供一份值得哭泣的清单。此外还有假装活着的人[1]的不可能的死亡；这场死亡的唯一见证者，是假装自己醒着并且能够看见的理发师，尽管他此刻正一如既往地处于睡梦中。他那该死的睡眠并不妨碍一切被得知、被讲述，而这一切都已包含在本书中，在它之外不再有值得谈论的事；他的入睡也不会妨碍这部小说形式完整地抵达终点，那将是本书把一切都说尽、再无话可说的一刻，也是它质疑之前所说的一切的时刻。我们保证，很少有仅仅给出承诺的小说，即使是那些在结尾时收获了更多称赞的小说，像我们这本小说一样，它们在收尾之前就全部写完了，没留下一点将会延续下去的迹象。

总而言之，这部小说肯定会面世，因为自从它首次作出会完成的承诺之后，这第一份承诺又在之后被重复了三次。它不上路前行，但也没忘记要继续；这两件事都只是为了让读者找不到故事人物而制造的借口；它会假装说，如果这几个人物不去趟欧洲，或者干脆在几页故事中完全消失一下，情节就无法向前发展，因此读者必须等他们回来再说；或者，到时只需用一只手拍打额头，遗忘的部分就又会想起来了。这就是为何我曾经说，或者我将会说，照看好带把浅口锅的盖子不让里面的水溢出来，看好牛奶煮米饭不要让底部烤焦，做好厨房里这些事不需要先考个学位，我们不接收那样的人。

---

[1] 假装活着的人：原文为 El Hombre que Fingía Vivir，是小说中的一个人物。——译者注

问　候

　　虽然显得奇怪，但我承诺过的小说，现在就在这里，本能上它当然想保证自己并不是真正地存在——它还没有从不存在中浮现出来，因为承诺之物处于存在和不存在的边界，而若从一个遥远的角度，例如从承诺者的视角来看，它时刻准备找到自己在存在中的位置，能量、好奇心和注意力也在积蓄着。连关于它的承诺都会赋予它存在，以至于两边都为它预留了奖项——它将不存在维持了六年，以便让自己看起来仿佛从未了解过虚无，这使它现实的美德加倍，令其美德如此丰富，以至于在幻想中，不存在之物以"不存在的绅士"的身份存在，而只有这样一部在开头之前什么也没有的小说，才能让它被暗示的存在得以实现，让它纤细的影子得以站立起来。

　　我也要在这里跟你说再见了，读者，不是因为你将从此忘记我——你不能，这是一部你无法忘怀的书——而是因为我只是一部可怜的小说，热情洋溢，但缺少令人激动的梦想，一块小小的阴暗幕布刚刚完全拉开，以向你展示一切，由此你便开始了对它的阅读：甜人儿、总统、不存在的绅士——永恒小姐不在同一条路上——可悲的人物只活在有人花时间写他们的那几分钟里，书写完了，他们的生命也就结束了，什么都不是。这再令人悲伤不过了，因为他们死去的身躯被读者眼中的蝴蝶轻轻掠过，后者摘下或嘲讽或悲悯的花瓣，撒落到那些躯体上，这令人物们不安，甚至打起了寒战，因为他们从未接触过生命。

　　我的小说已被取走生命，但这正是为了它不被忘记。被遗忘是一件比死亡更糟糕、更悲哀、更无情的事。你们这些永恒的人，活着的人，请为它、为整部小说哭泣，因为你们已经触摸过生命，曾拥有过现在的地方，就不存在死亡，现在的一瞬间，跟随其后的便是永恒；

你们可以哭泣，你们的眼泪灼烧着脸庞，它们在上面流淌着，打湿了双颊。我，小说，是梦境的集合，一场完整的梦，梦见我的，终将会忘记我，到那时，我会永远结束；快乐或得意之时，也是无法梦见我之时，每到这种时刻，我就会停止存在；你们将永远不会遗忘存在。

又一份问候

为什么不可以致一份问候呢？为什么不能将它称之为问候，即使它最终并未成为问候该有的样子？我没有承诺我在精神上是连续和前后一致的，作为一个人，我无法给出这个承诺，但作为一个作者可以，由此我才能写出这部小说。我就在这里，连同每天随时随地发生在我身上的私密变化。我在读者的眼前过着我的每一天。读者，顾名思义，是一位同情者，而我可以借由我所展现出的怀疑和变化，引发他的兴趣。

知识是一种深刻而复杂的东西，没有什么比懂得识文断字更让人忧郁的了，这是发生在我们身上的最糟糕的事；同时，它也会催生出最严重的狂妄。我说我们拥有的知识很少，似乎是为了说服自己并不需要它。如果我们知之甚少这件事是真的，那么它是否是真的就值得怀疑了；如果我们对任何事都所知甚少，那么我们的巨大无知，很可能也包括对我们是否真的一无所知的无知。

但这并不是我想说的。我想说的是，每个人都对两三个复杂真相有着深刻的认识，但我们的生活经验却包含一千多个方面，所以几乎我们生活的每一部分，都是在黑暗中度过的。这并非意味着一场持续的不幸，完全不是，因为痛苦往往会自行产生快乐，痛苦一结束就是快乐，反之亦然。面对这一事物运转的规律，领悟和知识没有什么价值。

但我们的确是生活在持续的惊奇之中，几乎一切都发生在意料之外。我们从不曾完整地了解任何一件废品（完整地、废品，这些词暴露了人类精神活动的脆弱），甚至不曾完整地了解过构成我们命运的其中任何一个小部分，除非我们把此生大部分时间用于了解每个行动、每段激情背后的所有动机，然而做到这件事的可能性极小。我们喜欢为持续时间或短或长的结果和事件构建开端，将我们彼此联系起来，但很少会匀出力气来有步骤地唤起一种效果或一个事件。

此外，我们通常并不知道我们正在处理的思想或行为，其本质是什么。

以音乐为例，如果核算一下巴赫之前的、与巴赫同时代的艺术家（包括他本人），以及过去和未来的普通民众在旋律创作上所付出的微小劳动的总和，那么一个人有可能会生出这样的怀疑，即考虑到已经有了那些艺术家和作品，还有贝多芬，如今的我们是否切实地在整理音乐，还是只是在制作属于那个遥远年代的音乐而已。当下的音乐不成其为艺术，那个遥远年代的音乐更不是。我们对巴赫等音乐家，以及那些时代的民众为我们留下的数量庞大的歌曲片段感到痴迷，也许，从巴赫开始，所有我们称之为音乐的东西，都是对这一份痴迷的阐述。也许真正的音乐从来没有，或几乎从来没有存在过：它实为艺术家个人所感的直接和个性化的表达，是对表达愿望和表达手段的寻找。我在这里所做的，就是展示我们如何在黑暗中长期工作，然后赋予我们的劳作一个不属于它的名字。

因此，我现在也会问自己，是什么促使我产生了创作小说的想法和意愿？在我生命中的这两三年里，没有任何相关动机浮现。这不是因为我的生活中不存在神秘的或不可触及的事物，而是因为这些问题探究起来十分耗神，且使人不安，尽管我们对个人历史的起源、各自行为或情感的全部动机的构成，都有了解的兴趣。

起初，我想表达自己，也想从心理学的角度思考生活，还想宽泛地进行一些美学研究，也试图改善经济状况，为了实现这些目的，我得为自己创造一点声誉，因为这将使我在境况困难时更容易获取谋生渠道。然而，所有这些都被一个伟大的、新的动机抹去了，因为我意外地遇到一个高度影响了我思想的人，她的优雅如此令人难以置信，有时我都不知道她是否只是我的一个梦。

为了表达我的感激之情——或者说为了继续梦见她——我开始了这份手稿的书写。这始终是主要动机，但还有一个较小的动机，公众可能对它更感兴趣，即实践一个艺术理论，尤其是小说艺术的理论。

就这样，在黑暗中，我们写了一封信谈论这部小说；也是在黑暗中，这封信的收信人读后心情难以平静，在她身上产生了一种她自己也无法言明的触动。她猜测不出永恒小姐的动机，连永恒小姐自己都不了解，所以她是受一种未知的冲动驱使而写下的那封信函。

读者对这部小说的印象同样会很混乱。我不相信我的小说做到了忠于它所表达的教义。但就算上面那封信和这部小说都同样清晰明了，读者仍然拥有许多时间来形成自己的看法，他们会发现很多值得怀疑、含糊不清、自相矛盾或没有艺术性的地方，这是由于为了论证不完美的合理性。我已经解释过，在这里不谈论个人动机和印象是很难做到的。

读者，再会！

完美小说最终如何成为可能

我们最终能够呈现出这部典范性的小说，得益于在文人口中流传的一位名叫胡安·登山者[1]的人物的奇特动向。所有人都知道——包括自称什么都不知道的苏格拉底，以及那些除了知道苏格拉底说过这句话、其余一无所知的人——自希腊和罗马时代以来，过去两三千年的文学作品中，一直有胡安·登山者的影子，而在所有闻名遐迩、风格独特的现代小说中，却从来没有对他的任何记述。

胡安·登山者这个人物，以其固守既有立场一成不变而闻名，这让他有趣到令人苦恼。他在爱情的驱使下开启冒险之旅，登上一座号称适合攀爬的小说山峰，而后从其中一个峭壁上跌落了好几米。这类事情总是令人感到不幸，尤其在故事不能因此中断的情况下，更是值得遗憾；故事一开头就描述了这场事故，它对小说来说是一个开场，对胡安·登山者的生活来说是一次停摆，对于读者来说，是一个悬念、一份担忧，对于故事来说是情节进展的助推力；这是杜绝读者跳读的唯一有效计策。

登山者身处高空，面临巨大的危险，但故事在继续，就像那些需要有事情发生才能开场的犯罪报道一样；而登山者对攀登活动的热情，只有在他因失足而陷入巨大危险时，才能激发读者和作者的共情，激发出他们的兴趣。他靠离身体最近的一根树枝支撑着，脚趾踩住一些不牢固的小岩石，在离我们必须开始称之为深渊的底部三十多米的地方，竭尽全力，死命地呼喊着、挣扎着。

整部小说的叙述，都发生在他陷入困境这段时间之内，我会在结尾告诉读者他是如何获救的。我想不出有什么小说手段，能更有把握地让读者在不间断的悬念和兴趣中坚持到最后，也没有什么小说方法，能让本书中每一页的平均价值变得更高。即使这本书在第一页和最后一页之间是空白的，而没有遵守对其他元素——无外乎就是情节、结

---

[1] 胡安·登山者：原文为 Juan Pasamontes。——译者注

局、人物、整体性和连贯性——的承诺，读者也不会跳过任何一页。因此，对于一部独一无二的典范小说而言，胡安·登山者是个再好不过的人物，他是所有人物的合体，是所有情节的化身：从开始到结束，中间没有任何有待厘清的东西，也没有任何虚假方案来伪装已厘清。

他悬挂在空中，而每个读者的注意力都悬挂在他身上。我需要他来完成最困难的任务，即写出小说的开头，而读者也正是在那里开始执行他自己的任务的。这或许是因为登山者成功启动了这两项困难的任务——尽管读者会认为自己所面临的才是最困难的——又或者是他让我们相信了，上述两项任务是困难的。就这样，作者和读者与他一起，在不牢靠的地面上挑起了各自的重担。

不牢靠的地面和悬挂的状态在这里发挥了作用。新访客登门时，他会把他的狗拴在院子里的钩子上；福特公司的工人挂起他们的帽子，根据福特的说法，这是一项运动，但这跟之后他们再次回到工厂完成一天的工作同样无足轻重；我借来一个人物，把他挂在那里，结束时再把他拿下来归还，在这段时间中，我抓住了读者，使其保持了强烈的兴趣，让他在接下来的阅读中，对任何跳读都会感到后悔。所有未来的作者都会对这个方法心怀感激。

爱　人

爱人的诞生得益于人类智慧的最重要发现：霍奇森[1]的自发主义概念。这部小说的作者，在首次透彻了解了心理自发主义之后，受其引

1　沙德沃斯·霍尔威·霍奇森（Shadworth Hollway Hodgson, 1832—1912），英国哲学家。——译者注

导，提出了他的整体自发主义理论，这个理论可以被视作世界上最大胆的想法和最清晰的认知之一。

以霍奇森的最高范例为出发点，作者大胆地把它进一步极端地系统化。正如我们所说的，借由这本小说的魔力，作者许诺将你变成一个新型读者。他发现，从来没有人证明，一个男人或女人在微笑或哭泣，在皱眉、喊叫、激动、攻击、自卫、寻找、发现、演奏、立定、写作，或看起来在阅读或留神聆听的时候，有什么特别的感受或思考；也没有人证明，在进行上述行为的男人或女人身上，存在什么声音、颜色、气味、疼痛，以及其他任何感官状态。总而言之，"意识状态"不存在这一事实，并不妨碍任何东西——意识的存在也不会有助于任何东西——有意识有感觉的人从事上述行为，和无意识无感觉的人相比毫无二致。[1]

有机体对活着有兴趣，但对存在、对意义没兴趣。自发性不断掌管着我们所做的一切。它完全从个人经验（这些经验不需要为了所谓的适应而进行自我修正）中获得，但可能要除去两个例外，即两个基本的先天性反射冲动：逃避痛苦的冲动（指会摧毁身体机能的痛苦，而非精神上的痛苦），以及保留或追求快乐的冲动。有了这种基本的、先天的自发性，经验持续记录面对每一个突发状况时的生理反应：一个人被暴怒的藏獒袭击，那个当下他看不到、听不到也感受不到任何关于犬类或者过往伤口的记忆；或者我们可以这样说，一个人过去曾被一条狗伤到，有一天他醒来却突然完全失去了意识，忘了这段记忆，但在被藏獒攻击时，他还是会立刻自动采取防卫或者逃跑。有人可能会提醒我说，至少这个人曾经有过相关的心理体验、智慧、情感和知

---

[1] 读者与霍奇森窃窃私语，作者察觉到两个人都在做边角注释。

觉，这是必要的。但事实并非如此：一个孩子出生时可能毫无感知能力，但他面对一些状况时的反应可能完全无异于他拥有感知能力（那是一种心理感受的光环）的哥哥。

身体所遭受的伤害，与视觉和听觉神经的感觉联系到了一起，因为动物的形象和叫声为神经网络带来改变，而这些改变未必会转化为视觉或听觉上的心理数据（从心理学的角度讲是如此；从形而上学的角度讲，所有的物质现象、人体、声波和光波，都不过是心理状态，或心理上的感觉）。

作者试图调查、却尚未成功确认的问题是，在什么情况下，我们所说的意识可能会完全支配身体；但我们只需提醒自己，意识存在于身体上是一个荒谬的想法，因为精神的东西在空间中是不可延展的：一种情绪，一种感知到的视觉印象，它们并不发生在我们的大脑中，尽管感知和脑部变化之间可能存在着某种可识别的因果关系……

作者与爱人已经相识多年，他们也经常见面。他注意到，爱人在他显然深爱的妻子去世后，其行为举止和神情都发生了难以察觉的转变，这让人感到不安，同时又难以界定那究竟是什么样的变化（作者这位专业小说家在这一段承认了自己的无能，但他同时也请求读者对小说的奇迹保留一些信仰，至少我多年来都保留着这份信仰。存在着大量比我这一部更加难懂、更加不连贯的小说，这类小说我读了很多）。就这样，爱人一点一点失去了感知，直至沦为一具没有意识的躯体。

如果读者也不知道我所不知道的一切（我感谢他的陪伴），那么他就不了解霍奇森是如何全面且令人满意地解释了他所发现的（应该说是不完整的）自发性的。读者们也就只能了解到我在这里解释的部分内容。出于这个原因，我发誓，爱人在几年前就不再是个有意识的人了；我观察到，他在小说中的行为暴露了他是一个没有感觉、不思考也不观看的人，他维持着等待的姿态，却又感觉不到自己在等待。他等待着爱人回来与他重聚，让他重获幸福。换句话说，这是一种无感的感知。这非常神秘，就像一个人竟会不知道在这个世界上有电影，有柯南·道尔的小说。

环境作用在爱人的自发性上，而他却感知不到，因此环境也是小说情节的参与者。

身体是一个主导力量，它不需要感知的配合；它可以在没有意识的情况下完美地生活；当有意识在场的时候，身体可以强迫意识活下去，即使后者不愿意；它反对人的自杀，认为这是最难以忍受的痛苦，它会用尽一切办法，包括关闭感觉，只为保持个人身体的完整性：身体的唯一计划是长寿，而不是享乐。

小说没有把爱人视作一个角色，而是视作一个没有知觉但自发的身体，并使之与小说角色这个功能相协调。我们并非在吹嘘，在小说中引入了一个自动人（会在，比如说发条上，运行一个月）是什么伟大的新意，因为爱人不是天生的自动人；他有过意识，也可以重新拥有意识……

小说希望，复活归来的爱人在视觉、触觉和听觉上的刺激会带来爱人意识奇迹般的恢复。

而爱人将向小说展示他的温柔，用他的爱丰富小说。他将如何使她复活？通过成为唯一一个不否认自己的梦想的人。爱人能使他的爱人复活，是因为他相信他的梦想；他很幸福，因为他对爱恋的永恒抱有信心。

出场之前的一个人物

"我想知道我在这里会遭遇什么样的人。"

"每一个都值得你遇见。永恒小姐、爱人、总统。"

"但你应该知道,作者先生,这世间已经没什么值得我学,也没什么值得我教的了。有时我被称为迷娘,在《威廉·迈斯特……》"

"但是,我们这里有永恒小姐,她在坡的作品中被称为莱奥诺拉;还有那个在《艾凡赫》中被称为丽贝卡的。我们自己的永恒小姐也曾经出现在《露芸娜夫人》中。"

"我什么时候才能为自己找到一位伟大的小说家?"

"你在这里没有找到吗?"

"但你看,你的小说没有一个'密封盖子',而是通向另一部小说。因为我是一个转生的人物,我的存在依托于作者的身后事,而不是读者的。"

"就这样吧:为了我,你要好好表现。至于其他的,我不相信未来的作者会满足于使用已经用过的角色,但这与我无关。我们已经达成了共识。"

也是一篇序言

我希望这部小说能有一些白日梦的成分,最微妙的那一类白日梦。我在1928年做了一个梦(我正在确定梦的日期;可以通过这些梦与一系列清醒状态的相对关系来确定其日期,也可以通过参考之前或之后的其他梦来确定)。"我发现自己在一间房子里,一个角落有阴影,或许是用帘布遮住了,半开半掩,昏暗和光线在我眼前交替着。那里站着一个女人,我辨别不出她的面容,只模糊看见一个女士衣装的轮廓;我知道她是谁,我无须看到她就感觉到了她是谁;我感觉到她的亲切、她的陪伴,她的灵魂不是我的敌人;但另外一些时刻,我又不确定是否看到她，是否认出她了。在我随后醒来的那段时间里，或者说，在我们用'醒来'这个想法或概念所指涉的那个状态中，我却已经记不起她的脸。"我为"梦境"二字加引号，以后只要是专门涉及梦境的内容，我都会使用引号，这样，如果我有一天出现在了读者的脑海中——我对于别人来说也是个梦——通过引号，读者就可以辨别出这是他的一个梦。所有的艺术都可以携带引号，而我迄今为止所写的一切，我的三部书，《警惕》《新到的人》和《永恒》，在每一部之中，我都想唤起或者描写人刚刚清醒又还没完全脱离梦境的状态。这是我们应该保存下来的状态，将其用于面对痛苦的时刻，以及预感激情降临的时刻。当对激情的浪漫想象浮现时，我们应该为自己创造一个超级清醒的状态，尽管激情本身就已经是这样一种状态了。

在我看来，这个我只做过一次的梦有某种神性，或神秘特征，包含有一种自在的感觉：它揭示个人身份的易碎性和可模仿性、个人存在的永恒伪装性，以及人与人之间互相辨认、互相证实的虚假性。

激情状态（只有激情是利他的）是一种确定的状态，在它之外，唯一的真实状态就是梦境，在梦中，两个爱人相会，一切都是冒险，需要在投身于一切之中的同时保持全然警惕，并押上所有的幸福、所有的痛苦。在激情和梦境之外，我们只能生活在半梦半醒、似动似静之中，无法完全了解事件和状态，因为激情之外，人大多时候是在受苦；我在这里回顾的那场梦，是对所有确定性和有效性的一场半否定。

形而上的序言

这部小说不愿意与永恒分离，它想感受到永恒的微风，它的形而上学理论（如下）从不放弃对永恒的坚持。[1]

先决条件：

1. 只有很少数人——占"文明人"数量的一百万分之一——体验过"激进的不熟悉"，即完全彻底的不熟悉，因此，这几行文字中的形而上学的解释并没有多么重要。

2. 人非常渺小，用于思考的时间和精力也非常少；即便是少有的、那些能拿出一些空闲来进行思考的人，也就是我们所说的圣人和天才，也会被或大或小的干扰所淹没，这些干扰足以耗费掉一个大闲人百分之三十的体力与专注力。此外，耐心也会在这些折磨中渐渐耗尽。有鉴于此，"圣人"和"天才"与肌肉发达的人相比较，只会揭示出前者的居高临下。肌肉发达的人没有思考的义务。此外，总体上，圣人和天才从事的活动是自动的脑力活动（历史、语言），余下的还包括整理书页、编辑行文等恼人的小任务。综上所述，所有我们称之为圣人的人，都在黑暗中活着和死去，他们只因自己的专长而被后人记住，他们拥有的专长决定了当我们把他们与肌肉发达的人或普通人相比时，会有人感到吃惊；但他们自己知道，他们只是弄明白了他们想要懂得的道理的百分之十而已。我们这些被称为知识分子的人，还是谦虚一点吧，在任何行业、任何体力活动中，都包含着占据相当大比例的纯粹智力劳动的部分。

袒露这番肺腑之言之后，现在我要提一些意见。

唯物主义是一种形而上学。它不是科学，它面临的不安与理想主义相类似，这是形而上学的本质性困惑：事物之"存在"的令人惊异的无法解释性。

---

[1] 对这门形而上学说的阐述主要出现在《并非所有意识都是清醒》中。——原书编者注

科学是一种描述"存在"的消遣，意在实用性，而非"存在之惊奇"。唯物主义和唯心主义一样，也跟一切有明确界定的形而上学一样，最后的结论都是解释存在的完全可理解性，以及它的绝对可知性。在这一点上，它与实证主义和科学不同，后两者恪守世界运行的方式、事物存在的方式，它们宣布，存在如何成为可能，存在为何发生，为何不是一无所有，存在如何被给予，一些事如何发生，如何被看到、被感知……所有这些问题的答案，对人类智力来说都是不可企及的。认为上述问题有答案，那就相当于相信，人可以想象一种非存在。设想某一天早晨，空间、事物和感觉都可能停止，或者，相信它们是在某一天从空无中诞生的。

当物理学家用原子构建视觉-触觉世界时，他们自认为可以透过这些不可见、不可触的东西说些什么、理解些什么。同样地，他们也毫无顾虑地发明了意识的形象，在将一系列不可知、不可感之物进行重组之后，使意识成为这个珍贵重组物的核心：让意识在物质中显现。他们这么做，不是因为这套让人无法理解的言语可以让他们获得平静，而是他们根本就没有顾虑，他们没有对存在的惊奇感。形而上学无法轻而易举地在他们身上诞生，就像意识轻易地从无意识中诞生一样。另一方面，唯心主义否认时间、空间、自我和物质，而肯定感性状态，肯定"我"当前的感觉状态，并将其作为唯一的可知对象，唯一的智性对象，这些都让物理学家无法理解。然而，我就是这样命名和定义存在的：永恒的自动存在，永恒的智性神秘；也就是说，"存在"的范畴不是转瞬即逝的，它不会散失。

没有一刻我能想象自己的不存在、我的无感觉；我，也就是我的感受，没有开始、不会结束，也不会有一瞬间的中断，我的个人身份也永远不会在记忆里中断。一个没有世界的时间、一个不存在的存在，这些都是不可能存在的概念。

这份神秘，以及其中的幸福和痛苦，这个我们永远无法逃脱的存在，这份不可避免的个体记忆的永恒性，以及我们因为渴望自己不存在而遭受的痛苦，这些都将永远伤害我们。幸福抵达后又扭头离去，难道，希冀的幸福不属于当下，而只是在当下希望成为的东西？

只有一个人曾问过自己：我可能是不存在的吗？而正因为如此，所以他存在过。当一个人离开，当另一个人隐藏起自己，就会有一个存在中的人提出这个问题：这个世界有死亡吗？

这句口头表达可能令人震惊，但它必须被一再重复：存在的人是相信或者提出如下质疑的人——"我是今天出生的吗，我以前是不是不存在？"我也可以用非口语的方式表达同样的意思：当我决定什么都不想的时候，我的脑海中是否会出现一些能够捕捉到这种想法的意象？如果有意象产生，那么我就是在想一些东西，而不是什么都没去想；如果没有意象，我就没有在想。诚然，"无"这个词，一定暗指着什么东西，它是一个有条件的否定，或一个局部、有条件的存在。某个事物或感觉不存在于某个时间和地点，也就是说，它必须与其他限定条件结合在一起：那张桌子上没有任何东西；某些东西，不存在于感知中，却可以在意象中存在；房子里没有我脑中在想的糖果。这些无不具备其他意义。

空间是不真实的，世界没有大小，因为我们最宽广的视野所能囊括的东西，比如平原和天空，也只是我们的一份记忆，它们只是意象。它们的所有细节，都只是我的心理、我的思想中的一个点；我的思想没有疆域，只包含点，包含意象。当我在脑海中将某物唤起的时候，它在没有位置或空间的情况下自己化为形象，这就足够了，它能够完全而准确地表现自己，能够看到自己（因为只有借由概念，我们在这种情况下才能说我们不是在看，而是在回忆），证据就是，在梦中，或者在非常清醒的回想中，这个意象同样鲜活，并能引起同样的情感、行为、语言和姿态。因此，这表明：（1）在空间中延展并不是"外部"的固有属性；（2）头脑、心理、意识、灵魂、感性——它们本质上都是主观性的同义词——在任何地方都没有空间、位置或未在任何地方进行停留；（3）由此，巨大的宇宙只是一个点，或者，更确切地说，是自发的、非受制于意志的意象，是相对于主观意志的偶然和自发的存在。

换句话说，所有存在的东西都只是意象，有些是由人的意志创造的，有些是超出意志的。梦境和现实交汇，产生了同样鲜活的情绪和行为。

因此可以说，我们视线所及的世界，在空间上是不可延展的。但有时一个物体会呈现出不同的大小，这取决于它相对于我们的位置；从它身上发出的声音，震频相同，但强度不同，如果想从它身上获取另一种感受，比如触觉感受，我们就必须移动身体。由此我们知道，空间唯一有效的东西就是它的效果：距离。或者说，有了对某物体、声音或气味的感知，我们可以通过一个被称之为"靠近"的动作，增加其体积、细节或强度。靠近到一定程度，我们还可以从这个视觉物体上获得触觉感受。为了从一件我们称之为"遥远"的物体上获得触觉感受，我们必须进行移动，这就是"空间"的效果，也是空间的唯一现实性。

至于时间，同样地，它的现实也只在于它的效果：我们需要经历一段等待，也就是说经历一系列事件，才能在其中一个事件之后，将一个要么满足了期待、要么引发了担忧的变化或事物状态称之为现在。当你正在想象和渴望一件令人愉悦的事情时，这件事情就处于未来；如果正在害怕一件痛苦的事情，它也是处于未来；如果不再害怕某样痛苦，它就进入了过去。对于愉悦的东西也是如此，如果它没有引起渴望或喜悦，那也是属于过去的。无论哪一种情况，其所涉及的，总是过去的状况对现在所带来的效果，或者被未来之事所引发的现在的状态。一个距离考试还有两三个月的学生，可能对同一个场景有不同的描述：想象自己在某个教室里，旁边是一张坐着四位教授的桌子。这个场景，连同其中包含的细节，可能对应他曾于三月份参加的一场解剖学考试，也可以对应即将于明年十一月份举行的考试。那么，这两个场景，哪一个是未来的，哪一个是过去的？智识的疆界也完全同此理：它有时会引发恐惧，有时会引发愉快。在第一种情况下，事件是未来的；在第二种情况下，它是过去的。通过了的考试对我来说是愉快的回忆，即将参加的考试则让我感到害怕。

尺寸（空间）和持久度（时间）都不是真实的，而是对移动过程中的肌肉活动，对盼望、犹疑、渴求等心理活动效果的推断。持续时间仅仅是必须发生的那些变化的总和，它们在下一个变化成为当下现实之前，自己先成为当下的现实；而这里的之前和使自己成为当下的现实，其含义并非时间上的——否则就是同义反复了——而是指二者在心理上的关联。因此，当下是一种状态，是与它联系在一起的感受——恐惧或欲望——达到强度的顶点：对于某件事物的恐惧，作为恐惧，它自然总是真实的，但其所代表或被感知的场景，只有在恐惧达到其极限时才是真实的。

我说所有这些的目的，是为了确立时间和空间的虚无性。这些都是抽象的，它们向我们传达的，仅仅是场景或事件的再现，这些场景或事件会在感知或现实中给我们带来痛苦或快乐，但它们只是一些多次出现在我们脑海中的意象，有时会触发情感和冲动，有时不会。（在第一种情况下，它们是未来的现实；在第二种情况下，则是过去的现实。）在我们的心中发生的与时间有关的一切均是如此。存在远处和近处（空间）这样一种区分，只是为了更好地观看某些事物，或者从它们身上获得其他感官体验。在一些情况下人需要进行一些移动，在另一些情况下则不需要。我看到一朵花，为了从它身上获得触觉和嗅觉的体验，我必须启动一个肌肉动作，或者需要另一个人为我做这件事。这就是关于空间的所有问题。

时间和空间的虚无，与自我（或个人身份）的虚无、物质的虚无相对应，将我们置于一种充斥着难以察觉的碎片的永恒之中。这就是这部小说形而上的确定性。

假装活着的男人

（唯一一个需要解释的人物，而且是双重解释：他缺乏存在，但丝毫不乏说明。）

我可以只给他一个解释，虽然已经答应了要给两个。又是一处前后不一！但我已经说过，或者即将要说，我会借助一切手段，包括前后不一，来挑战艺术和真实，幼稚的真实，同时会将每一种手段都明确指出，并一一证明它们的合理性。这是一种更坦率的处理方式，也是我为了公众而承担起的一项更繁重的劳动，这可比在小说中引入疯子那种常见又舒适的做法要辛苦得多。堂吉诃德、桑丘、哈姆雷特，这些都是公认的疯子角色，就像陀思妥耶夫斯基的白痴，以及汉姆生（这位作家被授予疯子奖，可以说，哪怕仅仅只在一页纸中，他遵循了逻辑来写，他就得不到这份奖励，我们也会说这位作者失败了：疯子的称号使得作者可以无所顾忌地荒诞行事）笔下的某个主人公。尽管如此，这些作家仍然相信他们是现实主义者。创作包含有疯子的小说或戏剧，就像从事科学活动却否定因果关系一样，即选择花费最少的力气来解释一切，因为一切都可以用疯癫来解释，疯癫成了小说的协调者，这使得读者无从验证小说的真实性，因为脱节和荒谬就是疯癫的真实。艺术中的疯狂是对现实主义艺术的现实主义否定。疯狂对正常人的影响、后果和波及，这些内容可以构成一部现实主义作品，但疯子的行为和性格通常占据了这些小说的大部分篇幅，它们都是走捷径的伪现实主义小说，是愚蠢到离谱的玩笑。类似地，感官体验（饮食、吸烟、性行为等所带来的快乐与痛苦）不能是艺术的主题，而感官对人物非感官部分产生的影响则可以是。例子：包法利夫人，她因生活在绝望的情绪中而遭到彻底的鄙视，但艺术感兴趣的不是绝望这种感官体验本身，而是绝望的目的。我提供给读者的不是疯癫的人物，而是一场疯狂的阅读，意在通过艺术而不是通过真实来说服别人。

在这部小说中，没有人看到那个假装活着的人，也没有人暗示他的存在。他不在小说中。他就是一个"那样的"人物，与众不同；"他就是那样的"，如此特别，以至于都没有人注意到他从未露面。如果空间依然允许的话，他还是希望自己能够登场，而且是以一种更加醒目的方式，以赋予他一份与其"不存在"的身份相匹配的重要性。比如，让他在艺术中扮演"缺席"的角色，借由象征性地实现这一目的，从而让他在作品中占据一定的空间。

或者，我们可以把发生在人物身上的一切坏事都归咎于他，或是把小说构思以及书写中出现的风格问题或欠缺优雅的问题也都归咎于他。又或者，可以在他——一个难以想象的"不在场的人物"——身上不断堆加在小说和电影中所公开使用的一切不可能性。其中当然就包括：作者自己也不可能知道未来会发生什么，人物在想什么、在隐瞒着什么，以及其他在故事中发生的常见的不可能。

但我将诚实地说，这个人物令人印象深刻之处在于，涉及他的第一页就是唯一出现他的一页，也是他唯一需要的一页，而如此简单的一个细节就已让他足够满意。这牵涉一种少见的策略，也就是使用一个放入括号内的副标题，以及一个长长的脚注。这项安排来自于一个不在场的人物，他虽不在场，其行动却具有影响力，这种独特的版式设计，标志着这个不在场主人公的效率和本质。故事和诗歌中充满了比这更难以解释的事。

正如我所说的，没有人会知道——这就是作者想要达到的效果——这个人物从未出现过。唯一的妨碍因素是森（在这篇序言之前，他还没有好心地同意被称为"或许天才"），这个不知道自己是否是天才的人，往往与那个假装活着的人相互混淆；后者假装活着、假装提问题、故作惊讶，并要求让自己出场，尽管他已经被告知，由于他的角色设定，他的出现便将是他的终结（不是因为他将成为其他人物的死敌，而是因为一旦他出现，在诗歌中最为人称颂的"不在"，将无法在小说中传达其魅力）。

森的顽固态度使我们不得不去寻找、最后也找到了，一个关于假装活着的人的、最具说服力的阐释。每次森问起这个人，得到的回答都是，假装活着的人正忙着处理当今世界上仅存的一件可耻的事，因此不得不隐藏起来：他正在给一盒火柴拆封，想从里面找到维多利亚火柴公司承诺提供的隐藏优惠券。森相信了这个回答，完全平静下来，并对假装活着的人心怀同情。事实上，森认为这是一项令人愉悦的、同时有一定风险的任务，是需要躲起来避免被人发现的唯一一个严肃的理由。

假装活着的人没有出现，因为他认为，如果人们正由于一本小说在长时间内没有出现而祝贺它，那么，如果他不在小说的宣传中继续保持隐蔽，保留一些尚未出现的未来事物的痕迹，那他在小说出版之后可能将发现，没有一个人会赞美他。他使一部长时间不存在、不被谈及的小说成为可能，这种事很少发生。一部书的不存在，发生在它被公布要出版和它实际被出版之间；一部没有被公布的书无法"不存在"，书的不存在使人物维持在一个被部分实现的状态。这也便于使我们想要的绝对幻想，能够严格地统治整部小说，因为创造而非对现实的复制，才是艺术的真理，这种真理要求小说通过一些机制，保证人物切切实实地不存在。

小说中所有的事件和人物都具有令人愉快的不可能性，对现实而言，它们就是奇幻的。假装活着的人，处于他愉快的不存在中——这为他赢得了公众的目光，对于小说而言，他就是奇幻的：他不仅没有出现在生活中，也没有出现在书中。

读者将知道，他是否和我一样，对所有人物的行为都感到满意。读者一直陪伴我到故事结束，我不知道该如何向他们致谢。我们陪伴着彼此，读者翻到哪一页，人物就跑到哪一页，以便能被他们读到。假装活着的人尤甚，他不知疲倦地扮演着不存在的角色，在处理烦琐的"不存在"的过程中展现出他的天赋，其用于维持不存在的恒心、毅力更是感人至深；他过去一定积累了很多经验。一旦小说完成，对它存在的禁令就被解除了，小说就会满怀感激地来拜访我们，宛如一个柔弱的新生儿，身上没有一点污迹。令人遗憾的是，这次奇妙的拜访并不是我们这部可爱小说的一部分，因为到那时它已经完成了。它无法按照读者的意愿一直继续下去，就像每周日的《国家报》和《新闻报》所做的那样；没有任何迹象显示出它的不存在，连不存在的细节都没有，它每时每刻都冒着存在的风险、沦为一个失败的不存在者的风险，巨大的篇幅最终将剥夺其不存在的可能。

序言导读（开篇序言）

　　我正在为剩余的人物和场景打造一个新章节，以为其创造舒适的环境。我得为他们临时准备一个安顿之所、一些纸页、事实资料，并做好编辑工作，因为我的角色都极为轻盈：我一停笔，他们就停止活动；我一停止工作，一切就都停止了。小胡安从阳台坠落到半途，"悬在没有地板的空中"（这来自一首我作的抒情诗，面对尚未完成的序言我心情沉重，而这首诗的浮现则让我舒了口气），只因我昨天停止了写作，就像一个有良知的作家会做的那样，在他触地之前，为他清理地面（并准备好描述），以便于他毫无顾忌地继续自由落体，但他没有这样做！还有一次，他们在小说中到处找我，因为正当卢西亚诺先生把一只手放进大衣时，我丢下他不管，害他保持这个姿势太久，诱发了让他难以忍受的痉挛。总统也来抱怨了，因为我在他点完烟准备吹灭火柴时，中止了对这一段的书写，导致他整个下午都没抽到烟，身上还着火了。这些事听起来或许不可思议。在我的小说中，任何时候都有只穿一只靴子的人，只有一位女朋友的年轻男子，或者一些即将落单的情侣，而且我还没有让妈妈上床休息，让阿姨开始打瞌睡。另外，写到卢西亚诺先生正在伸出脚穿一双新"道德"时，我又离开了他，而人们试图找我，让我把一些"美德"归还给卢西亚诺时，我已经来到了一个很远的地方。还有更糟糕的，虽然最后结果并非无益：在一条新街道名称的揭幕仪式上，所有观众都在指望着，等部长一起身发表无聊演讲，他们就能睡上一觉。我让部长站起来，正准备描写睡觉的观众，却被叫走了，缘由是一个人的卷发还没有卷好，或是半边脸上的胡子还没刮干净。由于观众是我小说中的角色，而部长不是，因此部长说了全部他认为非说不可的话，而观众被迫从头听到了尾，这在任何开幕式、周年庆、学校颁奖典礼或雕像揭幕式上都从未发生过。我小说的读者将再也不会张口询问街道名称了。总之，编辑们警告我说，如果我在读者犹疑是否要购买我的小说的那一敏感瞬间，停下了写作的笔，那我就不值得让他们花一千比索在墙上张贴那句宣传语："这是自它以来、也是自世界开始以来，最好的一部小说。"

站在小说门口
（期待着故事）

作为一个真正的小说艺术家，如何将读者从故事结尾中解脱出来？这里是一道对抗此类阅读阻塞症状的药方。

被拒绝的人物之多，足以列一个名单；至于我会拒绝的读者，则只有一种，就是会跳到最后看结局的读者。由于他事先对整个故事和结局都完成了定性，所以我们在这里不会再看到他了。

作为小说家，我所使用的策略是：让人物保持若隐若现，同时让读者迫切想要好好了解他们，从而导致后者焦躁不安地徘徊于两个极端之间——既对人物的纤细精巧心生爱怜，又因无法完全了解或"一知半解"而被激发出贪欲。于是，爱怜与贪欲这两个记忆固着剂同时在他的脑海中发挥作用（记忆一定是伴随着情绪而存在的，无论是暴躁的还是温柔的），使人物变得难以忘怀。这段写在小说开始前的解释，会让读者不必担心会看不懂小说的不完善之处；他大可舒服地读下去，遇到有头无尾、晦暗不明之处，他不必花费力气去试图理解。

作者应该一开始就坦率地提示读者："这是一部这样的小说：

总统，一位年龄稍长的绅士，在我国的某处，正在召集所有在他离家游玩期间友好对待他并愿意跟他住在一起的人。

这个好友圈快乐地持续了一段时间，但主人自己并不快乐，他鼓动他的朋友们采取一种行动。

该行动取得了成功，但他仍然不快乐。

行动结束后，他们分开了，在发生一些大大小小的事后，我们再也没有听到任何人的消息。

因此，读者，这个故事本质上讲的就是，总统对自己在庄园里的友情关系不满意，而为了实现自己的幸福使命，他付出巨大努力，投身于对抗这股持续不满的行动之中，而这个目标一旦完全达成，他又陷入对这场行动的幻灭之中，同时幻灭的还有对在爱情中获得幸福的愿望，因此，在修复与庄园居民们的友好关系之前，他对友情、行动和爱情都已感到厌倦，转而将对'神秘'的沉思视作自己的唯一使命。

在小说叙述开始前后，主导着他的是形而上的沉思，这使他在友谊领域，在快乐的行动、完满的爱等方面，都是个失败者。

这部小说中唯一一个体内暗藏着这股魔鬼力量的人物是总统；他在一切方面都不尽如人意：爱情、形而上的沉思、友谊、行动；他深陷于'神秘'之中；他非常爱永恒小姐，后来去寻求友谊，却无法感到满意，他便决定投身于行动，却再次陷入不满，而且总是意见多多。经过几夜的思索和折磨，他邀请那些集体生活多年的同伴们——从他这里得到如此多快乐、启迪以及麻烦的同伴们——与他永久地分道扬镳。他们就这样刻意地分开了，再也不会相见；昔日快乐地相聚，今日悲伤地分离，再也不会听到彼此的消息，无论是关于幸福、不幸，还是各自最终的结局。对于那些没有信仰的人来说，这种'理论死亡'并不是多么愚蠢的决定——我们几乎所有人都是这样。诚然，最好的状况应当是：带着信仰，团结起来。

凭借这些摇摆和变换，那个伟大的人物——总统，赋予这部小说一种不连贯的书写特征，但理论死亡的结局使它变得宏大，而对人物的提前排演，也显示了对阅读者的尊重，之前没有一位作家做到过这件事：以后如果再有人创作戏剧和小说作品，都应该事先让人物当着读者的面排练一遍才行。

最后，总统-作者还有两个不满之处：永恒小姐的个性凌驾于他之上，以至于他无法发挥他的联想能力，去感受'告别'中永恒小姐的庄严情感，以及她未来命运背后的谜团。此外，正如大家所相信的，作者是一位艺术家，但即便如此，他既无法想象也无法谈论，像甜人儿和或许天才那样纯真可爱的生命，他们彼此间的陪伴是如何被那场分道扬镳所破坏的。

综上所述，半小说家中的佼佼者所写的半成品小说的终结篇，最终并没有完成。

如果你认为你可能会喜欢这样合成的小说，那就读一读吧。请允许我在你阅读的过程中发挥一下艺术才能。当然，就算它毫无艺术性、对于我自己毫无价值，也未必会妨碍你喜欢读它；但是，如果我能够借机对你的精神进行一次独特的艺术操纵，那对我来说将是有益的。你将由模糊到清晰，你将体会到艺术的情感，而那就是我试图唤起的情感。

在开始读我的小说之前，必须先了解它的全部内容，这才是我期待的那种读者。这样的读者是艺术家，因为试图通过阅读寻求最终解答的人，他寻找的东西是艺术无法给予的。艺术的旨趣是激发生命力，而非意识：只有不寻求解答的读者才是艺术家般的读者。"

费德里科进入序言

  他十分关键,必须进来,虽然他的存在又涉及另外一些事。
  我对于把手持长棍的男孩永远排除在小说之外不抱幻想。你们都知道,他是一个没有自己位置的未来人物,却被划定在了小说中;一个被拒绝的理想追求者,在故事中四处流窜。我带着疑虑,为他的出场准备了标题,因为即便那违背我的意愿,但他可能最终还是会出场的。因此,尽管我被迫接受他的出场,但事实上,大家能看出,我对他并非毫无考虑(我发明的所有人物——他们利用我分配给每个人的存在,共同构成了情节——都生来是专横霸道的怪人,不像我们,会征求他人意见。他们被"幻想"的一些懒散又任性的念头所振奋,被召唤到小说中,开始过一种小说的生活。他们十分着迷于这种随意而单薄的存在,所以会反对放那个麻烦男孩进来)。我理智地同意了长棍男孩对我的要求,即为他作一篇序言,写一写他的来历,以便于他之后能更容易地进入小说。他要等待时机,等待那些从一开始就在小说中站稳脚跟的强大人物的一时大意。后者就像一群已经从不真实的存在中退休了的人,端着一副对生活见怪不怪的姿态,俨然一帮祖宗;这种轻松也是我们这些活着的人从一出生就具备的,没有人记得自己在生命之初,曾对开始活着这件事表现出过惊讶。如果没人告诉我们这件事,我们是不会相信的——我,跟那些记得我的诞生但不记得他们自己的诞生的人,最终认为没有必要保留该记忆,如此一来,我们的永恒便得以确认——
  虽然费德里科带来的灾难恐怕会比批评家带来的还多,我还是必须把他出现的可能性考虑在内,并为之做好准备,以便到时可以最大程度地确保和平。把这个男孩放在小说中,小说就可能会遭受各种破坏，这样批评家们就省得麻烦了。

他有头衔、有作品、有过往，跟作者不一样；作者是个新手，名下只有这一部书、这一个版本（这位最近才在文学界立足的流行作家，从这部书才开启了职业生涯，他不像那些知名的伟大作家一样，要求自己的书从第四版开始销售）。

我们为了拥有造物主而发明了上帝，他一被发明出来，就担心事情会看起来不够合理，因此他创造了世界，好让人相信（这不是宗教，但这是宗教的第一步）他早在我们之前就忧虑一些问题了；他写下数字"三"，并认为我们会随之询问他余下的是什么："如果这是三，那请把前面的数字给我们。"然而事实与此相反，看到这个数字时，我们说的是："三，最后一个。"如果他偶然地把寄件人的地址写在信封背面，那我们也就会以此为依据写回邮信。

男孩费德里科不知疲倦地进行着经济抗争。他和他所有的朋友一起创办了一家噪音工厂。为了给瓦砾投掷工配备最好的工具，他们搜集了锌、铜等金属，或者是用矿物剂处理过的水晶。便捷的运输和广阔的销路，保证了工厂的繁荣。1921年的金融危机，斯廷内斯[1]的倒台，标准石油公司和壳牌之间的激烈竞争，马克纸币的泛滥……我们所知道的是，尽管需求巨大，但工厂所在地没有一点可供投入生产的噪音；无奈之下，费德里科的公司只好转而向居民提供了一种没有人能听得到的轰响，它悄无声息，没人知道它来自哪里。当地每位父亲都找到自己的孩子，并帮助他们各尽所能加速行走，因为还有两个小时，那个因先见之明和便利性而受到民众赞誉的机构就要诞生了。所有的工作人员都躺在床上，从而避免了宣布破产；无论是斯廷内斯式的动荡、

---

[1] 胡戈·斯廷内斯（Hugo Stinnes, 1870—1924），德国企业家、政治家。——译者注

兑换汇率的不稳定、无限发行的马克币，还是迟来的威尔逊十四点原则的黑暗性，都有可能迫使他们走向破产……或许唯一的巧合只是，在这座城市，父亲都比儿子体格大，这使得把小男孩召集起来更加容易。在费德里科经思考得出是哪些因素——是斯廷内斯的骚动、石油战争，是另有原因，还是所有这些因素共同发挥了作用——导致了他贸易事业的终结之前他就已经又开始了新的个人事业，即作为上帝的秘书或记录员，记录下并提醒上帝人们所说出口的、一切关于"如果上帝允许"的祈祷。这些祈祷会涉及比如："明天"再打扫庭院的事；普通人家的主妇或姑娘常因当天的拖延感到羞耻，从而说出下面这些话："明天，如果上帝允许，我们一定会清洗地板。""明天，如果上帝允许，我一定打扫我的房间。"他仔细留意着，并计算出，在全世界范围内，每天上帝都会忘记去"允许"约三万个被搁置的地板清洗任务的实现。费德里科还必须记录另外三万个"如果上帝允许，明天我们将整理壁橱"。从今天一大早开始，费德里科就站在我的小说门前，但我不能问他，这一笔跟上帝做的生意是否又要因为无聊和收益不高而以失败收场。诸神古老而狡猾，因此上帝，或恶魔（他们是一回事），总是知道得更多；他知道得更多，因为他够老，而非因为他是恶魔。

但还有一件事，我们不能再继续拖着不说了：关于费德里科在世界各地的来来往往。我们至少要说的是，他移动得非常缓慢：费德里科在永恒小姐把嘴唇移开，再眯起苍白的眼皮，用微笑鼓励总统与她坦诚相待的这一刻离开，并在这个笑容消失时回来。永恒小姐的笑容消失，是因为总统从先前的无法坦诚，变成了此刻的怒气冲冲。他抓起永恒小姐的裙子，以此暗示他已准备好"去衣柜里"，甘愿接受惩罚。

就这样，我们将费德里科引入了序言。

致花窗玻璃的读者

长久以来我在多题材写作领域都只被视作新手，而在这些努力之前所保持的沉默却反而被众人认可，那雄辩的、百科全书式的沉默，包罗万象，人人称许，这让我开始怀疑，读者群体可能就是一帮脆弱的短暂存在，同时又没有短暂到连标题和封面都来不及读完。我创造的"标题文本"，便是从这一思考中诞生的。我想顺便讲一讲为什么我小说的标题迟迟不出现。

封面和书名的流通受制于彩绘玻璃设计、报刊亭和警告栏，所以，理想情况是，"封面读者""门面读者"——"最低程度的读者"，或"不求甚解的读者"——最终会在这里偶然发现与他相契合的作者，即"封面-书"的作者，或"标题-小说"的作者。我想，"被够到的读者"应该作为我们介绍的这部小说标题的标题，因为第一个情节已经发生在封面上，在那里，"最低程度的读者"被吝啬时间的书商阅读过的唯一东西牢牢抓住：标题页。对于大多数书籍而言，只有这一页是被花精力编辑过的；人人称颂、又没有任何人亲眼见过的后来者，将认识到这一点。

给我提供了进行"封面写作"的灵感的，或许是《国家报》和《新闻报》的周日版，因为周日版的特点就是其突出的封面，虽然篇幅很长，却实为一场标题的狂欢。此外，我长久以来都认为这些刊物会永远发行下去——这是一份对每一个常翻阅这些刊物并认为它们不会结束的人的警告——然而我发现，它们确实有结束的一天：会有这么一个绝望的星期天，你跟我一样，把这些刊物从头到尾读完，然后让自己从认为它们不会结束这个错误中解脱出来。这种对永久的执念，是任何善于思考的人在任何事情上都不应该有的。

这就是我标题阅读计划的开端，以及缘由。将覆盖在书籍内容之上的封面，制作成彩绘玻璃模样，以此为书籍争取到更好的发行量。就像一个人点燃自己的香烟，然后把火柴递给下一个人，依此传送下去，文学领域也有对应的、同样亲切的书籍传播者、出借者，只需他从"书籍促进会"那里获得扶助金，并凭借补药维持长寿（这是我们仅剩的宗教，除了两个伟大的阿根廷信仰：无论谁去巴拉圭，回来时都会带一只鹦鹉，以及谁去北方，回来时都会带塔菲奶酪，否则就没有资格称自己从那些地方归来。此外你不能带回其他鸟类，比如哲学家；富有的阿根廷女士和绅士，总会趁价格优惠时去那些地方旅游，然后顺便带回一些哲学家）。而且他手里只握有一本书，因此供不应求不是买家的问题，只是书籍传播者跑得太快了，将读者远远抛在身后，直至再也看不见。根据数据，封面读者和书籍阅读者的数量对比是一百比一；"标题书籍"和"封面书籍"不会误导读者，它们往往是辉煌的文学获得广泛传播的唯一希望。文学的克制和神秘，在多数情况下，无法令这些标题感到满意。

因此，我需要警告读完书名就撤离的读者，我这本书在标题之后还有内容，因为它不是那种用来伪装藏书丰富的木质仿真书。如此，假使读者没有继续读下去，就不能怪我没事先提醒了。不写作的作者和不阅读的读者要达成协议已经太晚了：此时此刻，我正果断地写着。

两个舍弃了的人物

面对这样一本井然有序的小说，读者应该了解其中的人物，并将其分类。

我们的人物有：

真实的人物：永恒小姐，总统。

脆弱的人物，他们的脆弱是源于其对于生活的信念，因为他们相信自己能获得幸福：或许天才和甜人儿。

不存在的人物（但有出场）：爱人。

完美的人物，他满足于做一个人物，对其具有真正的使命感：单纯[1]。

在最后一章出现的人物：旅行者。

缺席的人物，或人物的缺席：假装活着的人。

一闪即逝的、理论性的人物：形而上学者。

受阻挠的、有待于被选入的人物：费德里科，手持长棍的男孩。

被无视的人物（小说中唯一一位名人）。

在被等待中存在的人物："爱人"的爱人。

荒诞的人物：读者和作者。

从一开始就被舍弃的人物：佩德罗·科尔托和尼古拉莎·莫雷诺。

最后两个人物不会出现在我的小说中。佩德罗·科尔托想在出场之前先读一下小说——对于一些读者来说，如果你事先告诉他们书里的全部内容，他们就不想开始读了——此外，佩德罗·科尔托在叙述刚开始时买了一些馅饼，他要求故事必须在馅饼变凉之后结束；我相信他被排除在外是合理的，不会让我在人物数量问题上，因贪婪而遭受指责。尼古拉莎·莫雷诺也不会出现在小说中。她乐意接受她的角色，但有附带条件，那就是要允许她时不时离开小说，去看看正在沸腾的牛奶有没有被打翻，或者每隔几分钟就掀开锅盖，看一眼她准备煮第三次的甜南瓜的状况；这两项交替发生的行为，会时不时中断她在书中的表演，而我没有能力处理这个中断的问题，因为大家都知道，上帝在设计这个世界

---

[1] 单纯：原文为 Simple，是小说中的一个人物。——译者注

时犯了一个错误，就是禁止任何人有无处不在的能力。

我希望，"厨师"这个角色的缺席，不会让人担心书中的人物从头到尾都没有东西吃；这种事，除了拥有着优雅身段的或许天才，谁也不能接受。我解决了这个难题，但现在不记得是怎么解决的了。

我忘了，我这里还有其他可能变冷的东西：一种精神的食粮，我不确定，或者是某种会溢出的东西；类似"神秘"中的一份热情，或清醒，短短半句话便可以为我澄清一切，或为我带来神秘的感知；又或许是更崇高的东西——永恒小姐昨天留下的最后一个手势，她的温柔的升华，她悲伤时的一个微笑，或是对现在的感激、对未来的恐惧，对未来终将结束的恐惧。我想永远在记忆中凝视她，我把她的面容——一道褶皱也不放过地——留在我的孤独中，使它在记忆中一再浮现，就像有人反复把石子扔进安静的水中，让起伏的波纹和反射的光线一同在水面上起舞。

最后，胡安·登山者在我们这里找到了一个职位。他想被本书雇用，但不是作为小说人物。被人阅读、被永远好奇的目光——你的目光，读者——骚扰，这让他很紧张。这意味着，在这位登山者纠结的思绪中，读者的存在是他面向公众的障碍。登山者被他的宽厚谦逊毁了，他可能会认为，如果我付给他五分钱，我还会要他再给我找零。他希望你在他需要的时候，比如在大雨滂沱的天气，借给他一套衣服，而实际上他遇到的，都是只在天气好的时候才愿意借伞的人，而且他们只借给对国家气象局有影响、与其职员有交情的人，或者他们之所以借出去，只是为了让自己有理由再买一把更好的伞。

作者把什么都透露了，没有让任何一个人物不高兴；我没有与任何人交恶，证明就是，他们中没有谁写过反对我的东西。登山者先生，你很快就会出现在我们的版面上，但我们不会让你在我们之前发言，以防止公众见识到你的唇舌。

有一些提及过的人物想要进来，但没能进来：尼古拉莎和手持长棍的男孩。其他的，像小看门人[1]和旅行者，他们甚至不知道这部小说的存在。我们的人物是一个"异质群体"，包括装腔作势者、默默无闻者、被影射者，以及在小说中实际出现的人物。一些人物在外形上千差万别，另一些则会以不同的名字出现。还有一个不存在的人物。在小说之外，有一个人物梦见了小说，还有一个人物被小说梦见。

关于身份，你能告诉我什么？在这里，各种各样的冒险都会发生，而那些形而上学领域的书卷，却不能告诉你任何东西。当你躺下睡觉时，你在想什么，你梦到了什么奇迹，你醒来时在想什么——这些状态有什么共同之处？此外，我们并不知道我们已经入睡了（我们在醒来时总是相信，我们至少在几分钟前是醒着的），如果其他人（他们自己可能只是在做梦）不告诉我们，我们也不会知道我们是否睡着了，就像我们并非直接地体验了我们的出生，而是需要由其他人告诉我们，虽然他们对自己的出生也没有任何直接的了解。如果他们自己都不知道，我们怎么能相信他们？因此，与"坏"小说或现实主义小说（即正确的小说）相比，这部小说更像生活。人物的连续性（即身份）使坏小说或正确小说的创作者成为巫师：这种连续性从未在任何一部小说中表现出来，也并不存在于生活之中；在这种意义上，现实主义作家并不现实主义，他们甚至说不出连续性到底是什么。

我们本想谈谈每一种类型的人物，但我将只解释一个，这是个不在场的人物，他严肃地对待他的角色，也就是旅行者，因此将自己置于一场永远没有尽头的旅行之中——他在寻找一个气候和政治制度

---

[1] 小看门人：原文为 El Vigilantecito。——译者注

（我想不会是选举制度）符合三个条件的国家或地区，这三个条件对他来说无比有利：刚刮干净的胡子可以在接下来的五个星期不再长出；通常会迅速穿坏的靴子可以像扣眼一样耐用。

我们一边进行着这篇序言，一边等待那阵喧嚣平息。我听说出现了一篇可移动的序言，它正在不同页码中四处走动。同一部小说的序言之间不应该有分歧，而这篇不安分的序言却正四处搜寻需要它的地方，想在这部小说中寻找到艺术和人类精神需要它的地方。

致缩略版读者的第一篇小说序言

我想发布两样东西：第一个是一幅西里奥[1]或奥迪维特[2]给我画的画，这幅画生动地展示了那些敲打我家的门、要求作为小说人物出现的女士们、先生们，他们因为我无法满足那么多人的要求而气冲冲地离开了。人们将看到，是空间的缺乏，而非对这些人才能的无视，使我不得不拒绝他们。他们都会读我的小说（不是因为他们不适合做人物，而是我派发给了他们读者的身份），并将是唯一完全有权对小说持有偏见的读者（因为他们没有被它接纳）。我也有同样的经历：我从未在小说中出现过，因此没有一部小说在我看来是完美的。很多作者都做了我所做的（或将在下一部作品中做的），那就是把持棍男孩挡在小说之外。

还有一幅画，可能跟上面是同一幅，但里面的人数有一百倍之多，这让我对我的读者群有了一个概念，不管距离这本书问世还有多么遥远。

每个人都注意到了——无论如何大家也应该了解——我作为一

---

[1] 亚历杭德罗·西里奥（Alejandro Sirio, 1890—1953），西班牙画家。——译者注
[2] 庞佩约·奥迪维特（Pompeyo Audivert, 1900—1977），阿根廷画家。——译者注

个作家所取得的广泛成功。但有人说，虽然我的小说周围总是聚集着一群来来往往的读者，但这并不是因为他们多么想读它，而是因为在我的小说附近，或在它对面，应该有《新闻报》的一些通知，上面写着（这纯属猜测）："寻人，百万富翁，独身，多愁善感，性格和善的管家一名，全职照料房子，并留在身边做其唯一的陪伴。"他们还补充道，那些只关心实质性成就和关键美学特性的严苛批评家，当他们在比较论述中把赞美综合成"我的小说比那些大型日报上最诱人的广告还更受公众注目"时，他们所说的是一项具体的现实，而不是一个不公正的比较；他们极度赞颂大型日报上所刊登消息的传播效力，以此来吸引人群。他们还解释说，上述广告在句法上有一个问题：不清楚是百万富翁寻找管家，还是管家寻找百万富翁，这使得聚集过来的人群里，有一半是来找一位百万富翁的女性，另一半则是来寻找一位管家的一群百万富翁。

在此必须承认，我希望从一些人身上得到同情或垂青，而为了达到这个目的，我承诺给他们戏份，鼓励他们加入进来。有时我会公正或不公正地将某人从小说中撤出，原因可能是他或她惹我生了气，或是未能始终如一地保持对其角色的忠诚。

致非形而上学的专家们

我无法为热切的年轻人提供他们所渴望的那种知识或力量；他们需要这些来实现某种野心，或于存在的黑暗之中找到一个稳定、安全的方向。那些东西并不固定，可以是天空中的一个标志，非洲的一棵树，一个奇怪的和弦，一块被发现的石头，一个阴影的轮廓……它们在年轻人的头脑中时而引领、时而制止着他，示意要他将那些浮现在头脑中的行为或直觉延续下去，如此才能实现前面提到的那份热切的渴望。我无法为年轻人提供这些，但可以把他送上满是希望和意味深长的思想之路，该思想具备永恒的可能性，以及令人陶醉的神秘感，能够为人塑造一个强大的内心，任何现实都无法为其带来悲伤、无力感，或约束，而后面这些感受，就是没能打造出可以永远伴随自己左右的思想幻象的人所必须要承受的。

我们每个人都可以培养一种持久而强大的梦境，以削弱不利于我们的现实的尖刻程度。宗教、爱国主义、人文主义，都以某种方式做到了这一点，尤其是宗教。荣誉的概念，或许也是一种用于有意识地对抗现实的镇痛剂组合。

但对于没有获得作为梦境最高形式的"全然的爱"[1]的人来说——全然的爱带来的享乐具有双重性：自身层面上，以及美学意义上的（即我们在想到它、在自己或他人身上审视它的那一刻，从全然的爱之中浮现的东西）——要想构建梦境，还存在一种比上述镇痛剂更坚固的基石，亦即神秘主义者的态度。那是一种与宗教相反的态度，而要获得它，只能借由触碰智力在各种极限上的边界，以及存在的不可想象性。不是悖论所蕴含的，那种狭隘的不可想象性——它们实为一种多产的空虚——而是这些悖论之存在本身的不可想象性。

在等待全然的爱的过程中，让我们从"不可知"这个荒谬的概念中解放出来。它是人对现实所怀有的幼稚崇拜的残余，也是人对世界（物理世界和心理世界）抱有的模糊恐惧的残余。该恐惧源于一种对"智力"的粗鄙理解，根据这种理解，"智力"只是万千工具中的一种，除了感知因果并从中提取定律，以便为人类规避、预测或防备"祸患"

---

[1] 全然的爱：原文为 Todoamor。——译者注

之外，再无其他功用。让我们从"不可能"中解放出来吧，不要再时不时认为自己所寻找的东西并不存在，甚至更糟糕地认为它们绝不可能存在。不应该有任何东西阻挡我们去寻找这样一个解决方案，它完满、无拘无束、不含丝毫无法消除的残余。

　　心理或空间[1]的"现实性"是完满的，跟与之相关联的"确定性"一样完满。在一定限度内，抛开与它们相关的错误不谈，确定性和现实性其实是同义词。不单现实是完满、确定且为人所熟悉的，我们的确定感和熟悉感，我们掌控或判断现实时的沉稳，以及所有形而上学的术语，都不会因我们的行为而改变，无论是在我们拥有着想象中的安全感时，还是这种感觉遭到了幻灭时。举个例子，一个工人的工作是把玻璃砸碎，每天八个小时，每个小时他用锤子敲击了一千次，每一次都确信手里的锤子会打碎玻璃：一小时内有一千次"确定"的实例。如果我们把工人换成一个顶级的形而上学家，同样的事情也会发生在他身上（尽管没有一个形而上学家能清楚说出其推断的依据）。这就是现实的确定性、充分性和熟悉性。

　　"永恒"的理论要求我们适当地去练习从荒谬的限制中解放出来。对于一篇序言来说，这已经相当形而上了。每篇序言都有自己的特色。

描述永恒小姐

　　（甜人儿说她不认识永恒小姐；我在这里描述一下，好让甜人儿对

---

[1] 我没有说外部，因为一切事物，无论是心理的还是空间的，都位于我们感知到它所凭借的注意力或兴趣的外部。这种关注不会伴随每一次感知；并非一切行为都具有双重性，即同时拥有主体和客体。而且，那些在大脑或感官中出现而没有被觉察到的东西，可能之后会在它自己所遗留下的图像中出现。

其有所了解，因为我很乐于满足我的人物的好奇心。)

她有打着结的发辫，就像我的小说一样，用于缠绕住读者的心。她身材高挑，身姿曼妙，有着黑色的眼睛和头发。对永恒小姐，只能用如下方式描述：

人一旦从她面前走过，就会丧失遗忘的能力。遗忘她的人是残缺的。

无法忘记她的人，会停下自己的脚步，会理解她、义无反顾地爱她。

而谁一旦得到了她的爱，就得到了迄今无人拥有的东西：一个过去，他最想要的过去，他可以借此来改变他的人生。

她是如此细腻、公正和单纯，她的快乐不含一丝狂妄；任何一个人，无论多么面目可怖，都可以从她身上蹭取一些幸福。

她是最远离感官的人。

谁看到她，第二天就会明白她的永恒性和自己的永恒性的奥秘。

许多人能够提供未来，但只有她能为你们创造一个让你们挚爱的过去。此外，她也能够赋予你们一个未来，这样，你们就再无所求，也再没有未知的东西了。

世界的幻想本质

亲爱的，让我们感受世界的空虚，感受宇宙万物的几何与物理表现，感受激情的充盈及其独特的确定性，感受本质性的、非多元性的存在。

仿佛与这虚空发生了联结，你微笑着，透过一扇窗户向外望去，这扇窗似乎朝向一个巨大的、静止的外部现实，而这个现实又迅速缩为一个点。回想一下在你认为自己清醒、实则处于梦中或想象中时，脑中出现过的某个场景。它有可能包含着整个世界，却可以被你的头脑或精神所承载，或者，如果你愿意，按照生理学家们的说法，它就发生在你"大脑皮层灰质"一个不可察觉的分子的振动之中。你先是肉眼看到一片含有太阳、大地、天空、森林、河流、海洋、河岸和建筑物的景观，稍后你想到或梦到了一个完全相同的巨大意象，那么它就封闭在你的思想、你的灵魂中的一个点上，或者，如果你愿意，它就封闭在你大脑皮层灰质的一个微观神经细胞里。不仅如此，大脑皮层灰质本身，乃至整个大脑，也同样只是你头脑中的图像；如果你研究过解剖学，若脑中没有关于皮层灰质的形状、颜色、构造的画面（通过图示或亲眼所见），以及你对触觉和温度的想象，你就不会知道它的存在。如果灰质独立自主地存在，它如何想象它自己？然而，我们此刻正在谈论的正是灰质对自身的思考，灰质对自身的想象。用一个清晰的圆圈，让灰质自己想象自己，而这也正是我们在做的事。一个制造画面的器官，如何能制造关于自己的画面？据说，思想产生于灰质之中，那么，思想所在的灰质如何思考自己，既然眼睛都不能直接看到自己——我们透过眼睛看到一切，但我们却看不到眼睛？

如果大脑中没有空间的延展，但我却能在其中再现我看到的任何画面，那么，这只能是因为，空间原本就不存在，而整个宇宙不过是一个点，甚至不过是一个想法，是我心中的一个意象。

是空间的延伸创造了多元性这个幻觉，而这种幻觉并不适用于存在的唯一现实：感觉。

我将就此打住。希望这些话可以使你的感受探向存在的深渊，认识到一切都是心理的，因此也是不朽的。我已多次向你暗示，试图动摇你对死亡的痛苦信仰；我感觉，有一个障碍正统摄着我，阻止着我对你的爱成为你应得的全然的爱，它就是那个将我们割裂开的分歧：

你认为我们终将死去，我们的生命和爱终将结束，而我不认为全然的爱可以在认为自己只是过客的人身上盛开。

不确定之序言

　　过去、艺术和真实的当下，共同为我们呈上四份惊奇：冷漠、宿命论、对人类拥有幸福与智慧可能性的否定，以及对其在追求幸福与智慧中必将遭受失败的间接肯定。这就是塞万提斯在堂吉诃德与桑丘的故事中持有的态度，是唯一真正的、伟大的讽刺态度，是文学这门艺术所呈现的唯一一份真实的悲观主义——这个领域有那么多卡通式的悲观主义者在试图让世人相信他们。拉伯雷的否定，同样斩钉截铁，只是更加欢快，不太容易被切身感受，因为它有时十分直白，带着些刻意和教条，所以无法让人全然信任；贝多芬的欢乐与暴风雨，其中的欢乐更罕见、更惊人，但那并非源于他自身，而是源于同情，是同情让他在那些时时造访其音乐的风暴之中敞开了自己。上述态度也存在于永恒小姐的神情中，我还不曾看过，但我知道它会是什么样子；在我向她提出某个要求的那一天，我会在她的脸上看到，如果那一天果真会到来的话。

　　人只依靠一个故事就可以过好一生。的确，完满的爱人们依靠的就是一条完满的、来自存在的消息，依靠在各自单独的存在中、一个人之于另一个人的神秘。

　　如今我发现，即便只是在幻想中遇见了永恒小姐，在幻想中看到了她的某个神情，我也能靠着这个神情活下去；在她多姿多彩的神情中，我只需依赖其中一个便足以活下去。她的神情是如此丰沛，如此充盈着个体和整体的意义，以至于仅仅是预感到它展现在她身上的样子,并知道它会在我提出请求之前便展现出来,我就发现自己已经全副身心地踏上存在之路了。

又一篇序言

这完全是另一篇序言,我只是在这一页才刚开始对它进行撰写。只有那些对我在其中说了些什么一无所知的人才会断言,里面不会出现一篇必要的序言所应该包含的内容。读者要求尽可能减少文学作品的页码,这一做法并不总是有理的。要不谁都别写序言了。

现在我要列举一下我在二十五岁时计划写的书。我将用一篇序言、用几页纸的长度来给读者展示,由于过去三十年的生活境况剥夺了我的笔墨和写作的可能,公众得以免于看到很多页我的作品。这是一张被充分利用的纸页,我将用它来在读者中激发出一份具体的意识;由此我认为,这一页几乎可以与梅特林克[1]为歌颂沉默而作的三百页相媲美。无论是多少页的作品,阅读都会是一种乐趣,只要它们都致力于充分赞美那宝贵的沉默。很少有美德比沉默更值得我们用文字的贝拉特——即散文——来回顾和对公众进行解释。

我原计划要写的书是:《一位律师的健康》《一位律师的吉他》《存在论》《科学学说》《美或审美理论》《韵律、节奏和韵脚》《艺术的虚假性》《论努力对个人享乐的影响》《悲剧田园诗论》《悲剧诗》《个人主义:国家的理论》《痛苦批判》《论音乐仅是一种呼吸的愉悦》。

---

[1] 莫里斯·梅特林克(Maurice Maeterlinck,1862—1949),比利时剧作家、诗人,诺贝尔文学奖获得者。——译者注

那些同等珍视所获得的快乐和所避免的痛苦的人，那些身为公众一员、具有足够的心理敏锐度以认识到享乐之真理的读者，他们难道不该赶紧谨慎地消除阅读我这本书可能给他们带来的烦躁吗？尤其考虑到这三十五年来我谦逊地少写了多少作品，如此大幅减免了他们的阅读量，而仅仅只呈上了这一本书而已？

那么，亲爱的读者，在这样一个引人注目的无名之辈身上，你将发现世界上所有与之相类似的无名之辈。他在这几页纸中与你对话；其他作者以惯常方式装订的书籍，里面只有空白，而我的书，将有史以来第一次抓住读者的注意力，它讲述的是：

那些什么都没有写过的人。

这部小说以失去尼古拉莎为开端
这部小说以失去其"厨师角色"的尼古拉莎开始，她以最崇高的理由请辞

尼古拉莎要走了，小说将在这篇序言中与她告别。更多是悲伤而非愤懑的尼古拉莎，带着她那厚重的篇幅离开了"小说"；正如之前所说，她请辞了。她从小说的小看门人面前经过，她的这位好朋友惊讶地问道：

"你怎么看小说接下来的进展？"

"我什么都不知道。但你是个胃口很好的人，你可以想象一部没有厨师的小说会迎来什么结局：它会变成一本禁食者的小说。"

"小说"对此深表遗憾，继而不得不补充说，布宜诺斯艾利斯的家具店发现尼古拉莎空闲下来，开始全体争相雇用她，因为她那一百四十公斤的体重，可以用来测试床和椅子的承受力。能够承受住她的椅子或床，会被印上她身体某个部位的标记，而这个标记将使得该家具拥有十年的质量保证。

尼古拉莎虽然在这个职位上赚了很多钱，但她很快就厌倦了，也许是怀念起自己在小说中的角色。她在车站附近开了一家饺子店，从那里可以搭乘火车去往"小说"所在地。事实上，那些美味的饺子所散发出的香气，诱惑力是如此之大，以至于她不仅差点害得小说没了读者——因为每个人都半途改变路线去了饺子店——而且火车也仿佛着了迷一般，在车站停驻不前。这为她赢得了市政府的嘉奖，因为火车不再不经停留便迅速离开，这为该市的游客带去许多便利。

尽管身形硕大，尼古拉莎却非常敏感。当发现她可能导致小说失去读者时，她感到很羞愧，于是放弃了饺子店令人羡慕的生意，只在冬天时，到布宜诺斯艾利斯宽阔的马路上工作，用她宽大的身躯为流浪者遮挡风寒；他们在她那里寻求庇佑，直到空间再也容不下更多人。

我还想补充说，我们吃的最后一个饺子所留给我们的味觉、嗅觉和视觉印象，使我们无法专注于别人在跟我们谈什么。在"维罗尼卡"世界村，大家都会给心不在焉的听众冠以"满脑子都是馅饺"这个名号；"整天想着饺子的人不会有什么坏心思"这句话也随处可见。因此，商务会议或其他必要业务都被安排在"饺子时间之前"；工作结束之后，包括玩完赌馅饺游戏之后，人们也都会在饺子店里庆祝。尼古拉莎所发明的、以单位计算的"饺子一个半"经常拿来作赌注；拿一打"饺子一个半"下注，常常能够和平解决争执和结束猜疑。一位维罗尼卡老居民能在不造成破损的情况下将"饺子一个半"拉开，手法娴熟，由此声名在外；你得"拉开"它们，"撕开"或"切开"这些词都不适用于饺子。

"饺子一个半"曾一度作为单位[1]，被用作当地货币；在书面或口头

---

[1] 这一大胆创新被（一位"小说人物"）用来与柯西和黎曼的开创性成就，以及由巴比伦天文学家创造的六十进位制相提并论。至少，它在其所在城市以及附近的城市都被采纳了，很快便会普及开去。

协定中，会经常读到或听到"偿还方式可以是现金或饺子一个半"这样的条款。其他时候则会听到："风暴眼看就要来啦，朋友！""是啊，这次连饺子也挡不住了。"

但是，到头来，我们已经说过，尼古拉莎热爱这部小说，因此为了不把前往"小说"站的读者抢走，她搬到了其他地方。这个例子很好地解释了何谓沉默的忠诚。

我们希望她知道，小说借此序言向她致意。

但她如此可爱，我们不能这么快就跟她告别，让我们再多说几句，随便什么。例如，我们可以谈一谈尼古拉莎的形而上学理论。

她的学说的核心原则是，现实中存在两股最大的力量——烟尘和电，但世界包含的事物如此纷繁多样，以至于它们阻挡了这两股力量。一页薄薄的纸张阻挡了烟尘，一片片玻璃、木材或橡胶板阻挡了光和闪电。因此，我们在一举一动中，必须一边对这些力量抱持敬畏，一边时刻牢记，世界在它们面前设置了无数的障碍。

在形而上学之外，由于生活中的某段插曲，尼古拉莎对几何学家们怀有长久的憎恶。可以肯定的是，她实施了报复，方法是热情邀请他们参加由她亲手筹备的宴会。她准备的食物呈现出如此完美的球形，尤其第一道菜，以至于向来谨慎的几何学家们无法决定从哪里开始吃（他们不得不尊重眼前这个没有开端的无限），因此第一道菜他们没有吃成；既然没有从头吃起，他们也便无法以其他任何一道菜肴作为这场宴席的开端，这让他们受到了双倍的折磨，因为随后端上的食物不会陷他们于几何困境，而他们正饥肠辘辘，垂涎三尺。

好了，是时候停止打扰尼古拉莎了。

这部小说是关于隐秘的事物，关于沉默、秘密、封存的芬芳、没有声音的文字——因为它们更信赖讲话时挂在嘴角的某个表情或微笑，而这个微笑是不可见的

在庄园的小房子面前，午睡时分，吊灯的光线只能隐藏一样东西，即另一道光线：有一团住在那里面的人谁都没看到的小火焰，它想存在但不想被看到。

这团小火焰也许就是永恒小姐在思考她对"全然的爱"的梦想时，所流露出来的神情的样子。全然的爱是如此耀眼，以至于她的目光都消散在那充盈的、熠熠生辉的幻想中：她不知道，与那栋房子永久联结在一起的那一天，和那一天的小火焰，连同她遥想全然的爱时的神情，这一切就是全然的爱。

但在告别时，爱人对永恒小姐说："你每次在庄园里和小说中做着爱情的白日梦时，我都能看到你眼中燃起的那团火焰。我没有能力，永恒小姐，让你的梦想成真：我与你的交谈已经足够多，从今往后，你将不会再出现于我的思绪中。你带给我的悲伤一度短暂占据了我的灵魂，只有你能做到这一点，但从此之后，她之外的任何东西，包括你自己在内，都不会再进入我的心里。"

永恒小姐和甜人儿

（这一场景发生在一朵花绽放之时。）

在这部小说的全部时间里——这是艺术存在的唯一时间，也是永恒小姐和甜人儿唯一存在的时间——只有永恒小姐见过甜人儿红润的脸颊，也只有甜人儿——在午后的阳光里，透过一扇接一扇窗户望过去——见过永恒小姐黑色的眼睛、头发，和苍白的额头。乡间寂静的夜空中，回荡着她们迥然各异却同样可爱的声音，永恒小姐正对看不见的总统说话，而甜人儿则在窗边跟或许天才聊天。

从那之后，两人对彼此的了解便仅限于此了。某一天，某一个短暂的瞬间，永恒小姐注视着手里的两朵玫瑰，它们大小不一，一朵是白色的，另一朵是红色的，都是她从一个大花篮里摘出来的。她看看这一朵，再看看那一朵，来回比较，然后把它们绑在一起，放在花瓶里准备送给总统。但后来，她又把它们解开，只送了他白色那朵。

妒忌？他同时爱着她们两个人吗？到最后，会只爱永恒小姐一个吗？

同样地，在某一天的早晨，甜人儿梳了一条永恒小姐式的发辫，这种风格她从来没试过，但最后还是解开了，换回了自己的发型。带着一种慷慨的欣赏，她自言自语道："这个发型只有在她身上才好看，尽管她已经三十九岁了，而我只有十九岁。让他爱她吧，只要他能时不时来抚摸一下我的头发，对我来说就足够了。"

永恒小姐和甜人儿此后再也没有见过，也不知道刚刚在这里回忆的、发生在对方身上的事。

关于一位借来的人物的序言

一些小说家早就清楚地认识到，采用我在这里提出的文学实践方法，即使用借来的人物，也并不会有损他们的声誉。作家们可以借此摆脱狂妄的自我陶醉，因为他们总是在试图塑造出一个全方位出色的、天才式的角色，而这种行为，我已经证明过，只能意味着作家自我宣告为天才，再谦卑地从我这里借走那个名为"或许—天才"的角色。

可怜的或许天才，有多少正等着你去体验的小说啊！

或许天才们为身为作者的我争取到了（用它可疑的才能，但这才是最好的才能）一个在夜间稍作喘息的机会。我得以把我宏大的初始计划修剪成一个规模更小的方案；在我疲惫不堪无以为继时，我把最初小说创作计划中那个天才角色的名字，缩写成了"或许天才"。

致（小说）作者
他安然无恙吗？

甜人儿，我要给你讲讲"读者遭遇的意外"。

任何鲁莽又冲动地来到悬崖边上的人，都会猛地跌入深渊；当作者已经选定故事将在何处收尾、而且这个节点即将到来时，应该留意不要过分激起读者的兴致。在这样一个如此持久和高强度地维持着读者阅读兴趣的小说中，作者小心翼翼地避免读者突然绊倒摔一跤，甚至在临近结尾时大幅放慢讲述速度，以便于——恐怕读者你已经看出来了——这场阅读可以轻柔地、在昏昏沉沉中结束。

不是每个作者都会如此谨慎。在本小说中不会发生这样的事：就在读者热切的好奇心正被作品盘根错节、魔鬼般的架构推到最高点时，他们却被故事的结局打了个措手不及，从小说带来的充实中一头栽进一场注意力的虚空之中。

既然小说作者安然无恙，那么，甜人儿，我认为读者也不应该发生任何意外，除去他们为了进入这样一部伟大的小说，必须要经历的头脑上的剧烈调适；这个过程的强度非比寻常，因为它要求读者把自己从体量庞大的序言中剥离出来，同时毫发无伤。

（我得让读者在序言中就喜欢上我的人物，以免当他们在故事中首次登场时，会让读者们产生疑惑不解或满腹牢骚等不良反应。）

关于作者的一篇绝望的序言

我书中的无序，是一切表面秩序井然的生活和作品的无序。

连贯一致，在小说、心理学或生物学作品中，会被当成一项计划来执行，然而它只是一门形而上学，是文学世界甚至一切艺术和科学世界所营造的一个谎言。

在康德、叔本华、瓦格纳、塞万提斯以及歌德的作品中，维持表面的连贯一致，几乎从来都是他们写作的一项计划，都是一场迷思。

在文字或其他类型的艺术中，有效地按照计划维持作品的连续性、一致性，这跟要求这些作品的读者或研究者保持他们自身的连贯性一样，是一件不切实际的事。

而我又不得不宣称，没有什么比从头到尾连贯一致的作品更令人甘之如饴、愿意为之疯狂的了。但我说的这种整体性、一致性，并非基于重复，而是基于发展、基于（一种思绪、一份情感）逗留期间的不断变化。根据我的判断，贝多芬的第五交响曲就是这种统一性的发展的最高范本。

在完成其对整体性的迷思的建构之后，叔本华向我们奉上了三卷《作为意志和表象的世界》，其中包含众多章节，每个章节都有编号，而且显然对布局进行了均衡处理。这位思想家，也许是史上最伟大的形而上学家，就这样发表了他的研究草稿；虽然是草稿，实际却是一本连贯紧实、确切明了的伟大著作。在复杂的《纯粹理性批判》中，康德的论证就像是一杯打成奶昔的数字被装进了袋子里。也许斯宾塞[1]是在没有一句废话、没有一条思路被中断的情况，才写出了真正的作品。如今的胡塞尔[2]变得更讲究方法了吗？

鉴于我在开篇时说的，我无须为任何事道歉。

或许天才不喜欢他的名字

——或许天才：作者是怎么想的，为什么会赋予我的名字以如此古怪的疑问语气：或许天才？我说不定会出现在如下对话中：

——甜人儿：我们要做什么？或许天才？今天又要去小说那里吗？

——或许天才？：今天过生日的是……

——甜人儿：对如此新颖的小说而言，过生日这种常规事务只会降低它的格调；庆祝生日意味着计算生活、把生活拿在手里反复摩挲，以为它标出一条指向特定结局的方向。

——或许天才？：我会想想你说的话，也会继续说完你没让我说完的话。今天是"不存在"的生日。

但我还是要回到我名字的问题上。作者之后又想，既然我注定要讲很多话，而且是只跟你甜人儿讲，那总要费力发出我名字中的疑问语气，这一定让你很烦。我认为，我应该取名叫"完人儿"[3]……

——甜人儿：这样确实不错，但已经改不了了。

---

[1] 赫伯特·斯宾塞（Herbert Spencer，1820—1903），英国哲学家、社会学家，被誉为"社会达尔文主义之父"。——译者注

[2] 埃德蒙德·胡塞尔（Edmund Husserl，1859—1938），德国哲学家，现象学的奠基人。——译者注

[3] 完人儿：原文为 Plena-Persona。——译者注

——或许天才：这应该是小说唯一的缺陷了。事实是，作者只考虑自己方便，给了我这么一个不知所云的简短名字。第一次什么都不说，可以被称之为简明扼要，但事到如今，就一定需要连篇累牍地说了。

致我小说中的人物

他们知道，我对他们各自扮演的角色都极为满意，但他们请求我在小说开始之前就把这句话告诉他们，而不是等到结束时再说。这是因为他们知道——虽然没有表现出来——我有写序言的能力，却没有写完一部小说的能力。看到我在最近一篇序言中没有履行承诺，他们把我围了个水泄不通。要不是因为他们这个请求，小说早已经开始了。所以还需要一篇新的序言。

然而，如果我承认他们的表现值得赞赏——比如旅行者，他一直待在我的身边，但在小说中则不断上路，每一个章节都飘荡着他手提箱的皮革味道——那就必须同时承认，面对他们的顺从，我也践行了自己的忠诚；虽然写这部伟大小说时生活惊人地拮据，可我从来没有卖掉或当掉任何一个角色。如果卖了总统，我能拿到多少钱？或者是那个足以让人成为百万富翁、附带得到一辆劳斯莱斯的角色？任何人都会愿意为了跟甜人儿过上幸福的生活而典当自己，但每个人也都早已学会了如何规避这种或那种的不幸；既然我为了不用跟他们分开而忍受了几周的不便，小说自然也就没有因为失去人物而失败了。

人物和作者相互之间感到满意，一场全员参与的宴会指日可待。

这篇序言值得读一读
以此补偿作者
他禁止"男孩"进入小说

所有的人物——包括已经被公布了的读者——都警告我,手持长棍的男孩在小说中的突然闯入,会被他们判定为阅读的额头上肿起的一个包,即"阅读肿块"。我认为这是一个带着愠怒语气的独特比喻,就好比一根杆子或棍子可以对读者造成血肿,或者是读到与香蕉有关的事可以害得读者走路时滑倒。有些父母无法像我在小说中写的那样,在自己的家里做到禁止小孩子捣乱;他们无法摆脱这些捣蛋鬼,也不能把他们关在外面。所以,如果是这些人对我提出上述警告,我完全能够理解;为了暂时逃离,他们求助于能够将小鬼们挡在门外的读物。他们告诉我,当他们拿起一本小说时,这本书必须要能够杜绝被小孩子拿去当成供其上下攀爬的楼梯、墙壁、屋檐或树枝,毫无羞耻心地不断制造肿块和血瘀。他们爬到高处,再从上面跌落下来,以此验证大自然精妙设计的高度差异,这些差异使小孩子总是要么刚来到低处,要么正向上攀爬继而跌落;他们不会因遭受摔打而屈服,而衰老就是从不再重振斗志开始的。

你们想怎么样呢?我必须继续写序言

你们想怎么样呢?我必须在不滥用序言的情况下继续把它们写下去,直到最后变成是在为序言而写序言。我会保证它们一定是言之有物的序言,而且后面一定会有一篇小说紧随其后。同时,我不能允许我的小说任性地给自己写序言(这相当于在历史书写中加入人物传记,或在小说创作中引用教条观念）。而就在我做出上述保证时，我其实已经走在创作"独立序言"的道路上；序言们长久以来都渴盼着（它们曾经为此呼吁过）能够自主地存在（独立自主地存在是对世界神秘性的完整回答，因为它意味着永恒）；独立的序言会使得它们的存在不再屈从于跟随其后的东西。独立序言属于一种预示性的、颤巍巍的文学，其最常见的两种形式是自动报道（不存在报道者）和未经报道的报道。两者都是相对于传统而有效的报道（需要两个人，以及一场准时的约会）而言的，但我们这个时代的匆忙和紧凑从根本上消除了这种报道，因为它烦琐、经济收益低，甚至对于我们忙碌的生活而言太缺乏正式感。你们想怎么样呢？在小说开始之前，你们需要调整一下兴致，以便能够安心地把我的话继续读下去……

发生在我身上的事

我曾经想象自己是一个运气绝佳的人，一边用胳膊肘在人群中开路一边高喊："借过，给一个快乐的男人让一下路！"但事实相反，我必须请求你们对发生在我身上的一切表示同情，因为我什么都经历过。不信你们看：

我渴望摧毁一切城市，结果呢？我的表弟以非凡的才能和坚定的决心，为了各个城市的繁荣和发展奋斗着，解决了城市化过程中全部的交通问题。

我力图搜寻最好的小说和散文标题，但经过短暂反思却发现，最可笑且没有道理的事就是为艺术作品命名。

我为小说、诗歌和戏剧寻找最悲惨、最激烈的事件。一段时间后，对美学的审思让我明白了一个事实：事件在艺术中毫无价值，它是艺术之外的东西。此外，在艺术中创造事件是极其多余的，因为生活中充斥着各种各样的事件。

我构思并创作过几首迷人的、雄辩的诗；由于总是在寻找真理，不久后我发现了艺术无效这一真理，它适用于诗歌、散文，对叙事和拟人化的诗句尤其适用。

我否认死亡，花时间研究如何延长生命，而迄今为止我找到的唯一方法，就是避免使用一切治疗方法。

我费尽心思培养自己在文学编辑上的气质和才华，随后写出了一个人物，即总统，他在书信中滔滔不绝，抒发起绝望来催人泪下，面对他，我自惭形秽。还有另一个人物，或许天才，他居然借用最无聊、最适得其反的文体——短篇小说——来向我笔下另一个女性人物求爱。

在故事的转角处，我唯一期待遇到的只有笑话。

我和促使我写得更好的读者交朋友，他们会告诉我，我是那种为自己的读者带来名气的作家。

最后，当我把这部小说的全体人员——美学顾问、科学家和哲学家——都准备好（三位语法专家、一位化学家、一位历史学家、两位发明家、两位生物学家、一位天才人物、一位杰出画家、三位诗人、一位天文学家、两位音乐家、一位数学家、一位精神病学家）；我的创作计划、那些仍处于雏形期的理论、仍未破译的手抄本、借小说人物之口传达的关于艺术和哲学的那些闪烁着智慧的对话，当所有这些都已经成熟，我却让自己被几个朋友之间一段亲切而热情的简单对话给吸引了去；我的计划，即依靠一座实验室和一整队技术人员来创作一部小说，便可悲地溃败了。

我唯一能做的就只剩下把我的不幸写成一句谚语：

最糟的是已经犯了错，

还要把错误一通琢磨。

一篇感觉像是小说的序言

　　读者，我开始了这部作品的书写，并非是因为经过一番简单研究，便认为自己建好了小说的门廊。实际上我诚惶诚恐：生平第一次，在轻松享受着写序言的快乐时，我突然意识到我已经步入写小说的程序了。一旦完成构思并赋予它形式，它就会降临于世。小说降临到作者头上这件事——在我看来这意味着要尝试写悲剧，没有这种尝试，或者如果连尝试一下的意图都没有，我就无法理解这件事，无法理解小说，乃至一切艺术——我不记得是如何开始、如何发生在我身上的；对序言的撰写，正在阻止我看清它们应当承担起的艰巨任务。

　　之前对人物心理——而非故事情节——进行了一场大排练，我准备用一篇序言来概述那场排练的结果。那是对人物的一场考验，更确切地说，是对他们"良好性格"的考验，即观察他们每个人是否具备用以对抗不幸的幽默感和忘我精神。那是一场关于在彼此之间保持无私和同志情谊的"训练"。考虑到他们要在同一部小说中如此近距离地朝夕相处，在某些人中间发生争吵甚至树立敌意，都是难以避免的。无论是持久还是暂时的对手，每个人都不得不作为小说中的人物来行事，而这些人物都会迎来那个集体死亡的地点或瞬间：小说结束之时。

　　小说的门廊我已经有了，它将是读者穿过的第一个地方；走过它，就来到小说的第一章。我感觉，我们已经来到那个令人着迷的临界点了（我迷恋悲剧——我必须要构思一部悲剧——却没有词语来书写它，正如我最近做的一个梦，梦里有一个人，这个人掌控着梦里发生的一切，我知道他是谁，但看不清样子，也叫不出名字；某种程度上，尽管其形象和名字一片模糊，我却能感受得到这个人的情绪）。我们已经来到小说的边界，即将坠入它火热的内部；无论以什么话题或事件为角度，为它撰写序言都在变得愈发困难。

本序言爱上了"小说"，所以一心想成为它的序言，而我捕获了它，把它放进"小说"，将其由序言升格为章节。（我应该说，所有的序言和所有的人物都爱上了"小说"；不仅如此，每一个有待于深入探讨的话题也都将"小说"包围在爱之中。小说中有的只是全然的爱，没有一支笔、一个字或一段情节不会着迷了般地去寻找全然的爱；"说话声""目光""笑声""叹息""啜泣""迷失"，都想化身"悲剧"，以便与"小说"在一起。）

我此刻正在亲历"悲剧"的临近，以及它带给我的奇妙感受，我在朝向它时迷失了自己；"生命"自身的一切，要么在悲剧之前，要么在其之后，因为悲剧不是"生命"，而是"生命的奥秘"，也正是这个奥秘，将这篇卑微的"序言"带到我面前；它正迫切地置身于去往悲剧发生的地方。

读者，你可能不愿相信，序言会从天而降，并陷入爱情，但我知道（不是我自命不凡）它们的确如此，而既然这篇序言已然降临，我就必须处理好它——我需要为它提供主题。为了让一篇尚未开始的序言拥有情节，好让它如愿以偿地在小说中拥有一个位置，我会在该序言中说一些对小说而言虚假又无关紧要的话，这些话需要被说出来，但不应该在小说中出现。应该有一篇相当于第一章的东西，来发出那一声宣告，但它将是一份粗俗、廉价又反艺术的自白，类似于在小说中宣布这是一部小说。

我要在这篇序言中说：1）第一章详细介绍的，"小说人物中那十三个角色终于历尽艰辛回家了",只是一场人物的演习和对他们的考察,实际从未发生。2)每个人都表现出色,仿佛知道艺术在观察着他们,观察着他们的登场以及随后的一举一动;但我可以保证,以作者掌握的全部信息来看,他们没有一个人想到过这件事,而仅仅是不想因为犯错、缺席或失职而引发其他人物的不快或影响小说的发展。他们认为他们并非返家,而是回归小说,也知道这部小说渴望履行它实现悲剧的承诺,而这正是所有时代的艺术人物都热衷于实践、见证和承受的。

《堂吉诃德》的灵感是如何发生的?《第五交响曲》呢?《特里斯坦与伊索尔德》呢?(啊,读者,请原谅,我正在热切地研究和考察悲剧问题,在寻找例子;我的投入让我自己都感到惊讶,以至于在最后这段紧张的回顾中,我都忘了现在不是研究,而是着手开始写的时候。)

现在只剩两个情况说明,我来补充在这里。我们一直在为这篇序言的存在寻找借口,它们便是最后两个。

1. 请明白,我测试我笔下那些人物,并不意味着是对他们被推荐进来的根本理由抱有任何怀疑。这只是我无法抑制的紧张心理在作祟,仅此而已。

2. 请明白,所有人物希望做到、也实现了的良好表现,并非准时回家,而是不惜一切代价地回去,以免让甜人儿一个人待在庄园里。大家都知道,由于甜人儿的表演时间很短,她总会第一个返家。关于这些,在小说开始时我不会透露分毫;我会明确规定,在我的小说中,没有时刻表要遵循,也没有对个人表现的测试。

此外,还要请大家明白,既然其中有一个人物始终是在旅行,为了小说的真实性,大家一个不差地聚集在同一栋房子,这种事是不会发生的。

关于小水壶和小衣柜的序言

这部小说的作者每次拿起笔，面对的都是一个焕然一新的自己，这是永恒小姐教会他的。他就像每次放到火上加热都会重新学习吹口哨的水壶；在长时间的沉默之后，一些彼此间隔很久的微弱音符开始响起，再然后，就是一声胆怯而悠长的哨声，如此周而复始。

这让我想谈一谈总统的"小衣柜"，以及他每次遇到不高兴的事就把自己藏在里面的习惯。在跟永恒小姐交谈和相处时，每当他陷入卑微和伤心——但从不动怒，甚至比以往更爱她——他都会选择朝她走去，偎依到她的身旁。他完全是一副小孩的样子，追随着永恒小姐，紧紧抓着她的裙角；其余时候则离开她，把自己关在小衣柜里。

我希望我的人物"总统"写给里卡多·纳达尔的一封"机智"的信[1]

我曾经说过，对于一个小说家而言，最荒唐的不幸就是让自己陷入扮演一个天才人物的窘境，因为作者必须知道这个天才在行为特征和智力方面有何表现。如果作者本人不是天才，他能把什么观点、什么深刻的思想、什么大胆的论断和发现归于他的天才人物，以此作为后者拥有"天才头脑"的具体证明呢？如果作者是天才，他自己也对此深信不疑，那么就可以让人物作为天才而出场，继而由自己来扮演他（一边扮演一边介绍说这个人物一头金发，大高个，喜怒无常，出身富裕家庭，对领带、发型和鞋尖都十分讲究，可擦油时又常常忽略

---

[1] 满怀期待的读者蜂拥而至。

了鞋跟，就像士兵突然被叫去参加突击式检阅会做的那样；到这里可以再添加一个有趣的补充：我们想到一种"鞋面锃亮的道德"，一种伦理上的、只适用于可见事物的严谨性。然而这种严谨性并不属于总统，我们向他保证这一点，虽然他有孩子般的自负，但每当被通信事务缠身时，他总是表现得毫无用处，陷入"等待回信"的呆傻状态，那副神态与天才没半点关系。书信，"这样一个"可用于展现创造力或宣告激情的有趣契机，为什么会带来"等待回信"这么一个暴露头脑平庸的状态呢？我们小说中的"神圣邮递员"为了让自己喘口气，烧毁了三万封向外寄出的信件，同时他也知道，这些信的销毁，也帮三万位好友省了一番力气，帮他们免除了思考"我应该如何回复"的麻烦。那么，这里接下来要讲的是什么呢？刚才我们说到一半：承诺创作一个天才出来，相当于作者自我宣称为天才，然而他从来不是；因此他只能创造"几乎是天才"的人物。

我希望总统能够写出一封"机智的信"，因为当一位不机智的作者找不到能替代自己的人、同时又急需一勺子智慧时，他必须依赖另一个人拯救局面，如此小说才能继续下去；而信一旦写出来，我希望他能下定决心把它寄给里卡多·纳达尔。如果此后我发现并非如此，而且在整部小说中，总统没有展现出一丝一毫的机智，我就会在结尾处加上这样一条注释："请读者注意，我的天才主人公，总统，他在小说中的出现，恰好赶上他个人生活中一段不幸的时期，即短暂的智力衰退；在这段时间，他的精神世界发生了积水。但他的生命要比这长得多，所以请不要怀疑，在这个时段之前和之后，他都具备我说过的机智。"如此，即便总统没有展现出任何天才的特质，读者也抓不到把柄，断言说作者由于自己不是天才，所以缺乏能力创作一个天才的小说人物。现在，让我转向那封我希望总统有能力写出来、以此证明他是天才的信：

亲爱的里卡多·纳达尔[1]：

你或许记得，我在成为这部小说的主人公之前，曾去参加了一场你主办的宴会，并将我发现的五种掌声献给了你，它们分别是：呼唤服务员的掌声、把母鸡驱赶出园子的掌声、猎杀飞蛾的掌声、开门的掌声、鼓励幼儿迈出第一步的掌声。但从那之后的十年中，我又发现两种新的、不容忽视的掌声；出于一种我也说不清的原因——这句话包含多少神秘呀——我认为，在透露给或许正急于了解它们的公众之前，为了一种抢头彩或类似抢头彩的冲动，我必须以你的名义把它们收集起来，但我描述不出那种感觉，描述不出来！

掌声的多样性自有其价值，因为鼓掌的方式并不多：每十年才会发现两种。我把新发现的两种列举如下：第一种是作者或演说家为自己鼓掌时使用的方式，他们讲完一段话，就在结尾处说："很好！诸位能够看到……""完美！那么……""对先前讲的那些，诸位想必没有异议""而这一点，显然……"。第二种掌声是由歌剧的漫长终曲构成的，终曲中包含着开头、中间和结尾，这只能被解释为是歌剧送给自己的掌声。这就是现存的所有掌声。你会说，还有表达赞许、钦佩的掌声，可是，这其中会存在两种误解：由于掌声出现在最后，它可能意味着，终于结束了！此外，所谓的掌声接受者总会怀疑，究竟是大家在为自己鼓掌，还是自己刚好正处于应该鼓掌的地方。

现在你已经拿到了我列出的、包含七种鼓掌方式的完整清单，其中四种是给别人的，三种是给自己的；最起码，利他的种类比利己的多，这对人类总归不是一个坏兆头。

---

[1] 原本是莱奥波尔多·马雷查尔。

劳动快乐，亲爱的纳达尔。

总统

世上这七种掌声，哪一种是给我的？因为身为作者我迟到了——反之，如果没人期待，什么时候到都是早到。作者可以带着伟大心理小说家的纯真，堆砌诸多借口来向公众解释自己的迟到，而公众一旦得知作者将永远不会出现，说不定会如释重负。

只要是写在前面的就是序言吗？

我们想呈现一部好的小说，尽管作者承诺今后再也不会写作，而作为对这份利他主义契约的担保——这是一位潜力巨大的思想家所做出的牺牲，他由此将放弃出版，或者说已经放弃出版他那些尚不为人所知的作品，甚至连想都不再去想——他把四支（笔[1]）都扔进了海底（不知大海的深度是否配得上这些深沉的工具，这些人们用来耕耘和铭刻深度的工具？）。或者，在告别时，正如人们已经看到的，他把这几支笔用于歌颂拥有最美丽、最具广博精神的城市之一，布宜诺斯艾利斯，同时让大家明白，在这场放弃写作的承诺中，他如何为了这座城市倾尽全力。绝对的独创性是存在的，如果不存在于那几支笔的书写过程中，便存在于将它们交出的过程中。交出笔这一行为暗示作者有着严肃的性格，这一说法会招致合理的不信任，同时也会带来对更多

---

[1] 在这里人们会想起，之后会再度想起（第九章：为了用不存在杀死它），那几支写出了一些传统意义上的成功文学作品的笔，正被公开展示在玻璃橱窗里。

支笔的藏身之处的敏锐猜想：它们就在每个商品售货员的壁橱里（那里总是至少会有一位文学家），在那里甚至可以找到作者的全部手稿。每当思想之笔和编辑之笔被束之高阁后不久，一本新书就会出来，这件事足以用于证明上述猜想的存在。那本新书看起来就是用同样几支笔写成的。

作者没有兑现对布宜诺斯艾利斯的承诺，这是件事的一点微妙之处。

我不知道当发现作者没有兑现承诺时，读者会作何感想；我反正是拿出了自己承诺要写的小说。但我还没发明出不写作的承诺，我缺乏这项才能。那些以未完成为写作宗旨的人，其内心该是多么充满戏剧性啊！

我想我来得正是时候，正好赶在小说这一文体开始成为不可能的前一天到来——艺术是可能的，但任何关于艺术可能性的问题都是不可能的；我的小说是可能的，它只包含不可能。

我不能自夸说，我在这部小说中发现了一个没发生过任何事的地方——它另外一个名字叫"狮子之乡"。所有不可能的事在我的小说中都发生了；可能的事要去生活中寻找，而生活，以及相当于生活的东西，要在哪里寻找呢？现实主义作品中吗？我只知道，每当一些不可能的事没有在我的小说中发生时，读者就会抱怨。他知道，在艺术中的某个地方，只要去找，一定会找到那些无论是靠在床上翻滚还是将脑袋探出窗外都无法得到的东西：不可能之事，指的并非缺失的东西，因为这世上什么都有，而是当我们欲求于它时，却无法得到的东西，无论它的存在是早于还是晚于对它产生欲求的那一刻。

在很多年里，永恒小姐对我而言就是这样一种不可能的存在，然而她又是可能的，并且是完美的。

唯一不可能的是死亡。可能性是多么无限：没有永恒小姐的爱甚至不认识她，我在这样的情况下度过了漫长岁月，而这种已切实发生了的可能性，在如今的我看来却变得再也无法想象了。

在受尽折磨的精神中，总统如此思索着、抉择着。永恒小姐对他说："让他去爱他所创造的，而不是爱她这个人。"

模范序言

这是最好的一篇序言，我之所以放弃了它，仅仅是担心自己的创造力无法与之相匹配，不足以将其写出来，因为人人都在声称要写出模范序言。

连塞万提斯、但丁和曼佐尼[1]，也都曾乞求自己的作品被宽容地评价为完美，因为如果不是"监狱里的苦难和无助"，它们本可以是完美的；或者，作品出来时虽不尽如人意，但它们是在"长时间的研究和伟大的爱"中完成的；又或者，是他们的同时代人没有品味，"后人自有判断"。

因此，伴随着各种暗示和伪装，一篇完美序言——即坏序言的原型——应作出如下声明：

1. 缺乏动力，也缺乏足够的时间及便利条件来把它写好。

2. 把自己推荐给爱读坏书的读者，期待被他们宽容以待，就像木匠打造了一把无法平衡的椅子，只寄希望于被家里的杂技演员拿去使用。

3. 年幼时，没有人告诉我我有天赋，然而，尝试一切可能后，在

---

[1] 亚历山德罗·曼佐尼（Alessandro Manzoni，1785—1873），意大利诗人，代表作有《自由的胜利》《阿德尔齐》。——译者注

目前的文学体系下，我还是写出了这本书。就像药物和长寿疗法广告中说的那样："我很虚弱，胃口不好，脾气暴躁，脸色苍白，没人相信我能活下来，但我使用了库恩疗法（或植物疗法），如今已经能够从事繁重的劳动。我可以全神贯注地阅读但丁的天堂篇和巴尔塔萨尔·格拉西安[1]的《智慧书》，并且感受不到丝毫的疲惫。"

我遗憾地看到，塞万提斯为自己罗列借口，同时凭借一种老谋深算，知道自己写出了一部不朽作品。他建议每一个想写出一部完美作品的人都去谋杀或抢劫，这样，开始写作之前的那段日子，他就可以在黑暗的监狱里度过，与老鼠、潮湿、饥饿和寒冷为伍。

对于那些想写出完美坏作品的人，如果他能忍受的话，我建议他长期阅读格拉西安的作品，并在写作时频繁背诵那一整首以"这些，哦，法比奥，你们看到的痛苦啊！"开头的诗（这是我唯一知道的一首）。甚至更好地，以塞万提斯为反例，长期生活在安逸、奢侈、自由、徜徉和闲适中，然后在某个美好的日子，坐下来开始写作。如果说塞万提斯在最不舒适的情况下写出了最好的作品，那么在完全舒适的情况下写作的人，一定能够写出最糟糕的书。

四重序言？

我希望这些数量众多的序言——类似一种"序言全集"——连同我的小说都被认为是非常优秀的，就好像是"后来人"假我之手写出来的一样："后来人"担负着宣布何为优秀的职责。

---

1 巴尔塔萨尔·格拉西安（Baltasar Gracian,1601—1658），西班牙作家、哲学家、思想家、耶稣会教士。

我严肃地认为，文学恰恰是一门艺术地执行别人已经发现的主题的贝拉特。这是一切贝拉特的法则，它意味着，艺术的"主题"并不具有艺术价值，或者说，艺术的全部价值在于执行。对主题进行分类，决定一些主题比另一些主题更好或更有趣，这是在谈论道德，而艺术创作就是艺术地执行任何主题。每个人都可以轻易找到主题，它们随处可见，然后艺术作品却是极度稀缺的，它们是用绝望、用劳动的泪水和怒火制作而成的。

也许这种痛苦，这种与艺术热情如影随形的、令人厌烦的失败，是对那些喜欢做梦而不是生活、喜欢艺术胜过生活的人的惩罚。然而生活送给我们一个永恒小姐，在她身上有着一切美的形象、韵律和气息；总之，使目光朝向艺术，就像白天走路时靠打手电筒来寻找方向一样。

如果已经有了永恒小姐，却还在寻找创造性的艺术，那就更加盲目了，仿佛在背对着自己寻找方向，任由堕落为我们引路；一个活生生的永恒小姐已经被找到，然而创造仍在继续，这是一个糟糕的选择，是对我们自身的背离。

有了永恒小姐的相伴，创造便丧失了意义。

请注意，我的小说体形庞大，且四通八达；有三个用于疏散的出口（供人物登场、供出征布宜诺斯艾利斯、供完成剧终时的分离）；两次对"小说"中可爱日常生活的重启：排练之后和征服之后；总会在每一章结尾出现的旅行者；总是由或许天才和甜人儿开启的新章节；此外还有小说在真正问世之前的两种不同存在形式：在十年间不断承诺出版，并将这份承诺延续进六十篇序言中；它还有散页，这对小说来讲完全是个新鲜事儿；还有一张模版页，以及一页在"小说"中生活一天的展示；一页被舍弃的小说人物列表，一个见习人物，一个缺席人物——这些人物从来未曾被使用过，这是他们尤其值得赞扬的优点。

体形庞大而健壮，是这部小说引以为豪的特点，然而这并没有给身材苗条的爱人带来过多的窒息感；他由于接近不存在的轻盈而缺乏存在的意愿，而不存在，正是笼罩在小说中的氛围。

我相信会有一部好的文学作品到来，而文学，或者说小说，到目前为止都很糟糕。多亏了我在报业工作的朋友们，我获得了大量宣传；我让他们反复向人宣称我计划创作的那本真正的、伟大的小说：《永恒小姐和伤心女孩，甜人儿，默默无闻的爱人》，它将成为好文学的开山之作。我计划借此为读者提供一份娱乐，让他们尽情阅读糟糕的文学，因为他们知道好文学即将到来，而这一念想令他们感到轻松。我知道，边等待边阅读，是属于信念坚定的读者的美德；停止阅读，就意味着永远放弃读者的身份，若是如此，我的小说到时也同样没人读了。

就这样，在承诺将写出一部小说的那个阶段，我平静地看着人们继续阅读糟糕的作品——我应该感谢那些糟糕的作家——同时期待着好的作品——他们应该为此感谢我：可以说，我们正在合作，而一旦我开始写，我们就会立马分道扬镳。唯一令人遗憾的是，鉴于新的小说作品如此优秀，没有人知道它何时会完成。

我不断承诺将写出"好小说"，也承诺将制造一部"坏小说"——最后一部坏小说，原因就在于此：让读者等待，并维持活跃状态。

我们要造出一个扭曲的螺旋，扭曲到连绕进去的风都会迅速疲倦，从另一端出来时，头晕到忘记了方向；我们要做一本小说，让人乍读读不懂，因为它不是对现实的忠实复制。让艺术要么多余，要么与现实毫无关系，只有这样，艺术才可以是真实的，正如现实的不同元素之间不是彼此的复制品一样。

艺术中所有的现实主义，似乎都来自世界上存在反光物质这一偶然，因此文学是由商店售货员发明的，因为文学就是制造复制品。所谓的艺术，更像是一位痴迷于工作的镜子推销员的作品，他走入人们家中，迫使人们使用镜子而不是其他物件实现其使命。场景、情节、人物，不断出现在我们的生活之中；镜子-艺术作品自称现实主义，却又在我们面前插入一个副本，拦截了我们注视现实的目光。

艺术产生自真实的反面，对真实的探寻是科学需要承担的艰苦工作，但在艺术中则是一个不讨喜的侵入者。自己究竟是被带入了"小说"庄园，还是小说，人物对此最好保持无知。我想知道，舞台上的演员们在伪装什么。他们在假装自己是人而非人物，还是假装自己只是在模仿人，实则自己并没有生命？但他们的个人经验仍然正作用在他们身上：无论他们担任的"角色"是什么，他们都不是纸[1]做的人物，不是写出来的人物。我希望我的人物既不像人，也不像"演员"，他们只是满足于做"人物"的乐趣。

总统和死亡

总统为他的同伴们寻求幸福，但他在深厚的友情和恰当并令人愉快的行动中获得了一些幸福之后——再加上他极其快乐地回到了小说的故乡，重获幸福的可能近在眼前——他病态的冲动涌现，让他不得不与所有人告别。这夺走了他们的幸福，但也免除了亲眼见证彼此死亡这一无法逃离的心碎结局（指世俗的死亡。好消息是，总统已经反复向他们灌输他的"无死亡的形而上学"论，这给他们带来了永久的安宁）。

---

[1] "角色"的西班牙语说法是"papel"，这个词另一个意思是"纸"。——译者注

我的这部小说里没有死亡，作者对它感到很满意，但结局的悲伤又令他十分惊讶（不像《堂吉诃德》那样悲伤，《堂吉诃德》是所有文学作品中最随心所欲又最悲观到出人意料的小说，甚至对其作者本人也是如此。《堂吉诃德》比我的这部小说要悲伤得多；在《堂吉诃德》中，生活的失败是被认可的——它的转瞬即逝、它的纯真和正义的失败。在我的小说中，失败的只有幸福，而不是人格或永恒）。

面对虚无，面对永远隐藏着的存在，总统拒绝告别（尽管他也知道，在没有爱时，即在遗忘之中，身体的存在更加艰难）。总统还认为——或许脑海中想着爱人——如果在看到心爱的人之后没有发生一件新鲜的大事，我们将永远以"死亡"之前看到她时的那种感受看着她，因为没有新的事件发生，就不会有遗忘；后面这一点则是因为，弱化过往印象的并不是时间——时间什么都不是——而是新的事件。这可能是一个需要人牢牢记住的公式：当一个人被迫再也看不到爱人的时候，他应该躲避一切重要的新事件。

总之，总统相信个人记忆、个体记忆的永恒，那是一个人活着时所经历的一切。

大家知道，这部小说，除了一般性义务，作者——他有时是总统，有时不是——还要履行两份形而上的责任：一份是对永恒小姐的责任，即向她展示、让她接受"虚无"，也就是死亡的虚无，因为对于已经拥有爱情的人来说，他们唯一关心的是未来，是他们结束的可能性；另一份是对甜人儿的责任，总统需要向她展示、让她接受"过去"的虚无——在那里有她最大的屈辱和悲伤——以此将她从过去某个痛苦场景的真实性幻象中解放出来。必须把那个场景摧毁，并将其转化为一个不具备真实性的意象，也就是说，一个不现实的、纯粹属于幻想的意象。

那么，总统个人的形而上的苦恼是什么？他不相信死亡，但又无法爱上那些自认为终有一死的、那些不知道自己将不朽的人；他感性地将此定义为命运的灾难，"你无法爱上那些等待死亡的人"。因此，永恒小姐的不幸（她认为自己终有一死）就是持不朽主义观念的总统的不幸（他没有能力爱终有一死的人）。这就是总统的形而上学，是我们在他的手稿中找到的；他已经写完了，并为此画下了一个利落的句点。

致跳读型读者

我相信，没有人会把我的书从头到尾连续着读完。一个有序阅读的读者会导致我的失败。我略显蹩脚地替我的一些人物避开了成名的机会，而有序的读者将剥夺我的这一点成就。到我这个年纪，失败是一种不合时宜的荣耀。

我欢迎跳读的读者。你读完了我的小说却不知道，由于我在开始之前就打乱了讲述顺序，你已经于不知不觉间变成了连续阅读的读者。在我这里，跳读的读者是最有可能以有序的方式阅读的人。

我想分散你的注意力，而不是纠正你，因为与表象相反，你是明智的读者，因为跳行阅读这种实践，给人留下的印象最深刻。这符合我的理论，即只有那些仅是含蓄的或被巧妙中断了的人物和事件，才是最令人难忘的。

跳读型读者，我把我的小说献给你，而你也将感谢我，因为我为你带来一种新的体验，即有序阅读。反之，连续有序阅读的读者会体验到一种新的跳读方式：对跳读作者的有序阅读。

对按顺序阅读的读者的咒骂

我从来不相信"有序阅读"的存在。而且,与我选择相信某件事情时相比,我选择不相信的时候,猜对真相的概率更高。然而,我却碰到了现存唯一一个有序读者,他就是那个暴露和毁掉我作为一个作者所使出的全部戏法的人;我是一个能力薄弱的作者,努力搜集各方资源,希望借此弥补他所有未经觉察的不完美。是的,你的确存在于我小说的各个角落,我已经知道了,所有的希望已经破灭。

先生,如果你闭上嘴巴,会有什么损失呢?糟蹋永恒小姐平静而忧伤的心情,难道不会让你感到不安吗?难道你没有被甜人儿的温顺驯服以及被她那残酷的命运所征服吗?你的艺术实践方向难道没有激起你的恐惧和悲伤吗?你平淡地度过一天又一天,在坚不可摧的日常中,每天一边安静地吃着晚饭,一边思考第二天午饭吃什么——你一定会想到;在这一片迷雾中,你无法不接受爱人的复杂,他的身体在小说中,灵魂却在别处,而你爱的人就将从死亡处归来,现身于这部小说中。你会背叛或许天才吗?他教给你一些从未被人知晓的征服女人的技巧,而在实践它们的过程时,你第一次体验到触及女人心灵的成就感;而这将导致你错过吃每一顿早饭和午饭,甚至还能纠正你这个热衷于出版破烂东西的坏脾气!

不,我对此不抱希望。一本书永远不会让你变得如此快乐。[1]

---

[1] 损失六十八位读者。

一篇努力从众多序言中踮起脚尖的序言
想看看小说的开头还有多远

太阳在"小说"庄园的一片宁静中升起。推开第一扇窗,打一个清晨的寒战。[1] 作者也感到了寒冷,面对已经开始并无法挽回的一切;这是他迄今为止经历过的最不确定的事。

我身边有个朋友在为我打气,他说:

——一切都会好的,你定将成功,不要让人物再等下去了!你会让他们幸福的吧?这是他们应得的。

——我会让他们倒霉。

——不,"人物"是不会倒霉的。我羡慕他们所有人,即使在他们吵着要去死的时候。

——但我的人物是吵着要活着。

——我不相信你创造的人物会有如此糟糕的品味。

——我认为他们在小说中还算幸福,但之后便会要求活着;他们一定会提出这个要求。这是一部悲伤的小说。我不能再窥探下去了。我踮起脚尖想要望见的,是言谈举止优雅得体的甜人儿是否看到了幸福的靠近,她是否开始请求给予她生命,并招呼另一个人来扮演她遗留下来的角色。

但这位序言-人物再也不想提前知道任何东西了。或许他已经预感到,就悲伤程度而言,这将是一本几乎可以与悲观主义巨著《堂吉诃德》相提并论的小说。它是如此令人悲伤,以至于作者已经没有力气

---

[1] 有时,二者的同时发生让我感到困惑。在这部小说,即好小说中,我修订了坏小说中的一些内容。

告诉我们，小说中饱受痛苦与不幸的总统，和命运更加悲惨的永恒小姐，这两位主人公是如何分开的。

1. 序言结束之后的注释
2. 小说开始之前的观察

有用的后-前言在这里占了四五页，以取代同样数量的空白页，因为在编辑们强加的这套"文学类—装订—传统的—常见—结构"中，那些空白页什么内容也没有。我不希望我的编辑通过在我的书中插入那五张空白页，而让我沦为众人的笑柄——我在这里已经把它们替换掉了，并加入了对上述做法的批判。如果对于写作可以有所批判，我想做的就是对空白页的批判，这样既能帮编辑们宣传，又能让大家读到我的批判。这些都是对书面写作的致敬，而那些空白的页面是对文学的不敬，是那些永远成为不了作家、永远没有作品发表的编辑们，把自己伪装成密码专家的地方。

我会唾弃这本书中包含的任何空白页，并宣布它们都是对有我署名的原件的伪造品；我会断然否认它们的真实性，哪怕它们部分地包含了一些奇思妙想。某些编辑甚至会试图让你相信，其中一页是出自我之手、诞生于我的大脑"空白"的某些时刻。

请想一想一本书里的空白页有多少：开头的四到五页——由编辑自行安排——结束之后的四或五页，仿佛是为了让小说继续下去，哪怕余下的只有空白；章节之间有好几页；放置作品标题的有一页；还有一页印有重复的封面，诸如此类各种滥用空白页的情况，大约有二十页，作者没有在里面写任何东西，去书店把书买回来再从头到尾读完的读者，从这几页里也没有买到任何东西。

编者注：请允许我带着敬意在此做出回应。这位伟大小说家天才般的禀赋和让段落绵延不绝的巧妙能力让他声名远播（在我们的宣传下，他会离我们越来越近），而我在编辑这部作品的过程中，每当感到无法忍受时，就需要（让我们不要谈钱）往他的稿件中插入几张连续的空白页。我们知道合同并不准许这样的做法。

前面那些，是序言吗？
现在这个，是小说吗？

这一页供开始阅读前的读者
带着令人尊敬的迟疑和慎重在此踱步。

ESTOS ¿FUERON PRÓLOGOS? Y ESTA
¿SERA NOVELA?

醒一醒,小说时间开始了。动起来!

DESPIERTA COMIENZA EL TIEMPO
DE LA NOVELA. MUÉVESE

第一分钟：回忆永恒小姐的面容

你拒绝给我的吻咬住了你的唇
我们就这样唇咬住唇
一同受苦

这本小说的手稿由你写成，我在里面将自己的灵魂交给你，一如你把你的灵魂交给了我。

面对不可能之事，我看到了你神圣而悲伤的神情，听到你说"我不能"；在你的否定中，我的存在变得完整，我成为全然的人，你在不"活"中教化我，在"爱"中更是如此。

第一章

（岁月流逝，让人流泪。）

"人物"们被带出去演习，以加强其对艺术性"非存在"的兴趣。其中有十个，顶着暴风雨和一身疲劳，心情愉悦地回来了。

在此刻之前，也就是你，读者，在这个阅读当下之前，总统离开了他的椅子。那把椅子靠在"小说"庄园一栋房子的后墙上。他常常远离人群，把自己关在那座房子里，独自坐在椅子上，审思自己的行为或经历的伤心事。

那栋白色老房子看起来很安静，在庄园里并不引人注目。据说它的外墙、门和窗户都在喃喃自语，就像宽阔马路上没有人走过时，路面的灰尘会对着灵魂低声诉说。路上只回荡着沉闷的脚步声，以及渐渐远去的欢快的马车铃声。房子在说什么，路在说什么？

"人们从我这里经过，不朽的人从这里经过，不朽的。"

"小说"的房子有四扇窗户。时间是它石膏上的裂缝，是厨房烟囱里风的低语，是拉普拉塔河[1]畔潺潺的溪流。它的振动在沙地上形成河流，在拉普拉塔河的地平线上形成如丝绸般的波浪，就像蜡烛的小三角形火焰，在远处站得笔直。承载人类辛劳的永恒之舟在海上随处可见，但凡看到有船帆在天空下沿着水平线移动，那里就是它出没的地方。

那是那天下午最后几分钟的平静。洒在"小说"小山谷里的光线，在当天的最后时刻被一缕缕收回，而在这一天的破晓时分，曾有一朵云游荡在生机勃勃的绿野之上。此时的人们依然可以遥遥望见庄园入口处两根柱子上的铭文："请在这里，将过去放下"和"穿过此处，你的过往便不再跟随"。

他从他的岗位上观望，俨然是小说的一位敏锐的看门人。他纤细、瘦削的轮廓（实为一位小看门人）可能会被误认为是围栏的横梁，顶上驻有一个纹丝不动的鸟巢。他总是在那里（每当小说有某部分完结，他都用手指着那部分，然后陷入沉思。历史真实和艺术真实的问题，为他带来了重重困难和忧虑），一个离花园入口不远的位置。他永远一动不动，让人以为——确实有人这样以为——他是一根没有生命的柱子，但如果你想确信他在看守着入口，就在一天中最后一道光束，以及百灵鸟歌声的光亮打在他额头时，或者当悄无声息却令人无法忽视的猫头鹰在黑暗中出现时，朝他看一眼；又或者是，一如命运将四方旅客聚集在同一节行驶中的车厢里，当幻想将小说和庄园中的人物都聚集在这段叙述中时，朝他看一眼——除了永恒小姐，她夜间才刚刚抵达，隐藏在所有人的视线之外，没有人知道她也加入了小说。

---

1 拉普拉塔河位于乌拉圭与阿根廷之间，其在西班牙语中的意思是"白银之河"。

永恒小姐回答"还是不行",总统开始学习如何去爱

——你告诉我,明天你将对所有角色的精神强健程度进行一次考验。而我来不仅是为了观摩,也是为了确认你已经具备了迎接这场混乱所需的清醒和力量,而且也想让你相信,无论你的计划将面临怎样的其他可能,我必会在场,待在你的身边,关爱着你的精神状态。

——你应该这样想,也应该这样做。我看到你到来的那一刻,就明白了这一点。你总是按照灵机一动的愿望去想、去做。但同时,看到和听到你离我这么近,我突然对我的计划失去了信心,甚至忘记了是什么导致我开始构想这场一度让我着了迷的行动的。因为我缺乏让自己完全陷入一种激情的才能——那样的激情只有你能带给我。我突然忘记了,为什么我没有赢得你的爱,或者我自己的爱。我为什么没能对你产生那种本可以成为绝对幸福的绝对激情呢?我所想和所做的一切,只不过是对激情无能的一种悲惨的"处理",带着些许对思想和行动的模仿。

——请不要试图打动我,你自己也不要受到伤害。至于我的在场会给你带来什么,别管它,以后再思考,不要犹豫。也许在行动之后,你会想再次与我交谈,那时或许会有不同的感受。

——是的,让我们做出那个最悲伤的决定:开展一场没有目的、没有爱的行动。我预感在那里有救赎,即,学会爱你。

——让我们不要再进一步思考自己了,现在告诉我,我需要做什么。

——明天天一亮,我们所有人都会出门,奔向各自的目的地,然后在当天回来。永恒小姐将带来"爱中之思",而我将带来暂停或等待,在等待期间,时间不会造成事物的改变。

——晚安。

——晚安。我会把余下每个人的职责分配下去。

总统分别致电余下的每一个人，对他们分配任务。此时，突然起了一阵风，晃动着庄园周边的树丛，枝叶的声音响彻屋子，瓢泼大雨倾盆而下。

先接到电话的是甜人儿，她一到，就饶有兴趣且不乏悲伤地看着他。他让她去寻找并带来"如此美好"的东西，而在那之后，唯一称得上乐观和幸福的人，是那些已经结束生命，或早在此之前就决心结束生命的人——他们正是由于乐观才这样做的——因为紧随在生活或艺术中那个"如此美好"之物之后的，是宛如自杀的沉默。

给父亲的任务：寻找并带来一种伤害，它需要杀死不公正地冒犯了他人的人，该冒犯者的过错在于其突然爆发的愤怒——即便是有正当理由的愤怒；那种伤害会疯狂地置我们于死地，或是让我们的余生永远不幸。

父亲走向总统办公桌的时候，甜人儿刚好接受完任务准备离开。于是他们的对话开始了：

——怎么你也在这里啊，父亲？

——你也是？原来你一直藏在这里？我是总统的朋友。

——我本不应该来。自从我知道了你想对我做什么，我们就应该各自生活，仿佛对方已经死了，尽管在别人眼中我们还活着。

——你是怎么知道的？

——何必再谈论这个。

——我想谈。

——我不想。

甜人儿离开，父亲则去接受他的任务。

121

给或许天才的任务：收集流传在人们口中的秘密，但要"秘密地"去做。

给爱人的任务：从永不凋零的记忆中，带回那个不变的希望。

给单纯的任务：找到仅剩的那一位小说读者；当小说家容许他人质疑小说的真实性，或承认他所叙述的某些事情有可能不会发生时，这位读者会感到恼怒。

就这样，庄园的居民们在出场演习中获知了各自的任务，通过演习，总统对他们作出安排，邀请他们从活人变成小说中的"人物"，仿佛在对他们说："你们正活着，甚至是快乐地活着：我邀请你们参加一场'人物'的演习，以便你们能在小说中快乐地活着。"

第二天一大早，天还黑着，风雨吹打着房子，大家都离开了，彼此间几乎没碰到面。最先离开的是永恒小姐。所有人都不得不离开，尽管他们在房子里是如此舒适和快乐。房子周围是宁静的桉树林，在暴风雨中，桉树发出的声响如音乐般悦耳动听，赋予人安宁。所有人都要独自上路，包括朝同一方向旅行的夫妇，而且谁也不能在任何提供庇护的场所逗留。程序大概是这样的：每个人在上路时都要分道扬镳，甚至是那些没有被赋予任何目标也没有离开必要的精神事物也是如此。

甜人儿和或许天才在微弱的光线中寻找着对方。他们一起走到门口，随后各奔东西。

总统也没有看见或者去寻找任何人，而是神情严肃地离开了。爱人步履宁静，内心欣喜若狂。

父亲则走得垂头丧气。单纯仅仅评论了一下雨，言辞中带着不屑："雨水啊，你向来如此廉价。"

小山谷的河水满了。守望者看到所有人离开，揉了揉眼睛，但依然没能确定他看到的是真实还是梦境——他将永远无法确定。

当天晚上，每个人都回来了，因疲惫和匆忙而气喘吁吁（为了防止甜人儿孤单，他们必须赶在她之前返回），全身被雨水和泥浆浸透。永恒小姐是最先回来的，没被任何人看见，她说：

——任务完成。会有用吗？

总统随后抵达：

——任务完成。会有用吗？我不知道，至少对心情有益。

甜人儿和或许天才在早上分开的大门口重逢。他们同一时间抵达，感叹道：

——真好啊，今天我们两次短暂碰面都是在黑暗中！

——明天我们将一整天都看得到对方。或许天才补充说。

——在我和总统谈完话之后就可以了。但我想跟你说，刚才我远远瞥见前方有人来了，现在一定在庄园里，是个女人。

——我不清楚。

爱人抵达，说：

——隐没在雨中的庄园是多么美呀！我多么喜欢它，多想记住它！

父亲抵达，说：

——一天结束了。只要保有遗忘的能力，我希望生活可以永远如此。

单纯抵达，说：

——如果总统委托我去取泥巴，我五分钟就能取了来，但我终于再次回到了暖暖的"小说"。

——那么，再见了。我等着你的来信。我想我现在更明白了。

——是的，我比昨晚更明白了。如果你不能留下来，那今天的快乐就结束了。我会给你写很多信，现在我有了更多希望。再见，永恒小姐。

父亲和甜人儿再次相遇：

——我走了。你是怎么知道那件事的？

——总统和我们住在一起时，写了一些东西，我是后来意外间发现的，标题为"与总统同住期间甜人儿写给他的日记"。在其中我读到了在我们餐桌上发生的事情，那天你对我很生气，因为那天早上我因为粗心大意，给你造成了巨大烦扰——类似的事情发生过不止一次。在餐桌上，为了安抚你以及为我开脱，总统说我不善于处理需要警惕和记忆力的事。我说："是的，我无法担任需要记忆力的职责，只适合持续进行学习或劳作。"你一副可怕的样子看着我，带着一种我无法理解的威胁，上下打量着我，愤怒地说了几句话。（父亲很清楚地记得他对她说了什么："好，现在我知道你活着有什么价值了。"）"几天之后，我们共同经历了那个可怕的瞬间，从此我明白了，我那些令人难以置信的疏忽，将你和我们全家人带向极度的悲惨和无休止的绝望；你被压垮了，也坚信所有那些你在做出之后又感到懊悔的惩罚、辱骂、打击，对我无法产生任何影响，甚至我连记都不记得了；你也悲哀地猜想，或许我正被某些激情所统摄——事实并非如此——因此你需要做出表率，对我进行修正。（父亲惊恐地回忆起那一刻，确实，他曾想过在女儿身上打上一个无法抹去的烙印。他想：'幸好没能做成那件由欲望而绝非仇恨驱使的行为。'）那时，总统已经预料到了我的行为，他一向认为我太神经质；在猜到那天下午你的企图之后，警告我说，如果我们不分开，要么我会杀了你，要么你在看到我对家里造成的灾难而愤怒得发狂之后，会对我大肆羞辱。他还说：'你父亲是个非常好的人，无私地爱着他的每一位家人；没有人比他更慷慨和富有同情心。但在他日益沉重的破产负担之上，又增加了一丝歇斯底里，这一点在你身上得到了突出体现。在我回来之前，你要避开他'。"

——我想也是如此。可怜的总统！

而事实上,"或许由于不幸",可怜的是甜人儿,与此同时,她的外形既天真又感性,惹人怜爱,面容不出众却能带给人愉悦;嗓音缺乏乐感但十分动听;一头金黄色秀发,虽然步态或许有失优雅;非常温顺亲和,不畏惧与人战斗,以至于每当父亲责备她时,都不得不需要提防她的抗拒反应,虽然这些反应并非源自恨意。

从甜人儿天真而感性的身体轮廓中,可以窥见熠熠生辉的布宜诺斯艾利斯城,望不到边际的郊野的阴影,在这座至高无上的城市里徘徊,这座城市在黑暗中感受着自己的命运,仿佛一艘远洋轮船,在一片广袤的黑暗中,发着微光行驶在海洋的中心;城市和邮轮都没有方向,都生活在对当下的全然感知中。反过来,当一个人活在历史中,激情便无处发泄,因为人类的"进步"才是历史的重点。一旦一个人经历过当下的激情,进步和未来就会变得毫无意义;堕落的进步概念只存在于历史记录中,而非任何人的心中。

"激情"不考虑状况、不考虑时间,也不进行比较;对于每个人而言,都存在一个同样的现在,一个持续进行的现在;贪得无厌的"进步"概念永远是空洞的、永远是虚无的;每个人都有"起航"的机会,也都有堂吉诃德式的、两次奔向激情的机会。布宜诺斯艾利斯、激情、甜人儿……

最后父亲作了告别,说:

——谁知道我们是否还会再见,或者何时再见。我很高兴你能留在总统身边。再见了,甜人儿,我想你会忘记我的。我没有想到你生病了,当总统告诉我他的看法,以避免我对你加以惩罚时,我甚至感到愠怒。现在我相信了。再见。

——我不知道我是如何有勇气去回忆和解释的,也不知道你是如何能够拒绝听我说话的。再见。

至于尼古拉莎和费德里科·登山者[1]，读者不能指望他们——他们没有现身，但还是要求参与人物演习，以便自己能被另一部小说试用。他们已经被提醒过，要带来各自认为是好的东西，结果他们三个人共同拿来了一样东西，得意地交了上来：

——这是一样能代表这一天所具价值的东西（没有人相信）。

那东西是对于黑帮的葬礼之所以总有那么多人出席的一份解释。他们花了一整天在暴风中打探张望，发现尽管下着雨，但被这位暴徒以死亡威胁过的人，一个不落地全都参加了他的葬礼，以感谢该威胁以独特的方式赋予了他们的长寿。

然而，由于看到雨水和泥土都过于稀少，费德里科无聊地睡着了，梦到总统对他说："既然你脚步如此轻盈，去世上走一圈吧，要当天回来。如果下午能抽出一些时间，在世界每条道路上的每一处斜坡，在每一个洞口、每一座小山丘上都放一块香蕉皮，如此人类就会原谅你手中的那根长棍。这是每个跌倒的人都希望有的香蕉皮，他会扭过头来假装寻找并找到了它，并希望所有看到他打趔趄的人，也都能看到那块香蕉皮，那块应该为他摔倒负责的香蕉皮。"他梦见自己圆满地完成了任务，此外还带来了一块心灵的香蕉皮，那是我们每个人在试图为自己的道德趔趄寻找借口时所需要的；每当陷入激烈的争论，在自尊心的驱使下，我们总会做出一个未经深思熟虑的断言，随即开始环顾四周，以搜寻那些导致了自己失误的借口。

费德里科被自己的任务取得双重成功的梦所鼓舞，继而盼望着被小说录用——在小说中做一个真实的人。但那只是他的一个梦而已，这就是为什么他一度找到永恒小姐，请求她使用改变过去的魔法，抹除他曾经在小说中露过脸这一记忆——从没有人认为他在里面是有生命的。

---

1 费德里科·登山者：原文为 Federico Pasamontes。——译者注

"在共同居住两年后,甜人儿的朋友、同样不快乐的总统,为不幸的她秘密写下的日记。"

甜人儿意外读到了"她"的日记。她在总统的办公桌上发现了那本日记,并认为是总统故意摆在那里的,目的是为了激发她反思自己对他的热情,并放弃对他的爱。其实这只是因为总统的粗心大意。

那本日记最有趣的一篇,讲的是那场绝无仅有的灾祸降临在甜人儿身上那一刻恰好发生的中断。之后日记的作者接着写了下去,对于内容已被他人读过却毫不知情,直到有一天,他在日记中发现了甜人儿的几行留言,感谢他透过这份手稿所展现出的对她的关怀。

在甜人儿的脑海中,存在着三种对总统的印象:

自从认识他之后,她就爱上了他。他那不确定的人生旅途充斥着各种际遇,其中就包括在甜人儿家寄住的那段日子。甜人儿认为她的爱没有被察觉。

有一天,在阅读总统伪装她的口吻写的日记时,她发现他觉察到为爱-受苦-的-甜蜜-女孩爱上了自己;这份爱虽然没可能,但至少已经被了解。现在她也知道了,总统是她的"朋友"。

一段时间之后,总统和甜人儿会在"小说"中以朋友的身份相遇:这是一个生命对另一个生命的第三种印象。

旅行者出现了,他说:

——我是唯一一个相信这一切正在发生的人。为什么其他人不相信我的旅行?当读者相信了上述内容真实发生过时,为什么我又成了负责破坏这一幻觉的人?

第二章

（小说的时间开始了，剩下的时间更少了。）

——甜人儿："今天'小说'里有什么？"
——或许天才："纯粹的时间。"

整整一个星期，在一片欢快的休闲氛围中，他们评论着当天发生的事，从中取乐。

大家每天下午都与总统相聚。他们每天早早出门，分开去行使各自的义务与职责，同时心中期盼着一天行程结束之后那场愉悦的聚会。他们会给总统讲——总统最喜欢的消遣就是每天晚上听他们交谈——在没有他在场的地方，他们都经历了什么、思考了什么。

（在这样的时刻，大家友好地聚在一起，一片欢声笑语，没有一丝不快；有一个小生命喜欢神不知鬼不觉地穿行其中，那是一个会思考的小娃娃，永恒小姐想赋予它生命，因为这个娃娃曾对她笑过；还有一株植物，它是如此娇嫩温顺，乃至于看到了它却没有爱抚它的客人，会被谴责为心肠狠毒。）

　　游走于不同的地点和情境中，总统得以认识了所有人，并利用每一次偶然的接触，与他们全部结为了朋友。大家相继决定了要跟总统一起住在庄园里。每天早上他们都一起出门，除了父亲，他只是不定期地出现；他会开一辆老式轿车，前往布宜诺斯艾利斯学习或工作。庄园位于拉普拉塔河岸边，距离车站有二十个街区，从那里再坐火车到"宪法"站需要十分钟。

　　"庄园"是一片大约十公顷的土地，长期陷于拥有权的争端之中。目前总统对其拥有最多权利。曾有另外一些人对这块地有兴趣，总统于两年前从他们那里获得了在此地的居住许可，而作为交换，他需要看守这座庄园，并付清它的花销。大家就这样偶然地聚集到了那里，就像被艺术家随意地扔到幻想作品书页中的人物一样。在那片等待着一场又一场司法裁决的土地上，在那个古老的庄园里，他们与总统相伴了近两年。

　　所有的居民都如身处梦境中一般，感受着相聚在这个临时居住地的日子；他们偶然遇到了总统，后者跟大家一样途经这里，随时可能与其余的人告别。他们把体验到的情感与那些伟大的梦想家联系在一起，他们享受着这份生活，这自由、精致、深情、变化万千的生活，并不断萌发出新的同情心；他们活在曾经做过的梦中，无论如何睁大眼睛都难以置信，自己的确在他们曾经梦想过的地方。一开始，出于焦虑，他们只是把这一切当成一个梦接受下来，随后，只为少受一些苦，又转而接受了它的真实；但只有放弃它会成真的希望才能少受些苦，要接受它只是一个永久的梦，并不真实、无法延续到现实中——它唯一的宿命就是作为一个梦。这就是为什么当他们走在布宜诺斯艾利斯的街道上，会感受到自己的真实，并迫切想要回到小说中也能做个鲜活的人。他们去到城里就像去到"现实"里,他们回到"庄园"就仿佛回到梦中;每一次出发都是一次人物朝向"现实"的出走。

从两年前开始,总统选择将友谊作为他未来生活的重点。每接待一位新朋友,他都奉上充分的好奇心和同情心。(每个初到庄园的人都会为这份双重感受所动容,并对自己说:"我进入了'小说',也进入了小说。")最后被总统征服、并被带到那片共居之地的两位朋友,是爱人和甜人儿。

爱人一抵达,就给大家留下了史无前例的深刻印象。但大家很快就忘记了他的存在——连总统也迟迟没有感觉到他真实地生活在那里——直到他们再次遇到他。尽管大家每时每刻都能够看到他,但只是得在一段时间之后,大家才确信这位"不存在的绅士"就生活在他们中间。

每个人都记得他们到达的第一天,以及抵达后隐约看见的每个人的脸;他们把手提箱和包裹放在大门口,环顾着房子,感受着将他们带去那里的黑暗力量。接下来会发生什么?他们如何迈出朝向小说的第一步?总统在接见了他们、之后又邀请他们去他家时,说了些什么?听到他的话,大家在那一刻是如何想象他们即将入住的庄园的?每个人又是如何抛下了他们的家庭、过往,他们的悲伤或孤独的呢?

当甜人儿——这是大家之后给她取的名字,她是那里唯一的女性居民——令人惊喜地到来时,所有如今出现在"小说"中的人都已经在那里了。只见她捧着从城里为总统带来的鲜花,优雅地穿过花园。(她如此专注,丝毫没有意识到手捧鲜花穿梭于花园中的自己是多么富有魅力;看到这样的她是多么令人内心柔软啊!但没有人看见她。那怎么知道她是优雅的?靠魔法。)父亲不是常住居民;他不时地来了又去,那天刚好不在。甜人儿只知道他在这栋房子里为人熟识,但只在演习的前夜才第一次见到他。

或许天才是为这个惊喜打开大门的人。那天有些阴冷，隐约能看见拉普拉塔河的水拍打着河岸，庄园周边的树林动荡不安。甜人儿被带到乡下那个温暖的大厨房里，厚厚的墙壁被刷白过，里面有一到冬天便尤其惹人喜爱的巨大炉灶；乡村住宅中时时会听到呲呲作响的风声，这是甜人儿从未听过的声音，而我们第一次在庄园度假时就听到了。半个世纪后，在一次意料之外或渴望之中的返乡之旅中，我们再次听到了同样的声响；风穿梭于缝隙中，无休止地诉说着同样的话语，却不断浮现在不同个体的耳边，那些不断流逝的生命个体。

定时为大家做饭的或许天才给她带来了一些精心准备的热食。在想起有人住在那栋寂静的房子里、甚至在意识到他们自己就身处那栋房子之前，甜人儿和或许天才聚在一起交谈了两个小时，两个人都愉快地自认为比对方说得多。这两个小时是或许天才对甜人儿的爱情，以及甜人儿与或许天才的友情中，唯一一段真正幸福的时光。该友情和爱情正是在那场热烈的对话中诞生的，并且双方对其诞生均毫无察觉。这种关系，这场对话，这份友谊和爱情，难道不是早就在他们的灵魂中萌发了吗？既然他们没有感觉到它的诞生，事后也没有感觉到它的开始，我们又何必一定要说它开始了呢？在那两个小时里，两人共同编织着一些荒唐的悲伤，这是一场爱情和友情之间的荒唐相遇。

门缝里的风总在重复着同一句话：在这两个可怜的灵魂里，始终存在着友情和爱，但这两个词，随着对话的转变，会催生出悲伤。

"小说"居民的一天

我随机选择了1927年8月的一个星期四，那是大家在小说中度过的第二个冬日。每个人——除了总统，他不再出门——都早早地一起乘坐那辆老轿车出发了，中途遇到看门人，后者对他们怀有着基于同情心的好奇；他们继而驶过潮湿的绿色小山谷，遥望着山谷与海水交接的线条。从那里，在一天中的任何时候，都可以远远望见水面在水天相接的地方起起伏伏……他们就这样行进在寒风凛冽的早晨，不时地交谈和观察，直到一份来自布宜诺斯艾利斯的、版面巨大的报纸吸引了他们的全部注意力：一阵风吹来，这张报纸突然从他们手中脱离，在他们面前的地上飞旋；他们前行的方向跟这股草原风的风向一致。无暇顾及其他事情，他们再也无法将视线从那些宽大的印刷纸页上移开，只见它们拍打着、翻滚着，时而落地，时而又飞升，不安地四处移动，一下子借助强风冲向高空，一下子又跑到大家的队伍前面，笼子般的车里充斥着议论和惊呼声。在终于被反复出现的风卷走之前，报纸带领着他们行进了大概十五个街区，几乎一直来到了马车停靠的车站附近。所有人中，甜人儿是最激动、最兴味盎然的那个；面对报纸反复无常的路径，她在兴奋和敬畏之间摇摆不定。这一插曲带给爱人的则是全然的愉快。对或许天才来说，看着甜人儿兴致勃勃的样子就足够了。在这件事完全吸引他的注意力之前，安达卢西亚人表现得毫不在乎；尽管如此，他还是发出一句不乏疑惑的感叹："报纸！有谁会相信刚才发生在这份报纸上的事，会适合登上报纸？"没有人回答这个问题；大家上了火车。

抵达布宜诺斯艾利斯宪法站之后，其中一些人分开了，另一部分则继续一同前行。在市中心，或许天才陪着甜人儿去了他的办公室，一边亲吻着她（虽然未经解释，但确是事实），一边朝司法厅走去——因为他是个检察官（令人费解，但也是事实）！他如此沉迷而又甜蜜地在各个办公室和档案公文间穿梭，就像他置身于乡下厨房的锅碗瓢盆之间时一样。很少有法官会忍心向他传达判决不利的坏消息，正如砂锅不忍心在他面前溢出、平底锅不忍心将他烫伤一样。安达卢西亚人出没在各个酒吧里，为总统打探着消息。他玩赌博，谁请他喝酒就替谁看手相，碰上慷慨的人，他就给人家预言一个幸福的未来，并在其命运中剔除所有的星期二和十三号。至于他是如何通过调查做到这些的，我们就无从知晓了。

最后，所有人在九点时于宪法酒吧集合，一起等待火车。大家都很疲惫，同时带着任务结束后的轻松和喜悦，愉快地喝着茶。这是他们完成一整天的工作之后，约好总是一起做的一件事。我们可以看看他们是如何在一天结束的时候，享受这一刻的温情和快乐的，因为除了劳作、欺骗、伤害、屈辱的命令，以及他们在人群中寂寂无名且不被关心之外，他们还承受着每天不得不远离庄园的悲哀，不得不接受长时间的剥夺；看看他们此刻多么快乐吧，看看他们多么纯真，同时想一想，他们其实什么也感觉不到，他们是没有生命的！

总统在葡萄园阁楼下的吊床椅上等待他们的到来，吊床椅上缠绕着攀援的紫藤。他们吵吵嚷嚷地向他走来，继而走进房子，四散而去。而此时，甜人儿正在厨房协助着或许天才，两人一块儿生起了火，锅放在火上，里面盛有早上做好的食物。

总统致永恒小姐

深刻地、决定性地：这是实现我灵魂的公式，在这个意外的时刻，我用这个公式来呼唤命运，它被迷茫和悲伤所惊扰，被那亲密的、可鄙的羞辱所打击，而后者是由我的自卑导致的。该公式内容如下：

如果光荣的爱有幸得以实现——它只有现在才被赋予意义——它

将解释为何在无数存在的个体中，又多出了一个（也就是我）。事实上，爱会赋予我直到今天还尚未拥有的个体性。爱使当下成为永恒，使它完全占据记忆，使等待我们的永恒只是一个瞬间，或者说使对于一个瞬间的记忆在感知中化为永恒，这是存在的最高现象：永恒对于所有人而言都是存在的，但只有全然实现的激情才能够使瞬间变为永恒。换言之，记忆会战胜永恒，让永恒被激情的瞬间、被全然的爱所取代，这可能发生在整体时间的任何阶段，属于我们整体的时间，因为任何生命都不具备开端；永恒的并非生命，而是瞬间，感知的最高瞬间。我将去往远方，去研习我的灵魂，使它像你的灵魂一样美丽；我会在感受变得美妙之后再回来。

昨晚，我审视着你那张沉浸于爱情喜悦中的脸——当那个瞬间浮现，那第一个你尚未意识到的瞬间，我就看到了这样一张脸，那里面是对我的爱——那对另一个人所生出的爱的喜悦（正是这份爱的喜悦，这纯粹、高尚而幸福的同情心，让你的双眼久久注视着爱人的脸，遗忘了其他所有的人类）。我在你的遗忘中度过了两个小时——我经历了"永恒的遗忘"，一场令人难忘的遗忘。这遗忘能治愈过去，并借助你无限的魅力将其替代，用端庄而优雅的过去，替代不幸的过去；这一瞬间是如此充盈。

永恒小姐，我经常听你说，分心或笨拙导致的跌落或绊倒，是没有补救办法的，它们的可笑没有办法补救。我反对这种说法，因为相对于"游戏"和"桌子"，跌倒是更能测试一个人的性格是美好还是丑陋的契机；对于一个完全优雅的灵魂而言（同情是其唯一具备的冲动），不存在平庸，也不存在可笑……

永恒小姐出现，读了这封信的开头。

当读到他说他会以同样的愉悦和同情与另一位来访者进行交谈时，

她被这个糊涂总统的不理解所伤害，面色苍白、满眶含泪地写下这么几句话："再见了，总统，今天的到此为止。在我这一生中，再没有比阅读这几行字更残酷的了。我要走了，我想我已经没有希望了。不要阻止我。我再也无法想象会被你理解了。"

她带着难以忍受的折磨回到了自己的房间，面孔烧得通红；她用双手支撑着自己，重复地祈祷。她从未对上帝的存在打造过一个属于自己的定义（因为她对任何宗教实践从不留意），但此刻于绝望中，却真正从他那里获得了庇护；她只有在被泪水和绝望淹没的时候，才会向他求助……情绪有所缓解之后，她感叹道："他不祈祷，所以此刻一定比我更痛苦。愿他祈祷，我希望他能祈祷。在这险恶的生活中，我们都是可怜的人。"她拿起电话，只说了一句："请你祈祷，现在就祈祷吧，然后试着去睡觉。我要求你：祈祷。"她想着他，那个罪魁祸首，又陷入更深的悲哀，于是挂断电话，坐在床边，抽泣着说："可怜的他，可怜的我，去年，就是几个月前，我们一起读包法利的故事，人生每前行一步，她的灵魂就被摧毁一点。面对如此悲伤的命运，当我们的阅读变得难以忍受时，我们就抬头看着对方，即便如此，我们对于小说中的人物，总还是带着少年般的羡慕或嫉妒。而现在，是我们自己正被生活、被那神秘的愤怒所倾轧，也许是生活让可怜的我们渴望自己仅仅是一些被阅读的人物，其实没有任何感觉；做这样的人物会令所有天真的读者都感到羡慕，不管小说是赋予他们幸福，还是用绝望来让他们受尽折磨。继续这样忍受下去，我们会发疯的，我们因此渴望从生活中逃离，逃到故事中的某一章节里去。谁能来告诉我，他从未存在过，而只是我读到的一个人物，我自己也只不过是一个影子，一个书页上的剪影！"

总统和永恒小姐未能实现全然的爱，因为他不愿意把头靠在永恒小姐胸口，以此寻求庇护，而她也无法（这是她唯一的不完美）从这种母性倾向中解放出来；这一倾向在爱情中是错误的，但她没有怀抱爱人的感觉就活不下去。总统的不称职之处在于，他无法在不想象永恒小姐的情况下爱她，换言之，他总是神秘地在头脑中再现她。因此，他做不到将她视为一个存在着的人，毕竟存在是无法被纳入大脑活动的。

——永恒小姐：你不完美；你的小说家必须把这件事告诉你，因为他也是你的朋友。

——那么，如果你能做到的话，把我变得完美吧，就像上帝造人一样。

——我做不到：那个画面来自我的内心体验。有时为了庇护他人而去找一个爱人，将爱人的头靠在胸口；在那个画面中，我一闪躲，就会看到一张悲伤、失落的脸；我一边对抗着这个表情，一边再次将身体靠近以便给予庇护。我可以在头脑中战胜它，然而爱人那张柔和又悲伤的脸总会一再浮现。

其他时候，永恒小姐为总统购买"小衣服"，然而总统反抗爱情关系的母性化，他拒绝这种庇护的态度，因为这贬低了他：他只接受平等的认同。

与此同时，"假装活着的人"实现了一次神圣的"不在场"。

第三章

　　——甜人儿：小说接下来要发生什么，或许天才？

　　——或许天才：等我成为作者的时候，我会告诉你的。

　　——甜人儿：在那之后，又会发生什么？

　　总统朝或许天才走来，对他说：

　　——或许天才，听着，我有个任务给你。

　　——如果这项任务很难，总统先生，你还是把它指派给爱人吧？他天生就临危不乱、处变不惊。我的大脑已经连续几个星期不在状态了。

　　——不过，你的眼睛一直在忙。

　　——我不懂你的意思，总统。

　　——我下次再告诉你。

　　——我觉得爱人这个人机灵又镇静。他似乎了解我所做和所想的一切，还爱笑。我不喜欢他看着我，尽管他救过我，让我免于被一群狗撕咬。如你所知，总统，我到的那天，如果不是爱人及时赶来，我的下场会很糟。坦白讲，总统，每当我看着他，都觉得自己在做梦。

——那是因为你对他的永恒还没有信心,这和对存在没有信心是一样的:终将死去之人就是一个非存在。你要知道,他对我而言,有时候是真实的,但也像其他人一样,有时候又不真实;当我的信仰在摇摆时,就会如此。

——不管怎样,每当我有事要做,有话要说,有信息要公布,我都宁愿他不要看着我,虽然他的确很少看我,因为我会表现得很糟糕。如果不是这个原因,我会一直跟他在一起的。

——或者你可以选择另一个伙伴?

或许天才望着总统;他认为总统没有把这句话说出口,而只是在脑中想着。他没作答。

——那么,你要为我们争取到佩德罗娜的支持,或至少让她谨慎行事。你必须要争取到她的同情,使她出于对你的情感,同意不谈论和散播有关"小说"的事。

——好的,总统,我会思考一下。

——刚才甜人儿向我问起你。她已经准备好就寝了。

——我去看看她。另外,关于我如何才能赢得佩德罗娜的友情,也请你出些主意。在你提议我们所有人去做的那项工作开始之前,还有多少时间?

——两个月。

——晚点见。

——晚点见。如果她睡着了,帮她关上窗户,不要让光进去。晚点再跟她谈。

有时,或许天才会一边望着甜人儿一边在心里想着她,另一些时候是一边看着一边梦着,其他时候则是在心里想着,双眼却不望向她(这就是永恒小姐绝不会原谅总统的一点)。但他心里自始至终都是甜人儿。

（还没有说，或许天才其实有一些生理特征……眼睛……鼻子……但去他的吧，描述起来太费事了，我这才想起口袋里有他的照片，那是一次偶然的契机，在波兰人"高贵者"的大型工作室里拍摄的，照片上标记着："好结果摄影"。我把它摆在这里，连同或许天才写给我的、字体巨大的献词："天才作者：别人都在夸赞你的才华、敏感、犀利和幽默，尽管我迄今仍未发现这些品质的任何蛛丝马迹，但我深深欣赏并喜欢着你，相信你是最行事严谨和思路清晰的小说家，因为你帮助我带给甜人儿快乐，并将她的注意力转向我。你站在我这边，同时为她的幸福而努力。你的朋友兼谦卑的同事，或许天才。"）

永恒小姐和总统现身、上场表演的时刻

永恒小姐的两次宽恕。

永恒小姐用手指玩的恶作剧，不就是宽恕本身，不就是爱的妥协吗？

今天，总统任由永恒小姐的恶作剧摆布。

今天，他任由自己被她的宽恕摆布。

以身体来说，永恒小姐是典型的尘世中人，然而她的脸上却没有一丝欲望的痕迹。她如"物质"之主导者一般高雅，完美到没有人能够分辨出看到她和想到她之间的分别。

总统也分辨不清，他只知道每次当永恒小姐来时，她都会用一块绣着圆圈和菱形的小手帕遮住他的眼睛，或者有时只是用手来假装手帕，覆盖住他的眼睛：总统无法说清他何时是在观看，何时又是在想象。如果他说他看到了，永恒小姐就会问有多少个圆圈，多少个菱形；他几乎没有答对过。于是她很忧伤，因为只有当总统真正看到的时候，

才是他灵魂最强大的时候。

今天，比过去任何时候，总统都更加能够既看到她又想到她：过去两天所取得的强大智力成就，使他一下兼备了领袖和思想者的气质，两人爱情中的一切随之明了。有时，总统会浪费两份宽恕，对当下的一份，以及对过去的一份。每到此时，永恒小姐便会陷入全然的悲伤，这对于总统也是足以致命的时刻。紧随其后的是几个新的沮丧的夜晚，直到新的细腻的温存重新归来。今天，总统和永恒小姐之间的一切都很明了。

以下段落，是一节没有作者的对话，或曰一篇没有作者的散文，或许天才和甜人儿在其中试图进行一次生命的融合。

——或许天才：甜人儿，你不要问我今天"小说"里会发生什么。这一次，我们不是角色，而是要独自说话，为自己说话。这次我们是我们，而不是角色。为了理解这一点，甜人儿，看上面，我们正身处的这一页，上面有关于这一场景的标识。

你是睡着了吗，甜人儿？

——甜人儿：刚才是睡着了，但我听到你进来了。

——那我就没必要蹑手蹑脚了？

——无论如何你都会发出声音把我唤醒的，好能够开启我们之间的这场谈话。

——我是有些重要的事想要谈一谈，但我也确实是蹑手蹑脚走进来的；其实我始终是这样在世上行走的，因为心中有爱的人不会去寻找世俗的耳朵。

——你有爱吗？

——看吧，连你都没注意到；我正蹑手蹑脚地和我的爱人在一起呢。

——你激起我一股强大的交谈欲望。我要起床了。

——我应该回避吗？

——留下，但不要看，这样就可以帮我挽留住这段对话，否则你就要把它转交给爱人了。读者也不要看，此刻不要看，每次我脱衣服的时候也都不能看。继续读吧，但只能从高高的地方。

——是真的，他们在偷瞄我们。

——我都听不到你的呼吸声。你在想事情吗？

——奇怪，我没有在想事情。我在等着看你，等着你允许我转身。

——现在可以了。我刚才在为你准备马黛茶，我忘了你转过了身子，所以看不到我，我以为你正饶有兴致地欣赏外面的乡村景色。

——草原很平静，但我不会因此而把目光从你身上移开。是你不让我看的，记得吗？但在我把总统分配的任务讲给你听之前，让我先祝贺一下，你这马黛茶真是无与伦比。

——那么，总统是很积极的了？

——可不吗，我现在喝完这杯马黛茶就得立刻动身，赶着去对佩德罗娜小姐进行第一次采访。

——不过，总统也有镇定的时候：有时他会一直盯着香烟头渐渐烧成灰烬，乃至烧到自己。

——没错。在表面的平静之下，总统过着多么紧张的生活啊。现在我得走了。

——怎么，这就要走了？

——当然不是为了我，也不是为了你。如果总统发现你的房间乱七八糟，他会很高兴的，因为他会由此推断你正在安稳地睡觉；他总是叫我们不要吵醒你。

——他今天没去办公室,昨天直到很晚才去;是在那位穿黑裙子的女客人到来之后。

——刚刚我透过窗户看到,她被安排入住了那间房。

——你怎么知道?

——因为她走来走去。

——什么意思?

——她在房间里走来走去,几次经过窗前,透过窗帘向外看。

——她是什么样的人?

——你还没见过她?我得去庭院里了,你穿好衣服,我回来再给你讲个故事。在那之前,如果你想的话,可以从我现在站的地方看到她,她个子很高,外形很美。你最好自己去看,我就不多说了。别忘了提醒我给你讲那个故事,它的标题是:

居家的女士
在一个没有她的家

请注意,机灵而敏感的或许天才,通过提议讲个故事,使甜人儿从总统那个神秘女访客——一个会令她伤心的话题——身上转移了注意力。

——把你的故事准备好。我会看的,可是人影模糊不清。我要跟总统道早安,去一下他的房间再回来。

或许天才默想:"借口,她只是好奇心作祟。她正因这位陌生女士的突然出现而备受折磨。"然后提高嗓音说:

——如果只是为了给我想故事的时间,那就别去了,我刚刚已经想好了，别人怎么给我讲的，我就怎么讲给你听。

——再等五分钟，我的朋友。

——我只是想让你看到，你一吩咐我做什么，我就会手脚利落地飞快完成。

——总统不在。

——那又怎样，这让你不安吗？他经常不在这里，但我在啊。可我现在也要走了。

甜人儿默想："我知道你在这里，善良的或许天才，但是不经意提及一下总统就会害你难过，这其中一定有原因。"交谈继续。

——你在这里做什么，或许天才？你正在这一章节寻找自己的任务吗？

——我在寻找小说的哪一部分可以让我获得生命。我本以为是"小说"的窗口处，在那里我们可以呼吸，生命也会降临到我们两个身上。

——为什么，或许天才？你知道总统不追求生命。

——既然你说你爱我，那么你有可能帮我去问一问总统吗？我们不知道总统是否会爱，但他看上去不快乐。为什么要过这种不快乐的生活？但事到如今，这是我自己的事，是我们自己的事；我们在亲密中相遇了，这份亲密令我们渴望生命。我只有跟你在一起才会祈求生命。对于不幸的总统来说，只"作为人物存在"似乎是一种奇迹般的运气，但对于我们，对于因你的爱而获得了幸福的我们而言，此刻他需要赋予我们的正是生命。

——我可以告诉你……我不知道怎么说，或许天才，你在我对你那一瞬间的爱中陷得太深了；现在我感到的是友谊。那一刹那是真实的，但它转瞬即逝。

的确如此。在某一天的团队活动，或是在他们相见的第一个小时里，甜人儿爱上了或许天才，但只爱了那一天。或许天才觉察到了，也意识到这份爱在第二天就消逝了。爱人安慰他说："让甜人儿这一天的爱成为你的永恒。"或许天才永远地记住了这句话。

——我不喜欢这段对话，我想请你允许我们重新开始这段对话。例如，我来到你的门前，把门推开一半，按照总统建议的音量和步伐，开始对你发话：

——甜人儿，你醒了吗？如果没醒，我现在就把这扇透光的窗户关上。

——是的，或许天才，我醒了。

——醒来多久了？

——七点醒的。

——现在是两点。

——很好，我现在就起来。或许天才，有什么事吗？（你当时应该这么说。）

——甜人儿：我不明白你的意思；可怜的读者！

——我说，你应该说："我现在就起来。"但你是对的：在没有察觉到我的存在的情况下，说出这句话合理吗？从别人的角度想问题真不容易。此外，注意，我是安排这整场对话的人，但当发生类似于你要起床这种事情的时候，比如现在，就轮到你来告诉我应该怎么做了。

——好吧，那就站着别动，眼睛朝向另一边。

——很好，我退下。甜人儿，给我个建议吧，我必须要赢得佩德罗娜女士的信任，我应该怎么做？

——打理下自己的仪容，然后把电影里的故事讲给她听，除此之外我想不出别的办法。你有什么事需要她帮忙吗？

——对，我需要她绝不泄露"小说"的秘密。但我一定会把自己打理得很糟糕的，跟你建议的正好相反。

——我猜也是如此，我的建议并不恰当。该怎么做呢？但至少你的脸色看起来不错。

——谈话进行到这一刻，应该是你再次对我说出下面这句话的时候了："今天，我爱你，或许天才，《永恒小姐和甜人儿的小说》中的人物。"但我看到你一言不发。

——我一言不发是为了避免告诉你，伟大的人物，值得被称作艺术的人物，从来不会像那样子说"我爱你"；对于真正爱着的人，他从来不会想到说"我爱你"。

——哦，我多希望不会说出口的是别的话，但你没有提到别的话……我得继续为总统的任务做准备了。今晚我会排练一下，如果效果不错，我会告诉你我排练的是什么。坏消息是，我在阅读龙勃罗梭[1]时非常兴奋；看来天才总是一些精神上有问题的人。但总统向我保证，情况并非如此，龙勃罗梭非常天才，同时一点都不疯癫。

——谈论天才是多么愚蠢啊！既然我们这里一个天才也没有。

——但是，我非常理智。

——这才是最重要的，运气太好了！只是你怎么现在突然想到说这个呢？

——因为我很勤于思考。

——勤于思考就不会犯糊涂了？

——不，不是那样。当我犯糊涂的时候，总是关于别的事。

——我是不会思考的。

---

[1] 切萨雷·龙勃罗梭（Cesare Lombroso，1835—1909），意大利犯罪学家、精神病学家。——译者注

——如果我不思考，怎么解决我们与总统之间所有这些问题呢？他眼下是如此不安。如果他不是这么心事重重，只需一次拜访，再不必做其他举动，就能让佩德罗娜女士知趣到守口如瓶，与他结为盟友了。

　　——你最好还是去吧，但不要再跟他谈这件事了。你这次任务会进行得很愉快的，接下来你每天晚上都有故事给我们讲了。

　　——如果完成得不好，我就没有兴致讲了。但我会做很多思考。

　　——看起来你总是在思考。

　　——我想是的，这是我的一种能力。

　　——总统真的那么努力工作吗？你可以为我煮一杯甜美的马黛茶吗（我还没吃早餐），我想问你几件事。

　　——好，器具在哪里？

　　——那里，看到了吗？

　　——啊，是的，我这就给你煮。再一细想，我发现我也有时间来喝一杯马黛茶。我已经猜到你想问我什么了。

　　——是关于他收到的那封信，以及随后抵达的那位女士。

　　——啊，有一封信？

　　——在这一刻，对话会有转向，我会请求你重温在你到达的当天，我们在厨房度过的那两小时内发生的事。

　　——你甚至没有想到要问我的名字，也没问我为何而来。我本以为我来到这里后说出口的第一句话会是："我的名字是玛利亚·路易莎。"你为什么没让我说出这句话呢？我喜欢说自己的名字，而且在来的路上一直在练习。虽然这确实不是我的名字，而且我忘了再编一个姓。

　　——你叫什么清楚得很，我一看到你就知道了：你的名字是"欢迎"。

　　——你拿过我的行李箱，说："跟我来。"但现在你得煮茶了。我要穿衣服。或许天才，我几乎都没有时间去整理他的办公桌。

——他要他所有的亮晶晶的玻璃杯都装满水，这可是个大工程。

——那些画呢？

——什么画？

——就是你在他房间看到的，散落各处的那些成堆成捆的彩纸，他把它们称为画。一开始，他收藏的是油画和水彩画，之后替换成了精心挑选的石印油画，到现在所有那些又都被彩纸取代了。那是他的绘画沙龙。他是一个厉害的绘画鉴赏家。

——他很古怪。后来他说，既然龙勃罗梭是个天才，人们最不该相信的就应该是天才皆疯子的理论了。

——我们又一次说到了天才。

——因为我在认知上是个很正常的人（这也是为什么当初接待你的时候，我帮你减轻了箱子和包裹的负担，但并没有从你手中接过那束花；尽管在我们漫长的谈话过程中，看到你一直拿着它我很难受，但我从未提出从你手中接过它，我没有问也不知道它是给谁的）。

——啊！你确实急于搞清楚天才们的问题。

——我只知道我非常理智。已经很久没听到你弹琴唱歌了，总统说你应该多多练习，等一位音乐家朋友来的时候，让他聆听一下你的歌喉。

——那么你要走了吗？ ——甜人儿说，在或许天才正要起身离开时拦住了他。

——我宁愿永远留在这里陪你说话。

——那就留在这场"对话"中吧，就是这样。或者去跟爱人对话。

——他现在不在。

——你是多么爱他啊！他真细腻。如果他像总统一样思虑重重，你认为他还会像现在这么贴心吗？

——我想是的。

147

——好吧，既然你说你喜欢我对你发号施令，那么现在就去拜访佩德罗娜吧。你一动不动地站在那里看我，难道是不喜欢我这样命令你？

——我看着你，甜人儿……你让我去哪儿我就去哪儿。

——你会说服她的，或许天才。你知道，我不会说服人，但你很擅长，而且聪明又洒脱。

——洒脱？我过去是的，但如今再也不会了，因为我做不到遗忘。

——你一定是恋爱了，我看得出来。你该是多么痛苦啊！可是，她不能也爱上你吗？

——不，她不能。

——所以她正爱着别人。

——是的，或许她自己都不知道，而她所爱的人对此也一无所知。只有我了解她的爱。我爱她，但她不会知道了。

——唉，生活啊！如此让人受尽折磨！

——我们还是不要唉声叹气了。我走了。

——你是个好人，或许天才，你长得好看，又有气质，佩德罗娜会好好接待你的。但那条领带……

——它很丑，我知道。

——过来我帮你整理一下。

——太好了，帮我弄吧，把你的手放在我的身上。一会我会再把它弄乱。

——什么！

——你一把它整理好，我就再次把它弄乱。[1]

---

[1] 作者：一种陌生的感觉在烦扰我——有没有可能，此时正有一位尖刻的批评家读着我的作品，嘲笑着我不严谨的语法（时而用"tú"、时而用"vos"来称呼"你"）呢？（主格人称代词"你"在多数西语国家中用"tú"，但在阿根廷当地口语中是"vos"。——译者注）

——我完全搞不懂你。

——还是我自己来吧。我现在就去。只要找来一些新的、有待于修正的事，我就有希望能赢得她的友谊。

——我更不懂了。

——这是一个伟大的点子，我已经告诉你了：为了让佩德罗娜喜欢我，我需要做的就是每天都让她看到我道德人格中有待于修正的地方。

——道德人格？

——是的，我的道德人格就是我的发型，我的领带，我的手表链条，我帽子上的带子，一切拥有正面和反面、可能处于有序和无序两种状态、存在正确和错误两种使用方式的东西。我确信，在佩德罗娜眼中，这就是我的道德人格。不要费心去理解它，也不要因为不理解而认为自己不聪明，因为如果有另一个人对我说这些，我也无法理解。

——如果你想，我会去努力理解，但既然你说我不用费心，说这是一个谜……

——等今晚你听完我的汇报，知道了我第一次拜访的结果，你就会更理解的。再见，甜人儿。

——等等，再听我说一句。我一直特别想问你一件事，要不现在就问吧：我刚到这里的时候，你为什么对我这么好？

——谁知道呢……你看起来那么温柔，而且有点受到惊吓的样子。

——我没有害怕，我很了解总统这个人。不过，尽管如此，如果我想继续活下去，还是宁愿不要再遇到好人。

——真奇怪！这比我对于打得乱七八糟的领带的看法还难以让人理解。

——你干脆把你那套难以理解的诱导步骤讲给我听吧，虽然我知道一切都将自然而然地发生。佩德罗娜一定是个美丽的女人吧？

——一定是的，但不会是因为面容。

——另外你以后也需要给我解释一下，你是如何做到让佩德罗娜相信了你虚假的爱，自己却毫无愧疚的。

——好的。我如此喜欢这套步骤——我已经将羞愧的蝇虫赶走了——以至于它化解了我所有的道德感，更不用说佩德罗娜本身就是个轻浮的女人。我不认为像她那样的女人，包括很多比她高明的女人，能够承受系反或系到右边的帽子带、打歪的领结、沾上墙灰的衣服、起皱的袜子或松动的纽扣所带来的不安。当这样的不适在一位绅士身上反复展现从而无限延长时，它就会驱使女性来到一种绝望的焦虑状态，让她们不得不接管下这整个男人，通过与之结为夫妻，来完全终结这个偶然出现在她们眼前的恼人家伙所有的衣着缺陷……

——很好。但是，在去拜访恋人的路上，你让自己紧贴着墙壁，让背部沾上墙灰；在想象这个场景时，难道不觉得有失体面吗？读者对你的计划会有什么看法呢？多无礼啊，我们从来没有征求过他们的意见。

——尊敬的读者，你何不给我们出出主意？还是已经走神，把我们俩单独落在这里了？

——读者：我对你们的生活既保持着兴趣又维持着谨慎的态度。请你们相信，我只有在预料到一个致命的亲吻即将发生时，才会与你们拉开距离，而一旦我预感到，一个友善旁观者的在场不会对你们构成冒犯时，我就会回来。现在，我当然正仔细聆听着，而且我赞成你们的计划。

——非常感谢，这样活着才值得。

或许天才离开了，而甜人儿则留下来朗诵她最喜欢的五行诗。

做好人是多么好

且要

只活在好人中间

体验每一种痛苦

笑对每一场好运

——单纯：啊，我为什么不通过与你交谈来让我的时光变得美好呢？我看到你此时既自由又快乐。

——甜人儿：是的，我感到非常快乐。能够成为"小说"家族的一员真是幸福。当总统向我发出邀请的时候，我很迟疑，因为我的人生是如此渺小，任何可能的变化都让我感到害怕。

——我回忆起那一刻也很感慨，他对我们说："我邀请你们进行一次'人物演习'，以便让你们在小说中过得快乐。"

——对我而言，这个变化就是全部的变化；我已经忘记了我的过去，感到重获希望。

——我在生活中已经获得了一些幸福，而今开始理解幸福了。

确实，单纯是最容易感到幸福的人。他是科隆剧院的引座员。在剧院里，乐队、伟大的男高音、伟大的女主唱的歌声，连同惊呼声构成的喧嚣，所有这些汇集而成一股巨大而强力的共鸣，而气宇非凡的指挥家则摇摆、舞动着他的衣角和头发，用手势时而安抚时而鼓动着舞台上的狂热。在这种时刻，面对所有这些颇具震慑力的技艺，包括在人山人海中发出的惊叹，作为引座员的单纯知道，他需要做的就是待在自己小小的位置上不动。单纯懂得在歌手发出一声漫长的"do"时守住自己的位置。他会用吉他弹奏一段托卡塔曲[1]，温顺又快乐，满足于自己的生活，

---

[1] 托卡塔曲是源自意大利的一种较为自由、即兴的键盘乐曲。"托卡塔"即"触碰"的意思。——译者注

甚至在上述喧嚣的时刻，我们都能听到他弹奏乐器的声音。

——甜人儿：而我，在这里什么都需要学习。我想大家都一样。

——单纯：但对他们中一些人来说，这件事很难。对于或许天才便是如此，这个人，除非你在他面前放一个乐团指挥，否则他连咳嗽也学不会。

这是在呼应关于或许天才的哪句玩笑来着？单纯和甜人儿有一次在一起漆前庭的墙壁，单纯就试着开了这个玩笑，想打趣两人的那位共同好友难以感到快乐的问题。甜人儿笑了很久，他们一起继续在杨树间晒太阳，单纯则继续解释说，他的灵魂可以为他获得"一个锥形甜筒脆皮中的世界"（请不要忘记，除了小说中的天气，还有一部分或好或坏的天气，是被单纯的情绪波动所支配的）。

或许天才吹着口哨，从征服佩德罗娜的旅程中凯旋归来。他身上或许存在着某些自负？

可能吧；一小份诱引者的狂妄再加两小份嫉妒，足以让他自认为自己或许是个天才。

我下面这几句稍显大胆的断言可能会让人惊讶。或许天才具有坚实的道德感，对"另一个我"、对多样性和个人化的感受怀有慷慨的同情，这份同情的含义体现在他制定的如下准则中："至少在这一生中，每个人都应该把他的位置坐热，以便于在离开这个位置之后，他所停留过的时代和领域，对后来人而言都能变得更加舒适一点（或许他指的是，应该把一份劳动、一份无私的劳动所产生的温暖留给他人，远离仅关注个人命运的利己主义）；应该成为一个做好事比做坏事多的人。"然而，与这套道德准则、与他严厉对待自我中心主义时所表现出的高贵优雅不相协调的是，或许天才还心怀两份嫉妒——嫉妒这种有失优雅的心理，是人格中最难以克服的一个弱点，它犯的是自我中心主义的错误（通常的情况是，一个人在体验到激情之前，都封闭在狭隘的自我中心主义之中，但在爱情里，则会陷入彻底的无-我）——他嫉妒酒吧服务员那令人艳羡的肌肉，他们拿着抹布擦拭因饮品打翻而弄湿了的大理石小桌，只需将抹布轻柔地拂过表面，桌子就令人难以置信地瞬间完全干燥了；他更嫉妒杂货店里的那些小伙子，他们把杯子、茶壶和敞口耳罐在饮料货架上一溜排开的动作是多么活泼而欢乐。

佩德罗娜这样回复或许天才：

——你就这样出现在我这里，在我看来略显无礼，无论你原本是个多么礼貌和亲切的人。

——实际上，佩德罗娜小姐，我在另一部小说一个类似的情景中，曾对一位魅力几乎与你相当的年轻女子说过几句话，我此刻想把那些话说给你听，虽然做不到一字不差。我记得我对她说："卢西亚娜小姐，提到无礼这个词是非常残酷的，它让我真的生出放弃这次拜访的冲动。"后面这一句我不能对你说，佩德罗娜小姐。我今天没有感觉到中止拜访的冲动，因此只能这样跟你解释：你颇具诱惑同时又令人敬畏的形象改变了我的言行举止，是这一点导致我可能显得无礼了些。在上面提到的那部小说中，我放弃了对卢西亚娜女士的访问，从而顺利从这一状况中脱身。但我无法舍弃形势赋予我的这样一个与你继续交流的机会。

凭借其他的甜言蜜语和一些即兴的唱和，或许天才（他满心期待着把一切都讲给甜人儿听）的这一天过得十分快乐；"小说"的秘密暂时保住了。

第四章

致永恒小姐的爱慕者、年轻的波尔西奥·拉雷纳维先生的影子的一封信；他的影子在遗忘永恒小姐的路上，日渐遥远。

　　转瞬即逝的绅士，遗忘之主。
　　当从你行走的身躯上方一跃而过的寂静压过了你的脚步声，当你前方所有人的冷漠将你的孤独置入虚空，你停下脚步稍作休憩，此时，这封信或许便会赶上你，你或许会远远听到另一个人沉重的脚步，它按照你来时的路径启程，开始体验你所承受的悲伤教训。啊，你会说，这一定是代替了我的位置、成为永恒小姐新宠的那个人。他出现在我离开之时，他的出现是无辜的，但的确在同一天造成了我的离开；他不会知道，在永恒小姐这个灵魂品鉴师身边，一次只能容下一个人。你对我或许会有怜悯之心。怜悯我吧！
　　在我遇到她的那一刻，我问自己：她这样将闭合的双眼朝向斜前方的地面，或我们倚靠的桌子，我们无精打采的上半身在地上投下它们微不足道的影子，就像我四年前看到波尔西奥·拉雷纳维时的情形一样；在我遇到永恒小姐的那个晚上，她究竟在看什么？

如今、此刻，我知道是什么了，我知道了她就是这样观看的：她在观看她身后的路，一条由遗忘绘制的路，从那晚起她就踏上了这条遗忘之路，从那晚起，它也成了我要走的路。

拉雷纳维先生，这条路给你带来多少悲伤？告诉我，我怎么做才能减轻一点这条路带来的悲伤，哪怕只有一点？你的经验将让我免于承受跟你一样的痛苦。你走在这条路上时，脑中会想些什么？最好是从头至尾只想着她，不是吗？想着她的美，想着永远的永恒小姐，如此用我们的生命和肉身哺育痛苦。

拉雷纳维，那晚你带着怜悯和恶意看着我，在所有人中始终沉默不语。当看到她最喜欢的人是我而不是你，被深深刺痛的你是否已经猜到，终有一天我也会走上和你现在一样的路呢？

请怜悯我吧：这是个可怕的开始，而此时我唯一想要的怜悯，就是来自你的。

我对你的遭遇也感到抱歉。

总统敬上

至此，我已将永恒小姐和总统第一次见面的情形向读者交代完毕。无论是对于他这个稚嫩的思想家还是对于永恒小姐来说，这都是一次令人目眩神迷的会面，尽管永恒小姐在感情上更加严肃和深刻；对男人在爱情中耍的廉价把戏以及他们的那些自我欺骗，她都具备质疑和娴熟应对的能力。因此，过了很长时间，总统才去寻求与永恒小姐的第二次见面，他利用这段时间估量和权衡了自己的热情，也明白了永恒小姐不是一个幻想家；他对自己说，只有她才能让他感受到激情。

如此才能回去重走一遍拉雷纳维或永恒小姐走过的路，虽然后者永远地缺席了。对他整个余生而言，他想，这真是一份无法承受的悲伤。

第五章

——亲爱的：今天我们要在"小说"里做什么？
——或许天才：你想做什么都可以。
——今天我们有彼此的陪伴。
——所以我们就拥有了甜人儿的快乐。
——还有总统的。希望他至少能有一天是快乐的。

——甜人儿，你看，那是来拜访的那位女士。
——长着黑色眼睛的美人，看起来有些悲伤，严肃却颇具魅力。我们这里有多少悲伤的人啊，或许天才！她的眼睛应该是黑色的。她正微微倾斜着身子。
——你怎么知道它们"应该是黑色的"呢？连医生都无法预测新生儿一定将有黑色的眼睛。我敢说无论你多么喜欢黑眼睛，你的这双蓝眼睛才是最好的。
——如果她先寄了一封信，那是因为他们彼此已经认识了。

——他们可能认识,也一定正有精彩的故事等着我们去了解;但我同样确信,如果你问总统她的眼睛是什么颜色,他一定不知道。

——你大错特错了,思想家,他对她非常感兴趣。

——你担忧太多了,甜人儿!你让自己白白受这些痛苦:他对她这个人一点兴趣也没有,或许这只是他计划的一部分。

——你还搞错了另一件事:他观察人时,第一个注意到的就是眼睛的颜色,还有⋯⋯

——那就是不止一个"第一个"喽?

——还有他们的声音。

——所以在这两个"第一个"上,你赢过了她。

——不要批评我的语法,或许天才。

——你的眼睛是为倾听一个好故事而生的。

——你真会开玩笑,或许天才!

——恰好相反,甜人儿,我是个伤心的人。我感到自己只存在于一个人的笔下,这让我眩晕;我本可以不在书里,而是在现实中存在。这就像电影放映机对人物施加的那种吞噬感:它首先将人物投射到前方的荧幕上,随后,在他们吻上彼此的那一刻,又让他们消失在观众的视线中。甜人儿,你去告诉我们的作家先生,我们只想在痛苦的时候留存在他的书里。

——大家都很伤心!⋯⋯但我要说,这是你第一次夸奖我。

——我感觉到了爱,所以我现在想要生命,电影会机械地将众多人物抹除,但在小说中他们应该被赋予生命。在这一点上,小说要比电影高明得多。我感觉到了爱,我现在想要生命;正由于这份爱的存在,我会拥有幸福的生命。我很害怕,或许小说家此时此刻就会从纸上举起他的笔,我的存在随即戛然而止。不过,你想让我继续赞美你吗？你的嘴……

——你自己的嘴应该首先承认，第一声赞美是我送给你的；就在刚刚，我说你是一个懂得感恩的人，也是一个好人。

——现在我真的要走了，佩德罗娜小姐的车过来了，上面载的正是她本人。

两人就此告别。

钟表的嘀嗒声停止

——甜人儿：读者，我需要你在毫无生气的纸页上吹一口气。靠得再近一点。所有生命都是如此悲伤，甜人儿今天就很悲伤。

——读者：我多想拿我世俗的沉重与你的轻盈交换！甜人儿，你为何如此心事重重呢？

——或许因为所有的感受都是悲伤的。

——苦恼的人物啊，但愿我的生活值得借给你！

——我们每个人都为对方着想，这就足够了。

来自柏树的问候

下午，当树上的枝叶和尘土飞扬的地面开始奏起夏日细雨之曲时，总统独自坐在庄园里，一声来自过去的绝望哀求突然闯入脑海，是他的灵魂在吵嚷着要重新回到他在家照料五个子女的夜晚，五个小生命挤在同一个屋檐下，而他一边留意着他们的呼吸，一边陷入沉思。大约在十一点，大家都入睡了，他离开书桌，去一一巡视他深爱着的每一个孩子；透过睡衣、脑袋和手，他辨识着他们身体的形状。这段过去，他还能再次拥有吗？

五张"小说散页"中的一张

甜人儿和或许天才谈话中提到的那位女士，就是总统于六年前发出的、下面这封信的收信人——一个苦恼的女人。由于总统在那段日子里正经历一些生活上的动荡，所以这封信编辑得有失谨慎，语气也十分急躁。

布宜诺斯艾利斯，1923 年 7 月

致永恒小姐：

我无时无刻不在想你。

我还无法完全说清，自从星期五半夜两点，也就是星期六早上的那通电话之后，背后一共有多少种冲动，驱使着你对我做出那样的行为，你到今天还记得吗？

我从一位勇敢而理智的伟大女性那里，受到了温柔而有力的惩罚；在我认识的所有人中，她是独一无二的，谨慎、慈悲、积极、纯洁。我的骄傲并未因此受伤。从前，我害怕失去一切，对自己的魅力缺乏信心；而这几天，我平静地沉浸在你持续的善意中，这份平静并非源于狂妄，而是信任给人设下的圈套：信任、对幸福的信念，会使我们着迷、瞬间麻痹。你的陪伴所带来的愉悦让我深感卑微；面对我从你口中听到的那第一声责备，我的行为完全被恐惧所支配，骄傲的痕迹无处可寻。自从我遇到你后，我们之间在勇气和风度上的差异就暴露无遗；我胆怯而顺从地活着，预想着那么一刻，由于我的卑下，我会再也挽留不住你，终于失去了你。我现在什么都想不了，满脑子都怕失去你，包括失去见到你的机会；对我的自尊而言，中伤或恭维都算不得什么了。

星期六晚上，凭借明确无误的语调和姿态，还有那难以捉摸又无法摆脱的任性脾气，你开始回避我、折磨我。但自从星期六清晨那通电话以来，用西班牙语里的说法，我已经埋葬了我所有的希望，埋葬了我的心。

我们在一起的日子里，你如此亲切地与我谈论所有事情，可这一切都变得多么快呀！在许多个星期里，我享受着我们深刻而美好的关系，而如今，那些日子已经远去了！也许我再也不会拥有那样的时光了。

星期天晚上，我再次来到你家，最后一次体会那亲密的幻觉。当我迈进门，你的态度中有一种最难以察觉的不悦，它带给我的恐惧，是我此刻唯一记得的事。你在等着我，开始向我倾诉，再次以优雅的方式招待了我，正是这种欺骗性的对待，让我每次见到你都瞬时坠入梦境。于是我知道了你刚打过我的电话，你一直很兴奋，在前厅静候多时，只等着我来。你为我准备了鲜花，而此举更多是出于激情而非慈善，无私的慈善在这里并无必要，因为正如你所说，没有什么未来在等着靠慈善行为来开启。

我们度过了一个多么黑暗的时刻啊，而我最没有预料到的是，你也正遭受着痛苦。无论过去还是现在，不公正的人都是我；在关于这段高尚关系的记忆中，我是两个人中更自由、更快乐的那一个。

这段记忆中没有一丝反叛的影子，连我的骄傲也了无踪影；我不希望它们出现在有你在场的地方，或跟你有关的记忆中。这是一种我渴求的圣洁，我愿它永远统治我的思想、统治我与永恒小姐的关系。我与她的对话，现在看来只是一段充满同情的对谈，但如果有这么一句话，能在今天和未来很长时间里，为这段对话所带来的感受命名，那我希望我的精神终有一天能拥有足够的力量来获得它,我愿意拿无数东西来换取这句话。

然而我会久久地等待,静静地等待,久到或许你都开始不安,被我无声的痛楚所伤害。你会如往常一般慷慨,或者,会被我的祈求和渴望触发了激情,变得温柔而谦卑,陷入喜悦而非怜悯之中;你会冒险让自己投身于爱情和巨大的认同感所带来的完满中。你,热情的女人,将先张口。

你是受苦最深、操劳最多的人,也是使命最多、付出最多的人;教育他人而自己没有任何事物需要学习,灵魂从不会远离你,你是永远的。

永恒小姐

事实上,永恒小姐,在这些日子里,你的灵魂中存在着一整个有待于发掘的丰富世界。星期六清晨那最后一通电话,你在里面说的一句,第一次宣告了——来自它的语气、说出口时的情形,而非它收到的冷淡反应——我们幸福的流逝。由于我的过失和缺点,你到底遭受了多少次失望啊!

我自认为能看到那些失望。我被吸引到噩梦中去寻找它们。

只能如此。在你面前,没有人是伟大的;在我接近你、认识你之后,也从没期待过做一个伟大的人,而只是想向你学习。此外,我想学习而非创造,我的激情的圣洁性。我憧憬着有关激情的一切。今天以前,我一直没有激情地活着,也未曾想要准备好以迎接它的到来;而如今,我想学习激情,哪怕面临的是磨难、是无法获得我期待有朝一日终能找到的那种灵魂之美的绝望。即使是现在,我已品尝到了激情，但更多还是在为了你的宽恕而活，而不是为了以净化和重获信念为目的的自我牺牲；我因正见证着明确而活生生的美而快乐，而这份美将成为我品德的典范。

那两天，你的不安中透着多少慈悲和庄严啊！

你表现出一种多么充盈的人格；你无私而热切地，让我免于遭受正折磨着你的那无可逃脱的痛苦。

从前，我一心寄望于你的原谅，再无其他。如今，我则认为我才是最痛苦的那个。你多么让人迷惑呀！

原谅我。

这几天里，温柔、活力、理智、敏感等优点反映在你的一举一动中，即便是在如此错综复杂的惶惑不安中，你也维持着优雅，也没有丧失你情感中的想象力和细腻的调皮。这些特质超出我在小诗《你曾是夜晚，悲伤而美艳》中所描述的预感；我对你说，我猜不透你，我触碰不到你。

我不相信我对你的了解如此之少，也不相信有人能如此给我教训，如此超出我的想象。

或许你认为我正因自尊而备受折磨，并对感情的回报失去了希望，但实际上，你旺盛的感受力如此迅速地产生了对我的关怀，而我只是在估量这份美好的关怀时，心中感到既惊讶又卑微。我没有看到你对我的感情是如何生长起来的，这令我感到羞愧。这暴露出我情感世界的荒芜，以及我认为自己不配得到这些的心理。

如此你便会明白，为什么当第一个警告响起时，我并不怀有任何希望；你与自己抗争着，艰难地决定要将我从我的想象中唤醒。

我们初识之时，我心中的希望是如此渺茫，一想到我们未来的命运，我就表现得像一个粗鄙的自大狂。然而实际上我并非自大，而只是着了魔，深陷入激情的命运带给我的信仰里。

一定是有什么具体的东西介入了，但它并未改变你；是你自己一直在想方设法让我习惯你变幻莫测的情感动向。但我已经开始为这些话感到羞愧了，我总是在分析我们零星的碰面和交流中，偶然冒出或接连发生的那些事件。

敏感的生命，望你不要再受苦了。你对我的再次出现所展示的快乐让我如此感激；你使我从波折变故中脱身，在我们迷失于追逐生命交融的旅途中时，是你重新找到了方向；最后一天，面对与生命的和解，你表现得如此喜悦和激动。我总会愿意回到你的身边；慑于我那一度得以摆脱的严重风险，我也会迅速接受种种约束，因为它们是无法回避的。

永恒小姐

作者。我这里有一封信，必须说，不会有任何一位写出了伟大小说——像这本一样——的伟大作者，能把信写得如此糟糕，写得如此啰唆、如此颓废。

总统则非常不以为然，他从不认为这封信写得不好；这让我有理由反对小说人物写私人信件。（很明显，这是一封私人信件，没打算让读者看到，因为其中缺乏理解其内容和猜测其结局所需的任何信息。它只是要寄给那个已经知道信中所说的一切的人，那人甚至可能会略过不读；此举非常明智，考虑到那个恋人——我们无法掩饰，总统就是那个恋人，尽管他在这方面表达得很混乱——将信寄到了女友的家里，然而事实上他从写信的过程中就已经收获了足够多的乐趣。他完全可以写完后将信烧掉，等下次拜访恋人时对她说："我给你写了一封极好的信，我非常满意，但我当然没有寄给你，因为它只是供我维持写作技巧的一种练习。"

如此，永恒小姐每次见到总统都会问他："你又给我写信了吗？"）

在上文那封信中，总统第一次提及（但毫无疑问，他经常在小说中那些偷偷摸摸的交谈中提起）他与永恒小姐的那次通话。（发生在黑暗中的通话，是一种完美的、无须诉诸场景和手势的纯口头对话。）

这是真的。他们每天晚上都会聊很久，最后由永恒小姐哼首小曲结束；曲调听起来像在模仿一个没有得其所愿的小女孩在抗议时发出的哭声，之后再转为念白："我想做一切我想做的事。要满足我这个愿望，此外也要好好哄我，直到我睡着，这样我就可以在梦里感觉我是多么快乐，以及爱我的人是如何想我和梦我的。"

——我还没有学会；明天我可能会更接近你的要求。

——但今天已经过去，又是一个没有完美爱情的日子，又是一个无法弥补的日子。不对，过去并非不可逆转，你总是这样对我说。

——是的，完全有逆转的希望：当拥有完美爱情的日子超过了迟钝、遗忘、懒惰和笨拙的日子时，过去就会化为乌有。

——到那时你会再次改变吗？

——不，完美的爱情永远是最终选择。

——不要有怜悯之心。不要怜悯，总统。不要怜悯。祈求怜悯和庇护的爱情是虚假的。爱情是平等的。

愉快交谈后，起身就寝
忧虑却浮上心头
唯愿梦境解烦忧

总统：对过去的幻觉是"小说"发展的顶峰；能够用不变的情形和场景，来展示已然变迁的情感，这是一种"暴政"，也是一种混乱。

永恒小姐：绝对的遗忘；为了伟大的现在而产生的遗忘；对交谈过的人、遇见过的人的遗忘。

甜人儿：我们想要的东西不同，有时我们把灯打开，有时把灯熄灭。看见、不看见；让我们被看见、让我们不被看见。

或许天才：这是对小说家艺术才能的考验；记录拳击手在倒数十秒中的情绪状态。

爱人：当下的激情、当下的爱人（她的形象）和对一个已死之人的记忆之间的斗争。

与朋友们不同，"单纯"不会被这些个人的或是想象出来的问题所困扰，因为它们或多或少都是遥远的、理想化的。他必须感激别人赋予他的信任，因为大家认为他有能力解决如下问题：为了掩盖糟糕扮相，电影演员用被迫吸烟者余留下的芳香烟雾，制造了一场永恒小姐的幻觉；关于她的希望如何必须由爱人来编织的幻觉。

——作者：你，读者，现在可以进入我的书页，在其中迷失自己，把自己从现实和所有这些问题中解放出来。既然你有足够的勇气留在现实中，并相信自己在那里是真实的，那么就应该有同样的勇气，像我和半数人类一样，迷失在我的书里。（另外一半人类全部都是利他主义者，因为做好人和做坏人一样容易，这就是为什么你或许已经注意到，许多好人甚至圣人，从未意识到也向来不关心他们到底是谁。（如果莱奥帕尔迪早明白这一点，我们就可以省得听那么多关于人类恶行的悲泣了。（我想说一说括号里面再加括号的问题：我命人做了两种型号的括号（我不懂为什么那些无聊的强调性文字——几乎总是语法学家、狂热分子或艺术家才会喜欢写这样的文字——不采用第二种型号的括号来表达强调，却要使用两三百个形容词；换言之，为什么要把文字这项工具放入词汇和句法中进行组织，好像他们是懂得制造调色板、同时不自认为是绘画家的五金店主）。你，读者，只希望最好的事发生在人类身上，一想到他们所承受的痛苦就浑身战栗。因此，你希望每个人物的问题都能在今晚得到解决，好让大家在早晨醒来时都感到身心轻盈。

——读者：是这样的。哦，如果我能在夜里偷偷溜进去，加入你们的谈话，那该多好！想体会做一个小说人物是什么感觉，哪怕只有一个小时也好！"小说"中的生命，谁不渴望？

——甜人儿，你似乎听到了生命的回声：那呼吸的动作、胸口的起伏；我们的胸口不会起伏）。那相爱中的人时而苍白时而红润的脸颊。我连想都不愿想，总统，你和我只存在于虚空之中。

有人想要生活，有人想要艺术。只有爱人快乐地享受着他的存在。（作者和读者正在拉扯，作者想把读者拉向自我的消逝，以来到人物的世界。读者也希望如此，但又不敢彻底放弃生活，他害怕被小说所迷惑。他不知道，进入"小说"的人没有回头路。）

——作者：我不应该对读者说"进入我的小说吧"，而应该以间接的方式，将其从生活中拯救出来。我追求的是让每个读者都进入我的小说，在其中迷失自己；小说会渐渐将读者们孤立开来，迷惑住他们，将他们掏空。第一位流放了自己，乘着轻盈的空气坠入我的小说的读者（这发生在他阅读到第十四页时）是一位二十三岁的学生，他轻轻翻着书页，绞尽脑汁地跟随着我，同时辨认着自己。他边读边抽烟，时而有一些温热的烟灰坠落到书页上，这让我不安：在某个时刻，他自己坠落了，也是温热地、轻柔地，陷入一场迟缓的遗忘。他正深爱着一位小姐，这是个招人厌烦的女人，俗气又善变，但对人亲切。他已经筋疲力尽了。

——读者：那不就是我吗？

——作者：也许吧。我听到了轻快的脚步声，这一页上有一个调皮的影子。你也在这里啊，欢迎。

——单纯：让我们在"小说"里造一个亭子，供被你蛊惑来的读者们使用。

——新读者：我焦急地等着降落到小说书页中。还没轮到我吗？

——或许天才：读者，事实上，究竟是你在读着小说，还是作者正在阅读着你？他在对你或是对你在他心中的形象讲话；他了解你，一如他了解每一个人物。

——读者：我对我是谁不感兴趣；这种诱人的眩晕，足以将我带入到小说的美妙世界中去了。

第六章

（为了填补六年来的空缺和疑惑。）

有人在呼喊？……是我的爱人。

美存在：为了安抚
一个世界的焦灼，
为了在成就的松懈中催人入眠
它是对这误入歧途又有先见之明的探索的一次朝圣
它是现实的意义。
是一次方向未知、目标未知的寻找，
是谁在等待着安抚
他那痛苦的渴求将换来快乐。
在所有真实的梦境中
美存在：为了抵御所有的痛苦。

喘息着的人类，数不胜数的你们，无休无止地烹煮着这世上的空气，一刻不停地将它吸入你们的胸膛，再用你们那永远张开的嘴巴，将其高高吐向那片永恒的天空；你们这些生灵，拥有时而欢快、时而沉寂的心跳和嗓音，或许每天都在祈求，能够拥有交互发生的终结和永恒。有一种美可以让我们理解神秘，并终止一切痛苦。但它在哪里呢？在艺术中、在行为中、在智力中、在激情中吗？在塞万提斯、贝多芬、瓦格纳身上，还是更加疯狂地，在为沃尔特·惠特曼的"人"而倾倒时所发出的崇拜声调中？

让"存在"澄明、将痛苦麻痹的美在哪里？美在哪里？她正在哪里呼喊？

有人在呼喊吗？真的有人在呼喊吗？

是永恒小姐；她是我们的朋友"秘密"能够安然托付自己的唯一对象。"秘密"来到这里，让我们写下这一页，里面的话只对我们自己说。我们保存在这一页中的秘密不会被泄露分毫，因为每一句话都无法靠语言讲述；就算整个被说出去，秘密也不会有任何风险，没有人会发现它、得知它的模样，也不会知道这个秘密是来自梦境还是现实。

第七章

(生命想进入小说。)

——甜人儿:今天小说中会有什么?

——或许天才：今天会有"自杀"[1]。

——甜人儿：哦，快给我讲讲。

——或许天才：这是一个关于"小说人物"的故事，他们都不是活生生的人。我构思这个故事，是因为通过它找到了一个神奇的方法，可以让你我拥有生命、成为人。在我看来，当一个人物在小说的某一页谈起另一部小说的时候，他和所有在听他讲话的人物就获得了真实性，因为在他们的感知中——无论读者是否赞同——虚构的人物是出现在另一本小说里的那些人。还有一种方法可以给"人物"带来"生命"，而如果我想亲自实践的那种方法无法赋予我们生命，我会请正在书写我们的小说家在我们身上使用第二种方法。亲爱的甜人儿，我们如此相爱，获得生命对我们两人来说都会是幸福的。而另一种方法

---

[1] "自杀"出现在杂志《专栏》上（1938年），并于《一部小说正开启》（智利圣地亚哥，1941年）中再次出现。它被用来预告"那本即将出版的新文学作品，后者的封面将有如下字样：

永恒小姐的小说

和

甜人儿、伤心女孩和默默无闻的爱人

献给跳跃型读者

马塞多尼奥·费尔南德斯

著

（现有的三种拍掌方式：一种用来招唤服务员，一种用来在花园里赶鸡，一种用来捕捉飞蛾，哪一种适合这部小说？）

小说将包含下面这个"故事"，作者欢喜地把它寄给我们，以便将其列入《专栏》中。故事包含一个笑话，而这个故事又包含在小说的一个笑话里，两者都产生于对艺术的极端修正过程中。对于审美，它们抱着严肃而绝望的情感，做着焦灼但可敬的调查，对最严苛的艺术心怀无私的希望，剔除一切常规和感性。

马塞多尼奥·费尔南德斯告诉我们，这就是他追求的。他说，他发现自己最近才刚刚——然而他对此很有把握——从艺术的否定中解脱。但对于"自然审美物"来说，情况就不同了。我们预测，他的小说将以迄今最有力的方式激发出大家开展艺术调查与讨论的热情，在我们向来对实验和创新喜闻乐见的如火如荼的文坛，这将是一件前所未有的盛事。——编者注

（但愿我们的作者在听，也希望他能学会，并好心地使用到我们身上）就是，小说的作者（他们未必对其笔下人物的痛苦漠不关心）在某一刻，猛地发出一声强烈的感叹（这只能发生在小说最后一行，因为总有不知感恩的"人物"，在他们被赋予生命那一瞬，趁机离开小说去生活，连一行也没有多逗留）……

——甜人儿：我不知道我会不会做同样的事，虽然我们可怜的作者激起了我的同情心……

——作者：是什么在挑动我的人物？我刚才来找他们，却发现他们在交谈中给自己的角色自行添加了旁白！

——或许天才：可怜的作者！……

——甜人儿：我对他一无所知，但我隐约感觉他是一个没有方向的灵魂，或许是一个不幸的人。

——关于他的好消息或坏消息，我都没有听到过，唯一让我担忧的是，他可能心怀嫉妒，并因为我刚告诉你的那两个绝佳的主意而开始监视我。我注意到，见到总统着手开始写书，他并不高兴，还批评了总统那些热情和富于感染力的信。谁知道他会不会带着正面的心态，来看待你的爱为我的生活带来的幸福。至于我，在我准备好发出已经拟好的那句强烈感叹时，我会抓起你的手，和你一起逃离这里，奔向生活；我可以向你保证，那句话将赋予我们生命。

——对，让我们逃吧，到那时你就带我走，说出那句话，我就属于你。

——对，像我之前说的，我们要一起讲出这句话："哦，不幸的我——当然，你要用'不幸'的阴性形式——我们承受着所有这些恐怖，一场接一场的痛苦，无休无止。哦，我们多么渴望自己没有生命啊，渴望自己是随便一部小说中的'人物'，而我们只是一度在阅读中着了迷，误以为只在小说中才有绝望、不幸。"

——哦，真的太神奇了，每个字都令我振奋，它正带着我离开这里，离开这场虚无；我感觉……我是……哦，或许天才，可能是真的，我们可能……让我们留住这种感觉。再说一遍，一直说下去，或许天才。

——我感到困惑，我不知道……多么可怕的痛苦……啊，甜人儿，我们可以做到！……我要哭了，求你了，甜人儿，再跟我说一遍你的感受！你刚才说什么，甜人儿？

——快说，看在上帝的分上，快说，再说一遍。

——哦不，又来了！

——作者[1]：好大一个寒战！我想给予他们过去和现在向我索求的每一句话。多么痛苦啊！这些话有没有为他们带去他们所期待的东西？幸好，祈求我赋予生命的不是永恒小姐！以她威严的外形和声调，如果她像这对可怜的年轻人一样对我提出诉求、也要求过上那样的生活，我该怎么办呢？幸好她迄今还未曾对此表现出兴趣；在她受挫的爱情命运中，她对生活不屑一顾！但如果她要，我该怎么回答呢？如果她遇见了爱情，在只有困顿灵魂的长久苦难才能给予的那种得天独厚的幸福之中，她来祈求我施展艺术家话语的魔力，将她变成活生生的人，我的才能是否会很难以满足她的愿望呢？

——或许天才：刚刚发生了什么，甜人儿？你感觉到了什么，是什么样的眩晕？

——甜人儿：没什么……没什么。

---

[1] 作者似乎吃了一惊，把自己当成了一个人物；他被自己的想象迷惑住了。他还能恢复吗？如果他永远如此了怎么办！类似情况已经发生十次了：连续两年，他每天都在或多或少地思考着这些人物，有时他在大汗淋漓中感觉自己不再是自己，而只是个人物！他真的比他们更真实吗？他比他们拥有更多真实性吗？什么叫作拥有真实性？

——哦，这些是诞生的痛苦，而且我们失败了。让我休息一下，随后再把故事讲给你听。

——我们最好不要再尝试了，那种窒息感很可怕。还是最好永远不知道生命是什么！

——要对或许天才有信心，不要这么快就绝望。

——作者急促而干脆地说道：亲自将思考良久的东西书写出来是多么困难啊！

——或许天才：我是个好人，甜人儿——或许还是个天才——但是，在我所有的善良面前，你必须先对我的弱点保有耐心，你了解我的弱点：我不是作为人物出现的，而是被作者的公式所支配的。因此我请求你，允许我把承诺要说的故事讲给你听，马上就要开始了；虽然看起来我好像是在对着读者讲——还带着那用于标记开场白的括号——但对我的灵魂而言，唯一重要的就是与你一起交谈，就算你只是在心不在焉地听。

——甜人儿：或许天才，这是第一次，我发现你有一丝尖刻。

——请原谅，我自己没有注意到。要知道，我已经接受了一种没有希望的生活，这一点有时会让我心烦意乱。

（如果你们愿意，请原谅一个想改行讲故事的诗人，他会像所有的文人一样，最终带给自己一个戏剧性的失败——一个毁灭性的结局；就像音乐家们在"歌剧"的曲调中会遭遇的那样，他们稀薄的信仰招来喧闹的谴责声，于是只能用一个毁灭性的结局来自我惩罚。他们没有在那些具备高度纯粹性的艺术门类中，成为拥有自觉意识的艺术家——散文和奏鸣曲都是例子，每个人的嗓子都有能力咏诵那些朴实无华的文字或有节制的八度音。请允许我事先提醒你们，我所有的故事，当它们牵扯到事实真相或科学领域中的某些谜团时，会迅速迷失方向，因为作者没有能力处理精密科学，我能说什么呢！比如这里，你们就看到了两个问题的相遇：一个是整体自发主义，一个是长寿自发主义所导致的意识的曲折。长寿自发主义是生命的唯一指令，其最终结果是用一个无政府的生命多元主义，来换取一个唯一的宇宙——人，使个体最终从外部世界背信弃义的关系中解放出来，最后，再从反长寿主义的游戏中解放出来——反长寿主义实为一种反永恒的"对逃避的反映"（这种反映即自我毁灭的反映）——并暗中监视长寿计划实施过程中可能发生的故障，该故障指的就是"负面情绪单一意识"；换言之，它是指意识在一瞬间被单一痛苦情感和心理状态所占据，再由"逃避的反映"这项单一意识即刻、全面地接管。

——如果真的如此事关重大，读者一定会说：那我可以接受故事迷失方向。

——很好，这样就对了。

——虽然在我看来，科学越来越虚荣和贫瘠——人类的可怕状态也正暴露出这一点——但故事在我眼里也不是一种严肃的文学体裁，它稚嫩又呆板。虽然如此，还是讲故事吧，该来的就让它来。

——你这副委曲求全的样子冒犯了我。

——那我就不等了，我走了。

——不，不，一切都快要发生了。读者有一个算一个，哪怕只是一个顶嘴大王，对该如何鼓掌赞美一无所知。

自 杀

任何愉悦或痛苦状态,只要它在某一时刻占据了整个意识(这样说稍显笨拙),都足以完全自动支配行动(这样描述依然有失严谨,因为心理并不会凭空地拥有自发性,而是反过来被自发性、被感官的离心力或向心力所支配)。

这种自发性是瞬间发生并且一成不变的:它总是逃离痛苦,留恋快乐;是快乐的守护者、痛苦的破坏者。

因此,如果在一个孩子身上,发生了内心被一种疼痛猛烈攫住这样的事,而他已经成长到足以借由经验[1]得知一个有机体可以且通过什么方式被毁灭,那么自发性必然将于顷刻间进展到对其身体的毁灭。有人或许会反驳说,心理不可能在任何时刻只被某种单一状态统摄,但我认为这一说法没有足够的理由支撑;一阵剧烈的头痛猛地袭来,就足以促使一个生命体走向自我毁灭,生发于其身体内部的那股强制力,跟导致一个人逃离一栋燃烧中的大楼的内部强制力是一样的。有人会对这种迫切要即刻逃离火焰的行为感到惊讶吗?如果答案是否定的,那么,对于了解身体的可毁灭性以及凭借何种手段能实现其毁灭都具备了足够经验的人,如果他因为头痛而结束了自己的生命,我们就不应该感到惊讶。更重要的是,凡是认可上述观点的人,都不相信生活中存在享乐主义法则;或者可以说,生活值得让我们追求享乐,只是仅仅因为我们身边正存在这一事实,毕竟存在比不存在更让人快乐。这些话不是为墨守成规者们而写的:在很多时候,在身陷彻底困

---

1 身体经验;感受到的或心理层面的经验不呈现因果性,因此生命体有技能、有目的地执行任务时的经验不被包括在上述经验之内。

顿的漫长岁月中，我们都了解也亲历着长寿自发主义对我们的奴役；意识对这种自发性束手无策，毫无能力下令将其消灭。现在，到了讲述"自杀"之死的时候了，我必须在这里采用粗暴的语言。

　　让我们来看看。活着并不比无知无觉价值更高。生命中有痛苦也有欢乐。意识或感觉对一具活生生的身体没有任何掌控能力，但它不可避免地会感受到这个身体的某些变化，即便不是所有的变化。意识的状态与许多行动的开始和结果相同步。生理上的身体对意识有一种令后者无法回避的力量。身体仅仅致力于成为一个稳定的组织，附属于它的意识所遭受的困顿则与它无关。在复杂的行动中，身体永远不会走上自我毁灭之路。那在意识的痛苦所引发的一系列行动中，身体是否会在该行动系列的第一时间走向自我毁灭呢？也就是说，在长寿自发性的支配下，逃离痛苦这个最基本的、先天的反射活动，会不会就是唯一可能的自我毁灭活动？对于这些问题，应该怎么回答呢？如果意识在一瞬间被疼痛纯然且完全地占据，那是因为在自发的生理过程中，有这么一个时刻，这种自发性的长寿目标失败了。这时，救赎方式便是：当生命不值得维持，就在享乐机会主义中死去，哪怕自发主义依然如暴君一般命令你继续活着。

　　在回忆"自杀"的细节时，我想到了这一切。我大概已经知道，自杀占所有死亡数据的百分之十，其中还不包括有百分之五十概率的失败自杀，虽然从理智上来说，这些失败应该被认为是真实地表达了想要停止存在这一愿望。但我和许多人一样，相信一个人只有在失智状态中才会成功自杀，而即使该状态只持续一时，在那个时刻，也必须是彻底的失智才行。这些自杀不可归咎于眼前的痛苦，恐怕也并非由于过去生命中快乐的失衡。毫无疑问，它们是我们称之为生命的那个长寿帝国出了故障的表现。自发性怎么可能允许自杀狂热这样的精神疾病存在呢？自发性不想要任何死亡，无论是生者之间的自相残杀，还是由于疾病抑或是精神混乱引起的自杀。生命的长寿之旅，是基于从不出错的先天性食欲以及自发性的行为而运作的，意识的在场与否，对其运作不构成影响。个体若是死亡，那绝无可能是因为胃口出了差错，而是在于宇宙或外部世界有没有满足该个体的食欲。因此，自发性必须屈从于死亡的存在，以及对死亡非理智的神往这一事实。在某种程度上，这些失智状态和意识受到单一负面影响的爆发性时刻，是享乐主义之于自发性的胜利，是对幸福（即便只是渴望不受苦的消极幸福）的渴望面对纯粹而非理性的长寿主义的胜利——后者是自发主义要处理的事务，与意识没有利害关系。

但是，即使情形对我们不利，自发主义也会强迫我们活下去，这其中含有什么神秘的讯息呢？我再次追问：自发主义不愿在成百上千亿生命中舍弃哪怕一个，不允许哪怕任何一个生命夭折，这是不是因为，每一个生命中都秘密潜藏着实现"不朽有机体"的希望？正因为如此，每一个生命对自发主义而言都是有价值的。

回到"自杀"，我不记得她身上存在哪怕一丝精神失常的痕迹。因此我不得不好奇，在"灵魂之人"身上，无论多么短暂，意识被一种单一的痛苦状态完全占据这件事是否可能。自发主义的这一裂缝将她的命运化为了秘密：她的意识拥有完全被一种精神状态所占据的能力——哪怕只是一瞬间，而她便成了该能力的受害者。当这种精神状态是痛苦的时候，逃避痛苦的反射机关被精准触发，她的生命也随之倏然消逝。

令人不得不惋惜的是，除了拥有诸多魅力，她似乎还注定要获得人世间一切可能的幸福。一方面是回避痛苦的反射能力，另一方面是意识在极短瞬间便可被一种精神状态完全占据的罕见能力，这二者共同构成了生命的普遍自发性，而这种自发性将她的生命吹进无底深渊。

恋人、妻子、母亲、祖母，古老而标准的四个生命篇章，不会在她身上上演：当上述先天反射能力和持续了几秒的单一意识发生时，她才十八岁……她确实名为"自杀"，但她也是幸福的，是一个满足的人。

我的话一定既费解又难以令人信服。但那是因为读者没有把自己放在那个心理情境中去感受和想象，那种意识中除了痛苦便一无所有的时刻。如果处于纯然痛苦中的意识是有智慧的，如果我们真的拥有理性，那么它就应该马上选择实施自我毁灭的行为。

这是不言自明的：无须仰仗那声称存在于未来的快乐，不仅因为它很多时候既遥远又不确定，也是因为回避反射是如"暴政"般无理地运作的。此外，如果想在当下的痛苦中让未来的快乐这一概念展开运作，那么在未来的快乐中，也必然有过往痛苦的概念在发挥着影响。所以，自杀应该是发生在快乐的时刻。这的确有可能是错的，可能会是我犯下的唯一一个错误。我可能错误地断定了，当"人"，当人的心理-物理世界只有两样东西，即痛苦和对痛苦的自动逃避时，潜在于未来的快乐的概念就没有容身之处；在这个单一意识陷入痛苦的一瞬间和它逃避反射所引发的爆燃之间，未来快乐的概念没有即刻进行干预的可能。如果它实现了干预，我们的假设就要不同了。然而，由于经验不会受到假设的影响，而且我的正直和对清晰明了的执着，使我厌恶使用未经证明的判断来铺设论证的圈套——这些圈套骗不了任何人，却能赋予人名望和养活大学教授——我把自己交给一切皆有可能的经验，并承认它的干预力。如此，自杀将发生在快乐的时刻。但这并没有带来什么区别，因为我所坚称的只是意识在一瞬间被单一情感所占据时，基本反射将完完全全地取得胜利。

看来我是走不出这团乱麻了。但我知道自己在这一点上是对的，只不过无法走得更远。这是因为我的另一个理论，也就是整体自发主义，包括智力自发主义，让我对如何解释"自杀"在尘世时最后的精神状态，完全丧失了兴趣。根据我对自发主义的系统理解，无论是在更早之前还是在我讲述的这个时刻，"自杀"对于她的自我毁灭，没有任何感觉。

我相信霍奇森对于自发主义的感知和调查，是人类智慧最闪耀的时刻之一。在这份伟大教导的激励下，我认为自己在它所蕴含的真理中，补充进了另一项内容，亦即，完全独立地支配生命活动的自发主义，必然面临一个重大困难：如果没有感知，没有因果链的搭建和智力的积累，人类活动是如何以长寿为导向的？——为了以长寿为导向，必须将因果链从"偶然"，即覆盖在偶然表面之上的非因果链中净化出去，由此让纯粹的因果链固定下来。可以肯定的是，先天性的食欲不会出错，但在何时以及何处实现对它的满足，这是一个知识性的问题，是完全基于经验和表象的。在没有看到抓伤我们的猫的情况下，我们如何能躲过另一只同样看不见的猫的抓伤？其实，对于一些心理状态，无论过去还是当下的，我们既不需要看到也不需要听到，只需要听觉或视觉神经能够健全地传输声音或光的振动，并且事先已经在疼痛（即生理上的伤害，而不是这种伤害带来的疼痛，因为我们假定在那一刻，意识，即心理感应器，已被废止或尚未开启）和一只猫的在场、叫声，以及攻击（发生在当下的攻击；发自于身体而非心理的叫声）之间建立了关联。一只新的但是同样的猫会带来视觉和听觉环境的变动，这些变动会与上一次伤害留下的大脑印记联系起来，从而触发身体的逃避反应。

由此说来，上述的困难是不存在的，长寿自发主义必然得以维持其严谨性和全面性，而别无选择；它无法转而宣称自己只是一切被感知到的现象，以及一切意识的旁观者；无论生命做出什么举动，意识在易于接受影响的同时，却无法成为任何行为的动因。

如果我终于说服了你，那么接下来仅需补充说明，十亿个开始生长的胚芽中，每一个都计划着凭借自己来吸纳整个宇宙以及其中的所有物质，以便构成一个唯一的宇宙-人。"自杀"同我、同一颗葡萄籽或一粒麦种一样，也可以是一个完全自我实现了的、将宇宙化为了人的胚芽，克服了可憎的多元性和外部性，以及随之而来的死亡。自发主义希望"自杀"、我和胚芽都免于死亡，它利用我们来让自己时不时得以"休息"。

但即便自发主义是纯粹的真理，每当我们看到一个活着的人，我们也依然永远无法知道此人是否有感觉。我看到"自杀"正快乐地活着，但我并不知道她是否拥有感觉。

就算她有任何感觉，我们也无从得知。由于读者不会喜欢我们把他们拿出来使用，把众所周知的"读者的同情"浪费在一个没有感觉的人物身上，所以我们就此打住，除非我们了解到并可以向读者担保，"自杀"其实极为痛苦，以至于假想她毫无感觉的读者和作者都应该永远生活在羞愧之中。

霍奇森十分清楚，所有的知识都是表现型的；他陷入了困惑，而这或许是因为他对智力的精神性的印象，有部分残余还"留存"在他的脑中，抵制着他激进的"意识批判"；又或许是因为在某一时刻，在他脑中，"自发"和"无意识"被混淆成了同义词。总之，我们亲爱的霍奇森感到，肯定知识或理解具备完全的自发性，是稍显过分了；知识仅仅是对无变动序列之偶然性的自动净化，而这种净化之所以会自动发生，是因为相比于纯粹巧合的连接或延续，总是在重复的东西会给人留下更深刻的印象。有这种无须神奇"推理"的净化就足够了……

或许天才注意到甜人儿正在睡觉，但还是忍不住小心叫醒了她。

——甜人儿：看来你提到的这个霍奇森是个坏朋友。如果他是那个欺骗了"自杀"的坏人，你就不应该和他来往。

——或许天才：哦，如果我早知道你在听，我就会谈到"意识的摘除"，我会强调说，尽管我声称整体自发主义已十分明了，我们还是一点都不了解万事万物的根本性奥秘；任何解释，无论来自机械学还是心理学，都永远无法实现对奥秘的还原。

但我们永远无法得知读者是否在睡觉……甜人儿不是那种会在听故事时假装睡着的人。她的天真无邪是如此迷人，以至于让我成了一个不轻易动怒的作者；当我的读者睡着时，我会反过来同情他；因此，读者不会想到需要改正自己的行为。

一旦甜人儿站在了"自杀"一边，并为其感到悲伤，她就将一直需要有人去找到她、安慰她，并为她讲完那个故事。因为甜人儿认同一切悲伤，而一个"在故事中途被舍弃的角色"，正是她最怕自己会遭遇到、也怕他人会遭遇到的不幸。

我要做出如下的纠正（作为作者或作为或许天才）：一边是被痛苦占据的单一意识在陷入失智的瞬间采取自杀，另一边是自杀性的失智，我没有明确这两者之间的区别——后者是一种对自杀的慢性渴望状态，与此同时，也不断预先昭示破坏性行为所产生的快乐。失智反对生命，但并不反对享乐。

第八章

（不。）

但是，有一天，与以往不同，大家从布宜诺斯艾利斯回来后，发现总统正全神贯注在思考什么。深夜时分，他把所有人召集到一起，说：

"我有个坏消息告诉大家。

"我将这场对友谊的考验延长了两年。虽然你们让我感到活着总比不活着好，但这依然没能将目标和尊严带进我的命运。只有激情才能赋予我这些意识。既然无法从友谊中获得这种将治愈我灵魂的激情，我就把希望——新的、也是最后的希望——寄托于行动。

"请告诉我你们是否愿意和我一起加入这场行动，目标是我们曾经考虑过的那件事：用美征服布宜诺斯艾利斯。"

的确如此；拯救那座伟大的城市，是常挂在总统嘴边的老生常谈，他强烈地感觉到这座城市注定需要被拯救。他比任何人都更清楚地看到了它的历史意义、它的伟大的真面目。然而,某些行为上的软弱和愚蠢必须从中被清除出去。

此前总统也如此规劝过这些人物,他的话被或许天才称作是精彩的思考:

"庄重、博学的姿态,久负盛名的雕像和街道,如果这些东西与美德和深刻的思想成正比,那么它们将屈指可数;活着不需要太多耐心,也不存在那么多诱惑,驱使人以行卑劣之事来换取名声。

"如今,随处可见的雕像、周年庆、历史卷宗、被命名的街道、被奉为经典的书籍,让人怀疑这个社会充斥着可原谅却又可悲的人,而我们全部都是这样的人;在一个如此迷恋耶鲁锁[1]和仪表堂堂——麻痹受害者的圈套——的文明,所有人都为了让自己看起来是个好人而付出着显而易见的努力。

"品味最好的城市都应该有以下名字命名的街道:雨、醒来、母亲、兄弟、绝不说绝不地活着、你会回来、告别、永远等我、归来、有爱的一家、亲吻、朋友、问候、梦、再一次、失眠、也许、打起精神、遗忘、出发、回到我身边、茶话会、活在幻想中、幻想之痛、鲜花围栏、细雨小径、大笑、家之桌、微笑、给我打电话,以及一条名为'后来他梦见了今天'的大道,它与另一条名为'身份不明的人'的道路相交。

"要给予生命以光明,而非灰烬。"

他张大眼睛,用呆滞的目光寻找方向;面对可疑的明天和变了面目的今天的幸福,他遥望着未来的幻影,和一条摇摇摆摆的路。

"终有一天,"总统总结道,"光有友谊对你们而言将会不够;你

---

[1] 耶鲁锁(Yale locks),也称耶尔锁,是美国智能锁及五金制造商耶鲁锁业生产的一类弹簧智能锁,常安装于房屋大门上,钥匙呈扁平锯齿状。——译者注

们也会在黎明前的几个小时，将目光投向无可依托的空气，望着未来，即便你们并不想看它。因为望向你们曾经喜欢边注视边爱抚的地板、房子，以及当下的一切，是一件痛苦的事。"

在那个黎明，总统长久注视着睡在床上的甜人儿；她正陷在动荡不安的梦境中，因为几个小时前，她和所有人一样都听到了那场向友谊的告别，而她的关爱天性也让她感受到总统在做出决定时所经历的挫败和伤痛，这些都令她苦闷不已。她梦着这个被拦腰截断的现在，并承受着它带来的痛苦；再也不会有那样的早晨，大家愉快地相聚在厨房和花园里，也不会再有那些热闹的夜晚，大家彼此陪伴，无忧无虑，为每个同伴遭遇的失意而痛心，那和谐的共处让失意变得轻盈，在每日长久的欢愉中，烦恼变得不值一提。

想到甜人儿的未来、永恒小姐和他自己的现在，又想到永恒小姐即将迎来的一切，这些都让总统感到悲伤。他就这样望着甜人儿，手肘撑在她那张简陋的床的床头板上，手扶着额头，在脸与床之间维持一个角度，视线与脸之间也维持一个角度，用此来遮挡自己望向她的目光。

友谊让人睁开眼睛，看见了幻影；它让朋友们的眼中充满了幻影，但总统提议大家将目光放空。"总统，光有友谊真的会不够吗？"

即便如此，看到总统坚定地要为布宜诺斯艾利斯铲除一切丑恶，他们也都迫不及待地想成为以美和神秘为名的征服者了。

"他们是幸福的；他们本可以幸福"

——它坏了！

——还有一个一样的，大家不要哭！

——但生活不是这样的！我们曾经拥有的纯洁、愉快的友谊，再也不会重现了。

——总统：没有在过去成为可能的爱情，将来也永远不会……

——或许天才：但对我来说，它是首次降临，我会永远铭记着它，即使得不到她的回应。什么是"被爱的自己"？一句话：我要将她对他的爱当作我自己的爱。

——爱人：在生活中是这样。但在个人的永恒中呢？个人的永恒时间为一切可能性而存在；只有涉及空间和时间时，才会存在不可能：在同一个时空点上，同时存在和不存在；某件事同时发生和不发生，这些才是唯一的不可能。事实上，除了矛盾，即无意义，没有任何不可能。爱和不爱是矛盾的，今天不爱和明天爱之间没有矛盾。

——总统：你们给了我永恒，而在她身上，我则看到了全然的可能性；在她那里，我的身份一成不变——面对一个完美的爱人，这个身份要求我不能今天不爱、明天却又爱了。当我感觉到了过去不曾感觉到的东西时，我就不再是原来那个人了，难道不是这样吗？

爱人沉默了，原因可想而知："小说"最让我喜欢的就是属于"不存在"的那种谨慎，是它与"不存在的绅士"维持的那段，不可见也不可能的关系。

第九章

（发生在费德里科两次被驱逐之间。他每天都要靠近空荡荡的"小说"二十次。）

征服布宜诺斯艾利斯

总统长久以来都关注着发酵于布宜诺斯艾利斯的那场激烈争吵，居民分成两个对立的帮派：浪漫派和欢乐派。

每个帮派都在寻求统治地位，一个通过创作极端温柔的诗歌和编造慷慨激昂的故事，另一个则借助文学，以及散布于整座城市、用以激发怪诞感受的各种巧妙装置。

人们记得，欢乐派采取的一个手段是，借用军事力量来让城里的镜子膨胀和扭曲。他们在二十四小时之内就完成了对这一手段的构思及执行，这导致了一场危机的爆发，一场真正的、欢乐到歇斯底里的危机；它造成布宜诺斯艾利斯所有的交通、办公和贸易中断了一星期。

（总统被误认为是这一行动的策划者，因为如此便可以解释他为何频繁造访首都并在那里逗留。）

　　第二个星期，浪漫派占了上风。他们借助城里所有扩音器的力量，让大家一整天齐声反复朗诵一首惨烈的诗，诗里讲的是一个年事已高且相貌平平的女人，却有着一副青春美丽的嗓音，一个年轻的盲人因为她的声音而爱上了她；这个女人，在等待恋人——她那失明的恋人，视力刚刚被一位有才能的外科医生恢复——到来的那个下午跳入亲手生起的熊熊篝火，火焰将她的脸和身体瞬间烧成了灰烬，而她的恋人却认为，她那天正身披最美的衣裳，焦急等待着他的到来，却意外在火中丧生。巨大的悲痛使他从阳台一跃而下。这个被谱成了诗的故事，在早餐、午餐、下午茶和晚餐期间对着全体居民反复讲述，以至于在沉浸于这个浪漫故事中整整一周之后，连一个小男孩都能轻易攻下这座城。事实上，这个故事具有双重的悲剧性：女人无法承受爱人一脸惊恐望着她的样子，毕竟他一直信任着她、幻想着她的美丽；但他是不会感到惊恐的，包括在第一眼看到她时，因为一个天生失明的人没有视觉想象力，而当他能看见时，也永远无法分辨美与丑，他只会适应。

　　（形而上学者们之间也时时发生内战：在灵魂主义者和自发主义者之间，灵魂主义者希望人类的意识能够达到"第三次反思"，而自发主义者则认为，最高智慧只有通过返回动物心理世界才能实现。）

　　总统对这场市民内部的争议进行了反思。考虑到阿根廷社会的独特之处向来得益于不同群体之间的彼此宽容、和谐共处、不固执己见，对于发生在布宜诺斯艾利斯人内部的这次不寻常的矛盾激化，他思索良久，最终认为，它萌发于一个非反思性的心理源头，而这个心理萌芽又生发于这座城市在过去三十年中所犯下的各种错误——也许还有一些更久远的错误——尤其是对市民生活的审美品位与审美实践的管理疏漏。

总统还将布宜诺斯艾利斯市民生活的缺乏魅力部分归因于某项未能实现的历史事实。该事实本可为这座城市的过去增光添彩，但它却失败了。

一旦清除了历史或街道上的"丑陋"，纠正了历史上的不公或市民过了火的热情，两个派别之间的战争便会消失，布宜诺斯艾利斯也将永远被美丽和神秘所统治。

就这样，总统带着他那支人数寥寥但颇具效率的队伍来到了布宜诺斯艾利斯，计划与两个派别的代表会面，以便让他们明白，他们的行为与布宜诺斯艾利斯城的风格很不协调，这些行为的推动力、影响、缘由，以及后果，连他们自己也不清楚。

于是，浪漫派和欢乐派明白了，他们的争论不会取得任何成就，只有共同努力才能带来美丽的硕果。

这是如何发生的？通过小说的奇迹！（那是最深奥的一种奇迹，一如处女受孕，这些奇迹让人类在数百年间都不得不面对一些不可理解的东西。再往后，不被任何人理解这一情形发展到顶点，会使得某位哲学家一夜成名，因为他将收到众多无法理解他的人的争相歌颂。然而比这些荣耀更神奇的是，小说所仰赖的一些朴素的、实用的奇迹。）此外还存在一些微妙、有趣的手段，借助它们，可以使布宜诺斯艾利斯市民陷入迷惑或绝望，直至顺服于总统的队伍。这些手段包括：在充斥着酒精和烟草气味的酒吧中漫步，在沸腾的锅里炖上美味的大杂烩，随着蒸汽散发出的家的香气，温柔地瓦解掉狂欢的情绪；

为广场和人行道上的树木浇水，但不全部浇完，留下几棵不浇，让正在观看浇水的人抓狂；让一个女人走来走去四处询问她的脸是否宽度大于长度，因为那些固定在墙上的窄窄的镜子，只能容纳下她半边脸；让自动摄像机错误地进入销售市场；出资协助疏散那些四处阻碍交通的胖子和聋子——每个人都在冲着聋子大喊大叫，看胖子与公交车售票员争吵："是的，先生，我超过九十公斤，可以拿秤过来称。"胖子如此不辞辛苦，是因为市政府有规定，体重超过九十公斤的市民可以免费乘坐公交车。其他手段还有，软木塞与瓶子摩擦时发出的难听的声音（这是或许天才最喜欢的消遣），倒扣的帽子，系得乱七八糟的领带……

在所有这些被总统团队胡乱使用的手段中，其中一个是永恒小姐设想出来并加以执行的，即让一位信使举着一盏点亮的灯，穿过布宜诺斯艾利斯的大街小巷，从城市一头跑到另一头，好把灯送到一位艺术家那里，这位艺术家正坐在书桌前，满脑子灵感，却偏偏没有灯照明。

也许这位信使与爱开玩笑的或许天才派出的另一位信使在城中相遇过，后者是一个长号手，他丧失了呼吸功能，其中一只手也瘫痪了，所以对于夹在手指间那根点燃的蜡烛，他既没有能力吹灭，也做不到将其松开，只好比画着请求别人将蜡烛吹灭，以免烧到自己。他跑过许多街区，最终还是像或许天才事先警告过他的那样，把手指烧焦了。或许天才想让他看到市民们令人震惊的自私——正是由于这份自私，没有一个人愿意上前为他吹灭蜡烛。他想借此邪恶地戏弄一下市民，嘲笑一下他们平日吹嘘的友爱和善良，然而实际上，这种消极的态度源于市民对外来人的缺乏信任；至于玩笑，布宜诺斯艾利斯人很惧怕被嘲弄。

最后，在以玩笑征服城市的这项活动中，甜人儿不甘落在或许天才后面。她派人找到布宜诺斯艾利斯最不懂操作机器、同时近视最严重的那个人，送了他一台非常高档的收音机作为礼物，这台收音机的关闭按钮既微小又复杂，使得一开始的礼物到最后变成了灾难，因为这个可怜的人在想睡觉或休息时都无法摆脱这个机器；他虽然近视又迟钝，但也温和且懂得感恩，他做不到一锤子下去让收音机安静下来。不仅如此，他还得忍受同一栋公寓里其他住户们的抗议。

我还记得每天深夜流传的那些令人毛骨悚然的故事：带电流的电话；被偷偷放置在城市各角落的强力磁铁，它们势不可当地吸附着男人女人身上携带的所有金属物件；还有信封-信，即把内容写在信封上的信，它们被分发到有轨电车和公共汽车的每个座位上，谁能分辨出拿到手的是有信的信封还是没有信封的信，就会得到奖励。（信封-信让作者想起了八年或十年前所做的一次宣传，他在其中提出了跟如今同样的征服布宜诺斯艾利斯的计划：让布宜诺斯艾利斯拥有它从未拥有过的神秘。）

为什么民众没有走上街头，提议应该有一个总统来帮他们摆脱诸多动乱所带来的痛苦呢？

只要回顾一下那些极少数的令人难忘的行动，便不难想象这场征服是多么理想主义。从此，布宜诺斯艾利斯向一切美丽敞开了大门，市民过往生活中一切丑陋的面貌和痕迹都被一并抹去。

凭借永恒小姐消除旧过去、代之以新过去的魔法，布宜诺斯艾利斯历史上多个事件被一举销毁，不复存在。[这就是为什么你们有时会看到永恒小姐脸色苍白，而且会注意到她发不出以"on"结尾的单词中最后的"n"音。当她把"passion"（激情）说成"passiom"，把"salon"（沙龙）说成"salom"，我们便明白，那就是时而出现在她身上的行为混乱，该混乱只发生在一种情况下，即她刚刚耗费一夜的脑力来为一个苦命的人消除一段过去，继而为其创造一段更快乐的新过去；这些工作为她带来巨大的疲惫感。]

那些过去的事件包括：对多雷戈[1]的处决；卡米拉·欧·格尔曼[2]的殉难；伊尔玛·阿维尼奥[3]的命运；在聪明又谦逊的布宜诺斯艾利斯公众崇拜的目光中，某位作家给他的笔做的一场展览；某位女皇信件的公开出版，这些信件中的情感十分动人，以至于让人觉得如此侵犯她的隐私是很愚蠢的行为。

一件从未发生过的事情得以借助小说的魔力发生：卡洛斯·佩莱格里尼担任起了阿根廷总统——我们似乎一旦没了总统就连呼吸都不会了——他是最有趣的那一类总统，有趣在至少不会制造滑稽闹剧，以此让我们体会一下是否没有闹剧也可以治理国家。

非历史的美由此实现；所有对船长、将军、诉讼律师和州长的致敬活动全部废除，没有一个人记得母亲的伟大，没有一则关于童年幻想的趣闻，更没有一个被生活击倒的青年在无望中自杀；把死亡留给死者，人们只谈论生活：汤、桌布、沙发、壁炉、苦药、小鞋子、小梯子、鸟巢、无花果树、松树、黄金、云彩、狗、很快！、玫瑰、帽子、笑声、紫罗兰、南美田凫（没什么比用儿童的胡言乱语来谈论"快乐"更棒的了）；广场和公园以最具生命力的人类成员命名，且不

---

1 曼努埃尔·多雷戈（Manuel Dorrego，1787—1828），阿根廷军事领导人，参与过阿根廷独立战争和阿根廷内战，支持联邦主义，曾任布宜诺斯艾利斯省省长，后被集权派推翻并处决。——译者注

2 卡米拉·欧·格尔曼（Camila O'Gorman，1825—1848），19世纪阿根廷社交名媛，因与当地天主教神父私奔而被处死。其故事成为一些乐曲、电影和诗歌的灵感来源。——译者注

3 这个女人的一切行踪都被抹去。她对人类的善良无可挽回地产生了幻灭，因此在布宜诺斯艾利斯及其郊区的大街小巷寻求着死亡。[伊尔玛·阿维尼奥（Irma Avegno，1881—1913），乌拉圭人，一位非常有争议的女性。——译者注]

带姓氏；街道的名字则包括"未婚妻""纪念""王子""退休""希望""沉默""和平""生与死""奇迹""时辰""夜晚""思想""青春""谣言""乳房""幸福""阴影""眼睛""耐心""爱""神秘""母性""灵魂"。

所有令广场看起来晦暗的雕像都被清除，空出的位置被最美的玫瑰占据；唯一的例外是何塞·德·圣马丁的雕像，将它取而代之的是一座名为"给予、离开"的象征性雕塑。最后，在这座只有现在的城市中，时间不再像历史一样流逝，而是只有一个流动的当下，其唯一的记忆是每天如纪念日般循环往复的东西，而不是那些不重复的东西。这就是为什么城市年鉴上的三百六十五天都只是同一个名字——"今天"，城市的主干道也被命名为"今天"。

此外还补充完了许多其他的小事，这些小事蕴含的微小悲伤足以酿成生活中的恐惧，例如那些被打了折扣的事物：半满的小杯子，节能的小台灯，系反了的领带，或坟墓上的人造花。

布宜诺斯艾利斯的居民看到，对他们近代文化的纯净计划完成了，而市民健康也随即自动恢复。每一个参与过欢乐派-浪漫派之争的人，在某一天早上醒来时都不禁会问自己，他们当初是如何遵照一个一成不变的想法，在如此平庸又愚蠢的争斗中生活下去的。

征服一结束，神秘揭晓——总统作为唯一的见证人，揭示了发生在城里的最奇特的一件事。1938年，无数平凡又琐碎的日子中的某一天，在阿方西娜·斯托尼[1]的身体触碰到死亡之水那一刻，这座城市边旋转边发生了移位，直至从轴心偏离了几厘米。错愕中，总统不明白

---

[1] 阿方西娜·斯托尼（Alfonsina Storni，1892—1938），出生于瑞士的阿根廷女诗人、剧作家，代表作有《躁动不安的玫瑰园》《面具与三叶草》。——译者注

这次城区的移位是一声"不要死！"的恳求，还是对在恐惧和悲伤中舍弃生命这一行为的痛苦接纳。但他知道，在梦想家的灵魂死亡的瞬间，城市的心脏有了感应，布宜诺斯艾利斯由此踏入了神秘。

第二天早上，总统和他的队伍同时回到了"小说"庄园，他们互道早安。但总统当晚又回到了布宜诺斯艾利斯，而我知道原因：他要将两个中心广场分别命名为"无死亡之城"和"不相同的人"。这些名字标在两个广场的交接处。（不一样便能免于一死。）[1]

由于这些措施和愿望，再加上永恒小姐发明的死亡遮蔽术和幽默大师发明的笑话-笑声起搏器，布宜诺斯艾利斯得到了祝福。

---

[1] 也许有些读者会认为，以美丽和神秘之名征服布宜诺斯艾利斯的行动，欠缺承诺中的光辉色彩。这是不可避免的：作品有可能不完美、有头无尾、平淡乏味，因为它只是被作者当成一场没有对象物的行动，以及一种对抑郁和迷失的治疗手段来构思和想象的。如果作者把讲述征服的这一章写得蓬勃有力、趣味横生，他就会背离这一行动的心理动机。至于其他方面，我将如我那不善于轻信的聪明读者所愿，承认这一章出自一个灵感枯竭的作者之手——他写不出来了。上述坦言之外，我还必须承认我又不可避免地失去了六十三位读者，因为他们要求无懈可击的风格。

第十章

回到"小说"后的一个片段

——甜人儿：听着，或许天才，在这样一部秩序井然的小说中，有一些话本该留待之后某一尚未开始的章节说给你听，但我现在就要告诉你，我忍不住了。今天，悲伤、理想、憧憬、不适、不满、眼泪，所有这一切都在我心中翻涌。你见过活人的呼吸吗？多么神秘啊！我们永远无法感受呼吸，这是多么令人忧虑啊！呼吸是多么高贵啊，是与宇宙的共融！

——或许天才：这一点确实让我痛苦。

——我爱你，或许天才，我伤心的朋友；此时此刻，我爱你。让我们承担起我们说出口的一切，也请你把想表达、想宣告的一切都告诉我吧！

——我们感受到的这份痛苦是人物的痛苦：不会有泪水滚下，不会有被打湿的脸颊。呼吸吧！

——对，要呼吸。就像这部小说的作者曾说过的：

既无欢乐也无怨言，
我呼吸着生命的空气。

[作者更正：空气也应是大写的！是的，先生，我的人物——应该是甜人儿！——在引用我，在呼唤我。看到他们如此渴望生命，而我又没有能力赋予他们生命，这让我陷入巨大的痛苦中。我唯一有可能并且乐于去做的，就是原谅她，让她在这里如释重负般说出她本该等到第十二章才能说出口的话。我承认，我渐渐感到自己坠入了爱河，而如果这种感觉继续增强，如果我真的恋爱了（这当然有可能发生在我身上），那么我就会知道无能为力是一种什么样的痛苦和耻辱，因为我绝无可能找到那个源于我自身的东西；这场梦再强烈，也无法转化成一份微薄的现实。尽管这于我艺术家的身份无益——将谎言持续下去是小说艺术的尊严所在——我还是要说，甜人儿是存在的；我这样说的原因是，在我写这条注解的时候，我切切实实地被对她所萌生的爱吓了一跳，我忘了她是存在的，只要拨出一通电话就能听到她可爱的嗓音；我感觉到了自己试图赋予她生命这一行为的无效性，并于此时才明白，渴望赋予另一个人不真实的生活是一种折磨，就像我刚刚暗示甜人儿在渴望自己能获得生命那样。我创造的东西渴望它的真实，也渴望见到它的作者，这让它的作者在自己身上发现了同样的不可能性；大脑是多么健忘、多么容易混淆和打结啊，感受又是多么容易在现实或幻想的空间与对象之间迷失。我仍然不清楚，我的小说是否源于一种高度女性化的冲动，永恒小姐是否早就存在，还是生来便是小说人物，抑或是一个来自别处的人物。这一切都在现实主义流派之外，

因为永恒小姐身上的一切都不是我复制而来的；没有一个艺术头脑会想去尝试这件事，更没有人成功过，我甚至并不想把它命名为"永恒小姐的小说"，尽管是她给予了我灵感，也让我愚钝的感知更加敏锐，用神秘和激情丰富着我每日的生活。]

——或许天才：我们今天见面的次数比以往任何时候都要多，此外，这几个月你也经常陪我一起做家务。我们在小说中的存在如此短暂，让我感到很难过，我想要释放自己，想要活在真实中。

——甜人儿：你的话让我惊讶又不安。你真的认为自己如此缺乏生气？

——不，甜人儿，我是存在的，也喜欢我的存在，因为我遇到了你。我们还会因没有什么能赋予我们生命而绝望吗？毕竟，我已经在这里如此美妙、如此甜蜜地遇到了你；你意外地来到我所在的地方，我们在门口相遇时，你径直朝我走来，而如今我们已经在彼此的陪伴中度过了很多时光……

——你是个很有涵养的好伴侣。

——那你呢？

——我希望我们能体验到一点生命力！

——甜人儿，我们并非虚幻。我们如果是虚幻的，就会像电影中的人物一样烟消云散。我们会拥有生命的，也会不断要求拥有它；我们和所有拥有生命又来到死亡边缘的人一样，跟那些虚弱的、奄奄一息的人一样，用手势和语言乞求着生命；而他们实际上并不因失去生命而痛苦，甚至不相信自己会失去生命、不再活着。

——作者：你们让我很不舒服。存在这件事是多么令你们心痒难耐啊！谁会想到我的人物们竟会用这些古怪念头来让我为难；这从未发生在其他作者身上——很多人拿到的都是满足的角色，是像哈姆雷特、西吉斯蒙德这一类倾向于不存在的角色。

——读者：真混乱啊，如果你们成了活人，我去哪里阅读你们呢？请把地址留下。另外，除了顺应命运，你们还想怎么样？而且，这一章的标题，"这里将讲述超乎任何人想象的最恐怖的绝望"，难道不是已经在发出警告了吗？

——作者：你的话真让我宽慰；要不是这些人物的古怪念头，此刻的我将是多么高兴，因为我拥有你这样的读者！我构想出了一个多么美丽且完满的绝望啊，不是吗？

——读者：这些人物让我痛苦。但我是一个活人。在别的章节还有人物想获得生命吗？如果有，我就不往下读了；没有比这更让人不舒服的场面了。

（就在这时，那个幸福的男人走过，他在寻找一个视幸福为好事的国家。他与总统相仿。他拥有全部的幸福，除了关于幸福的理论。）

——作者：啊，你怎么可能理解我的伟大构想。然而，我无法预测我的人物脑海中浮现的念头，只知道他们将要说和将要做的事情中可辨认的部分。读者，你自己在这里也是我作品的一部分，然而……

——读者：在这里是的，但在我自己心里呢？

——作者：我看到你喜欢做一个活人，因此我必须做到不再提及你，也不再让你在这里讲话，除非你爱上甜人儿（你自己爱上）。我有能力创造表象和死亡，以及掌控这一切，然而世间有这样一个人，我渴望被这个人的灵魂梦见，却做不到！

——形而上学者：人物、读者和作者的幻影彼此纠缠。他们并非假装纠缠，而是他们自己也不知道自己是什么。但这依然无法解答全部问题：他们都是真实的；头脑中的任何意象都是现实，都是生命；世界、现实也都仅仅是头脑中的一个意象。不是意象的唯有情感：快乐的情感、痛苦的情感。存在是不可被提前欲求的；在生命的前-欲求阶段，生命便已经存在；不存在的是开始，是未曾成为，那是我们欲求存在的地方。

——作者：我不怀疑，但请你消失吧！从现在开始，你将消失在我的脑海和我的小说中，与此同时小说继续。走吧，存在学教授！不要再存在了！

——形而上学者：等等，先别把我抹去，听我说：我们仅仅是头脑中一个个有身体轮廓的意象；在头脑中出现就是诞生。

——作者：快逃吧，形而上学者，你已毁于挫败，正如这里的一切。

——形而上学者：当你来到生命的最后时刻，记得唤回我，让我重新给你希望。

——作者：让我们先来观赏一下你的最后时刻吧；我不会再给你写信了。消失吧！

（作者真的不再写他了；然而，在没有本体论者在场的情况下决定停止存在，这是一件不可思议的事，读者除了相信作者在小说余下部分不会再谈论起形而上学者，别无选择。）

——作者（对读者）：但是，为了不让人认为小说会因形而上学者被流放而陷入黑暗，我要告诉你，我没有不朽的专属特权，因为不朽属于包括他和我在内的所有人；我的特权是，今天的你对过往的你在单纯意识领域的丰富存在一无所知、毫无记忆，而我，经过多年的忏悔和殚精竭虑，得以回想起自己在存在之前的所有意识。这帮助我感知先于存在的意识，即个体的永恒。我还可以给最愉快的回忆做一份抄录……

第十一章

（这是一篇文章的一个片段，插在小说中一对括号内。文章讲的是关于"一部小说被另一部小说中的人物阅读"的理论。）

——或许天才：昨天晚上，因为睡不着，我就读了一本小说。里面充满了爱情和巧合，发生了各种非比寻常的事。我想对你说——因为讲到幻想，我是不会甘于落后的——我们按照"爱人"的提议，找机会一起写一部小说怎么样？

——甜人儿：我觉得很好。庄园里发生着如此多有趣的事，即使只讲一讲星期六下午大家一起在河岸树丛间散步休憩时的场景，我们也会拥有足够的情节。我们把这个惊喜送给总统吧？

——但爱人肯定已经想到了一个巧妙的故事。

——而他又是那样单纯的一个人。

——现在，我想先给你念一章我昨晚读的小说，它叫《阿德里亚娜·布宜诺斯艾利斯》[1]，你想听吗？

——说吧，我都快好奇死了，特别想知道里面都是些什么人物。

——我给你读一些场景："满怀激情的年轻的睡美人：是什么悲剧灵魂的脉搏，将你化为如此纯真的诱惑女神？不幸在我身上聚集，点燃我生命中的痛苦，它们化成苦涩而愚蠢的灰烬，将我淹没；是你，让我在罪责与困顿带来的颤抖中，在汗水和泪水、在苍白的晨光中，再次直起腰杆……！阿德里亚娜，只要是同你一起，此时此地的任何事，其'绝无可能'绝无藏身之处；这是来自悲剧的指令。我不知道为何让自己从暗处站起来，颤抖着站在同样颤动闪烁的晨光中，在我的门前停下脚步，朝向你的、也是我的床伸出手。在卧室的这个角落，孤独推搡着我的背，我愤怒的双脚踩着过去和未来。一切都只是这世上的一个污点。"

——多么悲伤啊。

——难道你认为自己的处境与这个人物类似？还是，即便没有相似之处，你也正处于同样强烈的痛苦之中？

——我愿意成为这个人物。这已经不是欣赏小说的问题了。我看不到这生活中绝望的尽头。

——试着不要再想绝望的问题。我认为，对于你我而言，当我们在一起的时候，生活是令人向往的。但我们目前的存在并不真的令人享受。

——继续读下去吧。

——但可悲的是，这个睡梦中的可怜女孩，以为说话的是她的恋人阿道夫，实际上却是正暗恋着她的一位两人的共同朋友。他不知道此刻是否要吻她。

——给我读一下那一页；我们的痛苦与这些人物的痛苦同在。

---

[1] 一本当时尚未编辑的小说，如今已被收入《作品全集》第五卷。——原书编者注

——"被祝福的孩子,爱的胸膛,已为人母的少女;我俯向睡梦中的她,口中念着这些话。如果我吻了你,你永远不会知道,你在梦中叫的也不会是我的名字,而只会把我当成你口中唤着的那个人。在这里,你会用爱过你的、让你成为母亲的那个人的名字呼唤我;你会张开双臂,愉快地带我来到你的床上……我不会在你入睡时吻你,否则你醒来便要面对一个痛苦的现实;我不会吻你,因为我无法解释这股吻你的冲动:温情?欲望?对他的报复?永远记住我曾吻过你的虚荣心?"

——这些都是生者的激情。

——亲爱的"甜蜜激情",不是,我是说甜人儿,像我们这样不是更好吗?你对芸芸众生的遭遇怎么看?

——他们是与我们一样,还是比我们更幸福呢?他们跟读者和作者一样吗?

——我希望我能向你解释他们是什么,他们属于哪个空间,其信仰和命运又是什么。

——但我更想让你给我讲一讲那个吻的故事。

——嗯,当时,他又犹豫了一下,但最终还是吻了她。"不,我要吻你,阿德里亚娜,我要吻你的嘴,因为我在寻求爱的吻,愿你能给予回应。我明白,驱使我的只是爱情。在这个绝望的夜晚之后,我将不再有力量和清醒的头脑,来拒绝为自己解渴,拒绝这样的抚慰。"

——"生命"真可怕。它让我颤抖,让我惧怕。但你知道吗?有那么几个时刻,你动情朗读的样子,让我感觉自己仿佛被"生命"抬升了起来。

——那是有可能的。昨晚,在阅读其中一个最具戏剧性的场景时,我感到了呼吸的启动,但它十分短暂,短到我认为自己或许只是梦到了活人的所谓"呼吸"。我不知道该如何向你描述那种感觉,我们没有相关的语言。

——那你读给我听的那一幕是如何结束的？

——他弯腰去吻她，轻声说："阿德里亚娜，我想吻你的嘴，让我们亲吻吧！"这时，从半掩的门缝透过的光中，一个影子闪了一下。

——我想要生命！我想要这些跌宕起伏、影影绰绰，我想要生命！

——读者：我才是失去了生命的人。在这一刻，我感觉我不复存在。谁夺走了我的生命？

——作者：掐一下自己，你需要摆脱这种现实的铃声、存在的铃声。梦中没有人会掐自己。

——或许天才：你不觉得读者在听我们说话吗？

——读者：我不明白。

——作者：那么，你就没有好好跳读。你已经染上有序阅读的恶习。我的小说不是一部长篇。它在文类上并非无可指摘、无懈可击，但是对待像它这样的艺术作品，不存在药方。请原谅，这部小说是个新手。

——读者：啊。

——作者：至于我，我不是总统；我马上就要知道自己是谁了。如果我搞错了，那我就做一名决赛选手，去误打误撞地体验一种可以称之为快乐的狂热幻觉。总统让我痛苦；我希望他有生命，希望他拥有一份完整的爱，但我不认为他走在正确的路上；他的智慧消耗着他，让他在激情和存在的神秘之间摇摆不定。他欠缺一个词，只一个词，一种单一感知，便足以将他拯救。他告诉自己，他有四个选择——存在的神秘、激情、科学，以及行动，但事实并非如此。科学和行动都是娱乐消遣，是为了活而活，即长寿。无须为娱乐作任何开脱，它们都是堕落（为权力、学识、荣耀、财富）的，是转瞬即逝的快乐；《浮士德》第二和第三部分中的堕落，是满足琐碎欲望的玩具店，它们只有在童年时才是可原谅的。答案是：在神秘之中，存在着充分的清晰、确定，以及仅有的一份激情。确定性对神秘状态至关重要，但唯一的神秘状态不是源于宗教，而是源于激情。不是宗教，所有的宗教都是对存在的病态否定，它们要求的从属关系把我们变成缺乏真实的表象；而激情，一种完满而永恒的意识，不顺从于任何事物。我写这部小说是为了取悦永恒小姐，她想要一部以激情结尾的小说。我是一个幻想形而上学的作者，也是一个形而上学小说的作者。但愿我能足够幸运到不令永恒小姐失望。但此后我不会再在艺术上做任何尝试了，以免像写这部小说时一样，再一次承受那些担忧和沮丧的风险。就在不久前，我还感觉到了创作这部小说的恐惧，因此不得不大声地说："我不是总统。"我疲于奔命，陷入可怖的昏厥；我在颤抖中渴望，并于一刹那间相信了自己真的化身为小说中一个没有生命的人物；我创造了总统，把他塑造得与我如此相似。如今，我笔下所有的人物都想要获得生命了。当他们告别、停止存在，并说出那句"想要生命的人向你致以问候"时，我会很难过的。

树枝接纳一只鸟的栖息

——总统：有两类很微妙的垃圾，你了解吗？一种是"进到眼里"的空气（精神上消化不良的人，眼中就含着这种垃圾在世上走来走去），另一种是时间的垃圾，即靠匆忙行事而节省下来、对于让事件提前发生又起不到任何作用的那几分钟。

——永恒小姐：这些我不了解，但我了解两种悲伤，一种是没有对再也不会出现的最后一眼注视回报以微笑，另一种是我们没能一起聆听那首舒曼[1]的浪漫曲。

---

[1] 罗伯特·舒曼（Robert Schumann,1810—1856），德国作曲家、音乐评论家，代表作有《蝴蝶》《维也纳狂欢节》。——译者注

永恒小姐神通广大，这世上只有她能够辨识那些被认为是无法辨识的差异，因此，每到喝茶的时候，总统总是请她用她的小勺为他搅拌，因为没人能把糖搅拌得如此均匀和美味。还有更不可思议的：即便加入过量的糖，她也能搅拌到让这杯茶的甜度不升反降。

——甜人儿：让我们继续吧，让我们继续；生命正在我们体内诞生。

——或许天才：我今天也不想怀疑，自己的确还活着。

——甜人儿和或许天才：生命，请远离我们，现在的我们很快乐。还是并非如此？

——读者：我从晕眩中恢复了，再次回到生活中。刚才那一刻，我的意识去了哪里？

——甜人儿和或许天才：你的意识刚才在我们这里，我们知道了何为人类。谢谢你。

——阿德里亚娜·布宜诺斯艾利斯：麻烦可以不要打扰我们的私人生活吗？

——甜人儿：就一小会儿，阿德里亚娜。你们的吻赋予了我们生命。作者，请把我们需要的那个词给我们。

——或许天才：我们会保守好你们的秘密，阿德里亚娜和爱德华多·德·阿尔托，同时也告诉你们我们的秘密：甜人儿和我是《永恒之人的小说博物馆》中的两个人物，我们是很好的朋友。

——爱德华多·德·阿尔托：我们无须对我们的爱缄口不语。希望你们可以学到这一点，以防有一天，生命把你们变成了人——像我们一样——并让你们爱上了对方。

第十二章

小说散页的模版

对往日痛苦的一种定义：它是永恒小姐种在胸口的一颗伤感的宝石，或者，最好称其为一种最微妙的不可能性所带来的痛苦，它只存在于永恒小姐纯洁的灵魂中，因为无论是存在还是世界，都不具备那种不可能；发生于永恒小姐心中的这种不可能的感受，在任何其他灵魂中都不存在。

这种不可能来源于一种不可逆转性，即对于任何一个人来说，其过往历史中的任何部分都不可被消除；它并不以情感的形式呈现，而是发生在当一个人偶然地遇见了（指可能遇见也可能遇不见）所爱之人，或一个让他爱对方胜过爱自己的人之时。永恒小姐是唯一一个有能力改变他人——包括她的爱人——过去的人（她作为具体的，而非理想的人），但她不能改变自己的过去。此外，她的灵魂不能接受她的爱人无法永远爱她；在"看到她"这一低级又无关紧要的行为之后，可能发生的情况往往是，爱人从此对她熟视无睹、漠不关心，无视她，甚至对被她轻轻挡住路而满腹怨气；他看也不看她一眼，只沉浸在自我的思绪中。

他们认识之后，永恒小姐改变了总统的过去，让他再也想不起一丝关于他曾如何无法克制地想见她、想爱她的记忆，而永恒小姐则当自己的生活中从来没有总统，从来没有他的爱。哪怕当总统让她明白——并非明白一切，而只是相信永恒的存在和永恒的个人记忆的存在——而她自己也相信了，她和他在死后（不是遗忘后）都是永恒的，永恒小姐依然害怕未来。也许她相信全然的爱有一天会来临，但她始终无法摆脱过去带给她的灰心——在那段过往中，两个人不相爱、不互相理解、无视对方、对彼此缺乏激情。永恒小姐对爱情的未来感到恐惧。爱情的前景让她无法平静。

总统的回答

这些眼泪啊，永恒小姐……！

这些泪水在你眼中说着"永不"，它们是冲到了存在或现实最顶点的那一排波浪，是世界上最高水准的工艺品，像得以实现了的"存在的理由"一般美丽，在那之后，现实即便停止也显得可能且合理。爱的诞生一定对应着一段爱尚未诞生时的过去，没有这段不爱的过去，爱就变成一种神秘的不可能，你为这种不可能的爱而流泪，这种隐藏在全然之爱中的痛苦，其他女人几乎没有经历过，但在你身上却持续出现了；这些眼泪是一种喧闹的要求，将我折叠进一阵无法与你的情感相等同的审思中，因为我对思想和未来的确定感，无法回应你对某段不存在的过去的诉求、对相爱之前的那份不存在的诉求。你的眼泪是恐惧的眼泪，你渴望着无边的、永不间断的存在。

为了你的幸福，永恒小姐，我需要拿这个对我而言既迫切又沉重的问题，向那些具有博大智慧和高尚品德的人咨询：威廉·詹姆斯、叔本华、黑格尔、费希纳，他们的作品在我寻求全知的途中给予了我帮助，使上述问题变得不再那么困难。我阅读、沉思、自问自答。在任何一个思考的当下，对任何一段过去的摧毁都有可能被决定和执行，因为在那个当下，一段个人的过去具有个人的和过去的这两个面向，心理的运作有可能在那一刻，凭借笃定的努力，使反映在当下脑海中的过去某事件的场景，其两个面向（或部分）——个人的面向和过去的面向——彼此分割开来，从而将上述场景变成一个仅仅是想象出来的遥远事件的画面，而不是发生在个人过去中的真实事件。

过去事件留下的影响，无法被摧毁，也不受任何力量左右。这些影响可以被感知，但面对记忆，面对"真实"与"想象"之间的区分、"他人"与"自我"之间的指定，它们无动于衷；这些影响可以被感受，但并非自主地存在于感受之中，而是受制于其过往的成因。而且——这一点很重要——过去那段不爱的历史，无法对当下的爱发挥出它那独特的可怕的影响，因为如果有一天我们自认为抵达了完满的爱，它的证明便是，过去无法对这份爱施加任何影响。

因此，在我看来，永恒小姐，你把你的苦恼定义为我们在相爱之前有一段不相爱的过去这件事带给你的苦涩情绪，这是一个谎言。你的确感觉到一种苦涩，没错，但它并非源于我们尚未相识的那段过去，而是，我猜测，来自你对我们眼下的爱是否达到了完满状态的不确定。所以我将你的问题从一个痛苦转到另一个痛苦，虽然我认为你只是对你自己的而非我的完满的爱缺乏信心；你的痛苦在当下，而不是在过去。

一只优雅又迟疑的螳螂想要进入小说，但在我的手稿前停下了脚步。

第十三章

"小说"中的小说

　　正如甜人儿和或许天才透过庄园里大家的交谈（每周六，总统都会组织一场关于艺术和科学的友好长谈）了解到的，总统正在筹备一部小说。这就是为什么，他们想给他提供一些生活在"小说"中发生的事作为情节参考，因为他们在那里存在的任何一天都足以构成一个迷人的故事。

　　总统正在考虑写的那本小说——而据他自己所说，他永远不会写——将贡献出一个名为"意识小说主义"或"无世界的小说"的原创概念。（由此，他对于思考的热情和对于创作的热情将交替出现。）甜人儿和或许天才在他的本子上发现了如下笔记：

　　这些人物并非物理上的人，而是意识，他们曾是活生生的人，存在于二元论世界中；如今则存在于意识事件的宇宙中，那是个充斥着绝然不确定性的宇宙（那里存在着一种意识间决定论：每当有人体验到一种强烈的状态，这种状态就会传递给其他人；为什么会产生强烈的状态？为什么会传导给他人？这些"为什么"并不存在：就是会发生这样的事，仅此而已）。

他们作为意识而存在，偶尔彼此交互施加影响；人人有自己的意识现象；他们保存着作为肉体存在时的记忆，但他们又不单单是记忆，而是现实的存在。（"助记符"[1]除外，她只是记忆而已。）有人来时携带着怨恨或遗忘，恐惧或困惑，而这个意识群体的基调将由其中最强烈的那种情感来奠定。意识的展开是绝对自由的，它的发生恰恰就像不受我们意志掌控而降临的晕眩；在每个意识中，所有状态的浮现都毫无缘由；一阵旋风吹来，引发了恐慌或愤怒，这样的说法是荒唐的，因为，旋风为何会出现？一切只是源于一种连续的自发性，也就是说，我们处于真正的神秘中。

因此，这部小说中的人物没有肉体、官能或所属的宇宙。他们直接进行交流，不需要语言（语言由作者发明和负责），只有在意识和意识之间运作的直接的精神；一个意识会感觉与另一个意识距离相近，但那种接近不是距离的，而是意识的；意识之间被因果关系捆绑，但每一个意识又都是与整个宇宙脱节的；那是一种直接交互影响关系下的意识多元性。

人物必须依靠思想和精神状态而活；他们是精神的个体。这部"无世界的小说"试图消解宇宙施加于意识之上的所谓因果；如果我们能够在没有老虎在场的情形下感受到被老虎伤害和猎杀，那么我们同样可以不需要宇宙就能感觉到颜色、声音、气味。在意识现象学中，有一系列原始的现象，它们最初于偶然间出现，之后作为复制品自发

---

[1] 助记符，原文为 Mnemonia。——译者注

地再次出现，但它们——以及那些在真正意义上最为重要的感官现象，如胃口、欲望等——并非无穷无尽；最早出现的现象，其重要性依托于外在的因果关系；老虎作为许多破坏性痛苦的原因而存在，但其自身是不具备感觉影响力的，虽然它们的颜色、声响、线条、噪音等会造成不同强度的痛苦或快乐。

换个说法：这种小说主义所追求的意识效果，是在读者心中勾勒出一个无世界的、单纯的意识存在，以此寻求一种理解力的可能。这里要做的，是让那些过时的小说书写统统威信扫地——那些讲述大杂院八卦的小说，讲述人对世界展开的行动和世界对人造成的后果的小说，并代之以自主操作的无缘由的意识。

21世纪已经不适合讲述涉及宇宙与人之间关系的故事了，而应该讲述意识的梦想，讲述从宇宙中解放出来的、纯粹精神的个人。

小说应该发生在一个没有动乱、争执、嫉妒的环境中——但生命的悲哀可以存在，作为直接的、非空间性的因果关系组合（每个意识都是其余意识的外部"世界"）。里面都是些不作画也不书写的生命，居无定所；一场与死亡之间的游戏，但从未有人被杀死：这是一个一切都从死亡中来的地方。这些人物从死亡中重生了一千次，而导致他们死亡的仅仅是欲望，不是毒酒、不是匕首；他们把死亡当作一场没有时间表可遵循、日夜不分的睡眠。（死亡不是我们所了解的警察，而是一张总是挤满了客人的桌子，一个人从中站起身来，说：我要去睡觉了；这就是死亡。）

到目前为止，总统为他的小说构思出来的人物包括：

——死后之人[1]：她想做一个死了的爱人，只作为死人而被爱。

——自杀：总是"亲手"死去，借由意识这种手段或其召唤，于瞬间抵达不存在的状态；自杀的发生是由于缺乏意识同时性：每当痛苦降临，痛苦就成了她存在中仅有的一样东西，于是对痛苦的自动逃避便执行了自杀这项行为。

——遗忘者：这个男人知道，女人的秘密就在于她们无法容忍被男人遗忘：他穿上遗忘的外衣，是因为他知道这样可以战胜一切女人的天性。他在他的冒险中总是取胜，除了有一次，他遇到她非女人[2]（你必须不是一个女人，才能忍受被遗忘），立刻败给了她；无论遗忘者在不在场，她都不记得他，这使遗忘者十分绝望，因为他的每次出现对于她非女人而言都是新的；他爱上了她，爱上了一个无法记住自己超过一刻钟的女人。这是对他的惩罚。

——美逝：她因歌颂爱情，以及想要更多爱情而死。

——难忘者：即便是在意识死亡之后，她也不相信自己会被人遗忘。（意识的死亡是小说中唯一存在的一种死亡，它是通过自我意愿或意识的某些防御反应来实现的，仅仅意味着一种意识的暂停。通过大脑的努力，我们可以将某段遗忘了的记忆唤回，让它重新存在于当下的意识中。因此，单纯靠意识，我们便具备了推行自我麻痹的手段。而意识所赋予的这些得以持续进行自我驱动的方案，并不能用来为"难忘者"清除一种感觉，即无法被遗忘的感觉。在小说所有的精神人物那里，终结其连续意识的方法，即死亡，依然留下了一份潜伏着的意识脉动，一条永不磨灭的意识现实的线索：在难忘者那里，它就是无法被遗忘的感觉；

---

[1] 死后之人，原文为 Postumia。——译者注
[2] 她非女人，原文为 Ellalanomujer。——译者注

在死后之人那里，就是想作为死人而被爱，诸如此类。）

——迷失者：她不知道自己身在何处、曾是什么人、为何而来、曾去往何处、将成为什么人，以及她感觉到的是自己还是另一个人。当因悲伤而压抑的时候，她就会感叹：难忘者是多么难过啊，或者逆行者[1]是多么难过啊；两位都是她的朋友。

——快感[2]：渴望一个持续一年的吻，然后死去。

——冷漠者：对于永恒的意识和永恒的死亡，他有着完全等量的兴趣。他用这种圣洁的冷漠让每个人颤抖。

——无现在[3]：他认为一切都携带有过去的轮廓，都是过去事件的一个个变种；"我当时很饿"就是"我现在很饿"。他的记忆取代了他的现在："我爱过你"就是"我爱你"。他完全生活在过去，但感受却处于现在，所以他实际上既缺乏纯粹的现在也缺乏纯粹的过去。

——渴望生命者[4]：他希望回到身体的世界，在那里他一定非常快乐；他是一个罕见的例外。

——失忆者[5]：他没有过去。前一天的事从未发生。

——溺爱者：她讨厌不被宠爱；溺爱是她需要的物质。她总在追求温柔和爱抚。

——逆行者：他能改变过去。有人向他索要一段幸福的过去，其他人则要求被改变过去，直至相信自己过上了与原先不同的生活。

——助记符：她只有记忆，没有生命，没有当下的存在。但她拥

---

1 逆行者，原文为 Retroante。——译者注
2 快感，原文为 Volupta。——译者注
3 无现在，原文为 Sin-ahora。——译者注
4 渴望生命者，原文为 Pretendiente a la Vida。——译者注
5 失忆者，原文为 Amneses。——译者注

有的记忆是完美的：每一个事件，无论多么短暂或微不足道，都在她的眼前，随时都可以重温。

——非爱[1]：她只爱死去的人，同时不喜欢被爱。任何对她的关怀或兴趣都让她警惕或反感。一次谈话中，她告诉所有人："我找到了'我的死亡'[2]，我是多么幸福啊。但有时我又感到不幸福。可悲，如果我死了那可怎么办呢。"（她在寻找一个其神情一旦暴露便很快会死去的人，以便尽快获得幸福；她不希望任何人死，但在寻找看起来即将死去的人。）

——永恒小姐：她不了解死亡；她的意识没有一瞬间的暂停。她是最高强度的意识。

——爱人：他在等待美逝。他必须等到她意识的复活，并向她证明，没有任何幸福高于当下激情所带来的完满意识，当下即永恒。

——不回头者[3]：她不具备个人的永恒，也不会重生。每个人都知道，她只有一次生命、一次死亡，知道她会在随机的一天离他们而去，因此大家甘愿执着地向她付出关心。不过，她的死必将有原因，绝不会无缘无故地死。而由于不知道那个唯一的原因会是什么，他们对她的爱和保护体贴入微。但是，杀死她的有没有可能会是幸福？

请不要认为，总统没有任何意图或时间来好好创作他的小说，而只会用罗列上述注解分散注意力。如果有人比甜人儿和或许天才更懂得如何窥探他的意识，甚至可能是他的论文，那么这个人就会发现更多不知从哪里掉落的待论述的观点、人名、场景、含义丰富的话语。比如：

---

[1] 非爱，原文为 Inmima。——译者注
[2] 我的死亡，原文为 Mimuerto。——译者注
[3] 不回头者，原文为 No-torna。——译者注

——虽然作者是肉身中的作者,也为以肉身存在的读者写作,但在创作这本意识群像小说时,他使用的是这个意识群体从不使用、但读者却需要的一些词语。

　　——要在模糊不清的含义、在不规则的联想中开发词汇。要实现或利用类似下面的这些联想:床头柜上时钟的嘀嗒声——风的呼啸声——门槛——手套——小梳子——遥远的雷声——凉爽的风——猫抽回自己被踩住的爪子——水在火炉上烧开后的第一声哨音——枕头上转过去的脑袋——玫瑰的愤怒——合上盖子的钢琴——松动的纽扣——康乃馨的挑衅——侧脸的压痕——再度直视的目光——还会有下次吗?

　　——利用家庭生活中的巨大断裂和甜蜜。

　　——当下的记忆背景:一个普通的当下,它拥有一个什么地位?今天我起床时,想到昨天。

　　——在意识类主题范畴内,写下:"他甜蜜地说了是""他在睡梦中说了话""他感觉有人要死了""无身体的被遗忘的绅士穿过了那道不存在的门。"

　　——场景:玫瑰的笑声,枕头下小钟的嘀嗒声,入眠者的呼吸,相遇的目光。

　　——(通向意识间或意识内小说的形而上学。)

　　不依靠"活人"的意识,没有对"身体"的义务。

　　所有那些曾是"生命"而非"存在"的多元的东西——即与物质工具相连的那些意识。

　　个体由记忆组成:每个人都拥有与他人截然不同的记忆图景;与家人在一起时,感受最强烈的那个人会把自己的感受传递给其他人,由此导致只存在一种情感;最强烈的状态负责奠定基调,并入侵其他意识，直到另一种更强烈的感觉出现，并由它来统一周围的意识领域。个体就在每副肉身所拥有的多重记忆中维持着自己；他们置身其中的多元性只是意识存在的多元性。

至于意识状态在我身上的自发显现，我将其归因于它们首先出现在了其他人身上。我目前不知道为什么这些意识会以一个人为起点，在彼此之间建立联系。因为我原本设想自己的意识是独一份的，那么在这种情况下，没有任何物质或任何人会成为我的意识状态的诱因。这个多元的意识世界是如何产生的？我不明白，也不知道这一系列的状态是从谁那里开始的，是什么人在没有明确沟通的情况下，直接把自己的意识传播给了其余所有无肉身的意识。我真的相信，生命唯一的意义在于意识能够作用于身体，而绝不会不借助身体这个中介（或其他物质媒介）直接发挥作用；物质以及身体构成世界的时间和空间，而从这个时间-空间构造中，则诞生出我们称之为记忆的那种幻觉，以及个人身份的幻觉——记忆被用于与外部相连。而纯粹的意识，既没有时间、空间，也没有记忆。

这些个体是否都是梦？该意识状态与梦境一致吗？那么还会有做梦这个行为吗？我认为有：一个意识还可以做关于接近另一个意识的梦。

——一个浪漫的暗示：一座沸腾中的牛奶小山丘（一个尘世事件），让那些尘世之外的生命战栗。

——弗朗西斯科开始对他的用人工作感到绝望，连谵妄症的治愈也没能将他拯救出来。"不，"他边思索边自言自语，"我不是为在肉身之人的嘈杂房子里做用人而生的；我想向一群只作为意识而存在的人提供服务。"于是他去找了神秘主义者，以寻求自杀的协助。经过一段时间的安排，他出现在了这里。"有人来了，弗朗西斯科，去开门"，他想，或者，"弗朗西斯科，你要明白，事情和以前不完全一样了。"

他随即起身去开门，用一把虚无的钥匙打开了"虚无"，时间在一刹那静止不动，随后，"遗忘者"跟他交谈起来。

总统就置身于这种梦一般的氛围中。艺术能拯救他吗？

（总统边走边与作者讨论他聊自己的计划远多于聊永恒小姐这个糟糕的习惯，于是他们达成协议，让她的名字出现在小说的每一页上。）

甜人儿在夜间离开了，只有她的狗，还有或许天才白天为她粗略打制的一根柳木拐棍陪着她上路；此刻，她温柔回想着月夜下小房子里的灯光，就像在过去，她喜欢从黑暗的田野里注视有灯光的房子。

她还记得，下午在花园里散步时，总统曾为她编了一个关于园丁在一片花团锦簇的景象面前发疯的故事，这些花构成一段无穷无尽的接替关系，因为它们一朵比一朵美。在创造中一切皆有可能，没有什么是不能梦想的，没有什么是不能实现的。在存在中没有"不"。总统用他最喜欢的公式告诉她：现实是自由的，一切皆有发生的可能。

"小说"的居民出现的瞬间

或许天才和单纯暂停了他们在甜人儿住处周围那块地上割草的工作，那是一处孤立的圆形寓所，四面都有窗户。他们用共有的学识来自我消遣。或许天才说："符号会扼杀事物：丧服扼杀悲伤；弥撒扼杀信仰；神学塑造无神论者。"或者"上帝创造了世界，而我向你们奉上我对他的研究"。（他注意到"总统式微"所带来的影响，并与之对抗：正如"进步"是一道弱化当下的阴影，上帝就是弱化存在与激情的一道阴影；处于激情中时，没有人能从当下拿走任何东西。）此外，或许天才也会进一步深入思考人类的行为。"人类数千次闭上眼睛，都没有想到死亡。"

作为对这个问题的回应，单纯分享了自己的思考："有两个真相、两种诚实，是丑陋的女人不想要的：一个是镜子，一个是照片。"或者："一个人或许无私，但不会无私到投入水中去救一条溺水的鱼。"

爱人在做梦，他做着梦存在；与此同时他的爱人在对着他微笑，他们在让两人的爱情变得更加美丽的死亡之后相遇，他们十分确信这是场幸运的相遇。或者他会对着空气大声喊出谜一般的话语："人生的底部。（一切痛苦中都有欢乐。）调快的手表和生活的庄严：白色的指甲和准确的时间，以及涂有生命幻影的指甲。"

永恒小姐从枝叶间摘下紫罗兰，放在总统床头柜上的小花瓶里；她避开所有人的目光，在紫罗兰旁边放了一张小卡片，上面写着：

紫罗兰……
紫罗兰……
还有一个永恒

总统则在背面写道：

用紫罗兰封存的爱。
你将手从我手掌的囚牢中抽离
却从此囚禁了
我的心！

或寄给他一朵纸花，夹在一堆蕨类植物中间，在六片花瓣的每一片上，依次写下她名字的每一个字母；而他则将回复写在花茎上：

若你活着时不曾见过永恒
便会领悟何为太迟
并于领悟的那一刻看到她。

（有一天晚上他向她承认，一个在漫长生命中失去了一切的人，会在遇见永恒小姐那一刻重新找回一切。）

总统和甜人儿刚从沼泽地散步回来。那里有一个由六棵柳树形成的神奇洞穴，引人入胜，鸟儿、鸭子和小蛇不时出没，总统和甜人儿打算改天走到洞穴最深处去看看。甜人儿负责开车，就是总统每天载着大家去火车站的那辆车；她任由自己一路被总统的各种想法或观察说服。

——总统说：我发现了两个谎言，一个是死亡，一个是衰老，或曰时间的流逝。死亡和年龄增长的不可避免只是谎言，仿佛仅凭时间就能使事物发生变化、日趋衰弱：死亡什么都不是，这个我已经解释过，而最强烈的衰老，在大多数情况下，当属年轻人的衰老，它发生在二十岁到二十五岁之间，在这个阶段，一个人必须离开他享有的来自父母的庇佑，独自承担起生活的全部责任和义务。衰老根本无关岁月，而是在于生活的过度负重和个人心理反应之间的相对关系。此外，总统还想让她看到他自己人生的荒谬：在过去的三十年里，他都在同时研究生物学和形而上学，前者是如何免于死亡，后者是为何无人死亡。

此时，甜人儿低声对总统说：

——为什么我们不能一辈子待在这辆车里，让时间不再流逝，始终保持对彼此的欣赏，或者是说，让所有人永远一起留在"小说"里？

——为什么不呢？

就在这一刻，旅行者（我们的旅行者不会去博物馆，他只看活着的东西，而不是过去的东西）走到了拉普拉塔河畔的沙滩上，面朝庄园的大门。

——旅行者，你的寻找结束了，现在满足了吗？

——也许吧，因为我的寻找是虚构出来的，而不是被强加的。[1]

---

[1] 从这里开始，作者将独自写下去。最后的几位读者已经放弃了他。而且，自然而然地，他们也打算开始写作了。

221

第十四章

（一成不变。）

总统呢？永恒小姐呢？

  总统只有在彻底剖析完自己行为的每一个方面之后才有可能冲动（他的一生都在解决意识问题）。他最近就在长时间地反思刚刚完成的那件事。

  在以美之名征服布宜诺斯艾利斯之后，他回到了"小说"。有一天醒来，他悲伤地发现这座城市仍丑得无可救药，而这恰恰是因为，它拒绝了那个最唾手可得，又具备无穷活力、能够无限再生的东西：大自然。

  只是在完成征服之后，总统才感受到这项费神大工程所带来的虚空。城市应该存在吗？相信一座美丽的城市能够在无视大自然的同时维系它的美，这难道不是只有最可悲的头脑、最贫瘠的思想才会做出的事吗？一个做不到日夜置身于大自然中的人，难道能够对所有事物产生各种理解并对其抱有真诚吗？除非亲眼去看、亲耳去听，否则我们什么也无法了解。书籍里记录着知识，大城市的居民也思考着世间事物，可谁又拥有完整的、全面的知识？

人们观察自然和野生动物生命的自发性，也观察人类最古老的住宅和工程，并思考其蕴藏的时间含义；古老的人类住宅，未必指金字塔和石墓，金字塔的建造面向未来，而住宅的目的在于当下，活在那里，也死在那里，为每一个当下的瞬间而活。这里有三种心理刺激和暗示，没有它们，就无法窥见一丝神秘的影子。

（同时，总统意识到，避免战争最简单的方法是限制城市发展，因为如果一个国家把它一千五百万的城市居民分散到一亿五千万公顷的农场上，你就不可能再对它开战了。）

一切少了内在动机的行为——指行动者（在行动之后存活下来的人）对自己的行动缺乏兴趣——都让总统感到悲伤，而现在，城市之于自然这个话题，为总统的情绪又增添了一重悲伤。

总统和永恒小姐。

永恒小姐看得到世间的一切，除了神秘；总统看得到一切事物中的神秘。

永恒小姐在世间会想着每个人，在永恒中则什么也不想。永恒小姐相信死亡，否认永恒；她相信并接受爱情的告别，即死亡。总统不相信死亡；对于相爱过的人来说，除了遗忘（而身体无须消亡），再无其他。

总统为永恒小姐带来光亮，永恒小姐则用肩膀当温暖又柔软的枕头，助总统入梦。

永恒小姐全身心投入爱情，总统全身心投入思考。

永恒小姐说，一想到有这么一段过去，总统对她一无所知，不爱她、不去猜测她的心思，从她身边走过也看都不看一眼，一想到这段过去，她当下的爱就会被瞬时剥夺。她感到恐慌。读者，对此你怎么说？可以写一篇小说来回应永恒小姐的想法和处境。总统至今不知道，如何在入夜后的每一场交谈中，帮永恒小姐驱散这深重的心结；总是在一切看起来都如此完满的时候，永恒小姐那要命的感受就会浮现，她抱怨自己无法体验完全占有的满足感，不能接受他们此时拥有的爱情，在过去并不存在，甚至有可能从未存在过。总统是否有希望在某一天获得说服她的智慧呢？

永恒小姐有上帝，而总统没有；永恒小姐希望——而总统则不——她的爱有母性的一面，喜欢把他的头靠在自己的胸前。

总统和永恒小姐之间有两样不存在之物：一样只有永恒小姐知道，一样只有总统知道。（同时，还有一个不存在之人，他尚且不认识永恒小姐，但正走在认识的路上，他就是不存在的绅士。不存在的绅士思索道："作者总在寻求不存在，而我是如此习惯于不存在，就像女人如此习惯于存在一样；男人就永远无法习惯存在。"）

"爱人"已经告诉你们，总统将永远陷于悲伤，而如果不想让他这样，就要给他一个不一样的过去。

永恒小姐为他改变了过去，将他的思想换成了爱情。但有一件事她做不到：改变她自己的过去，以及她曾参与其中的其他人的过去。这就是她所面对的不可能性：她不可能被理解。

那总统给了永恒小姐什么？他还没有赢得她全部的爱，因为他无法企及光明之神那般的优雅和温柔（永恒小姐不喜欢他在遇到她之前将她遗忘了）——他能给她什么？

永恒小姐拥有一种从来没人拥有过的能力，即改变我们过去的能力，也有一项对她自己而言最大的不可能，即容忍她的爱人有一段不认识她也不爱她的过去。面对这个只对她存在的不可能，她毫无办法。（还有另一种不可能，即被理解的不可能？）

永恒小姐比最崇高的白日梦还伟大，因为她真实而完美；她是全然的梦想，每一处细节都与愿望相符，同时又是真实的，因为在她与真实面对面时，我们看不出她身上有什么变化。总统在她身上找到了他梦想的，甚至是最高梦想中的人，而他所梦想的一切、找到的一切，加起来都比不上永恒小姐单纯而原初的完美。她是真正的完美。

如果你想要一个新的过去，永恒小姐可以给你。但总统只能做得了历史学家，负责改变人类这一群体的过去，赋予人类不同于历史所赋予它的东西。他将还给人类一个被历史剥夺了的现在。现在主义：只生活在现在，不要历史或未来的进步，这或许就是他的口号。开始就开始，而不是另择时日开始，或未来再开始，不跟任何人相似；这就是我们所有人的实质。历史和进化，是两种类型的装腔作势，什么都解释不了，因为我们的神秘不是源于未来，而是源于存在。

演练、友谊、行动……总统失去了什么？思想？

总统的剧本是：思想就是激情，因为爱就是存在，是存在的最高点，而思想是存在概念（或问题）的种子。激情是存在的最高点，存在是思想的最高点，由此，思想便可以成为激情。但在他的思想-激情中，总统并不快乐：他缺少一个想象中的永恒小姐的实体，即思想中的真实的化身。

对于一个因这种缺失而羞愧的人来说，艺术有价值吗？总统写着他那本没有世界的小说，目的也许是为了自己的解脱；他在写，但不快乐。

总统，以及所有人，或许都还拥有一份希望，即让永恒小姐向我们的血液中注入现实，这是为了永恒而进行的一次"生命"募集。最可悲的是，即便感受到了总统抛开友谊转向行动这个提议背后的弊端和风险，所有人对他的行动依然兴致勃勃，盼着它能为大家带来快乐；是总统本人让他们看到行动的结果是多么令人失望，而他们自己却认为已经完成得很好、很到位了。

所以现在他把他们召集起来，提议赋予永恒小姐生命，以便小说中至少有一个人，可以从人物的非现实中得救。

第十五章

一首永无止境、一成不变的诗，献给多变的永恒小姐

致永恒小姐：

我伏在你的脚边，在我们找到要对彼此说的第一句话——我的今天因你而开启——之前，你用你亲切的面庞、奕奕的神采俯身望向我。你时而蹙眉时而眉头舒展，透露着你的精神在时而运转时而休憩。你俯身望向我，也望向我的艺术始终在强加给我的严肃思考。最近的几天——今天尤甚——因为你的存在而成为我的"今天"，我希望它对你的神秘——那暗藏于你的存在中，你用纤巧而永恒的脚步走出的优美痕迹中的神秘——进行严肃而丰富的占卜，因为现在你就是主题；如果我是你的艺术家，你就是我最期待找到的东西。

我会把你对我的期望变成自己的期望。最初来到这里时，我心中没有希望，但如今我有了，你在我身上看到的希望比我自己的更好——我不是为了自己而想要它，没有你我也不会拥有它。现在你知

道了，如果你终止了你的信仰，我也只能归于虚无，我的一切都将消亡，包括希望，因为属于我的一切都来源于你的存在。

你身上的变化

  为不朽而心神荡漾，这是爱情带给你的幻想。即便死亡无法避免，即便我们的心跳进入倒计时，你也依然热切地把自己投入匆匆忙忙的生活。你充满灵感的存在试探着一切；你四处呼唤，以便体验到爱的每一种方式，以使爱中的一切全部被唤醒，包括意外坠入的梦境；就像死亡存在一般！就像要去了解每一粒沙子，一粒一粒将其清数……

  我的爱和我的思想都不曾告知我你昨天的模样。

  我命令自己去了解和爱上一个新的你，连同这个我已经了解、已经在爱着的你；昨日的你想成为一个拥有别样美丽的女人，如同黑夜向你展示的那般。

  我仍然不知道如何在你抵达之前等待你：伴随着发生在你身上的美妙变化，你走到了我的前头，即使我急切地跟随，我的爱也无法对你做出预先的揣测。总有一天，我会预知到你在每个早晨，必须成为什么、想要成为什么。

  然而，在你热切的幻想中，会不会偶尔浮现你与被远远抛在身后的我之间的那条鸿沟？我的猜测远远赶不上你的变化，你变换着美的样式，但美的实质从未改变。我看着你的变化，第一次用一种全新的爱来爱你，第一次不忠于过往对你的爱；你用你的善变使我不忠，同时又让我始终爱着在你身上不变的东西。这难道不是一种死亡吗？完满的爱中唯一可能发生的死亡：我在爱你时，忘记了我已经爱过你。

  一份关于爱的神秘，在你闪烁的目光、多变的口吻中显现，而我依然只是那份神秘的一个学徒。我摇摆不定，无法在你所有的魔力和变换中识别你，因为你热衷于不断更新你那永恒的美。

永恒中应有尽有，不再爱你让我感到苦涩，因为你终归是我所爱的；我可以爱上"另一个"你，但你如此多变，使我的记忆无法追赶、无法辨认你。请让我学习，而后猜测。

夜晚是昨日为取悦你而穿的衣服

你的眼睛想要与夜晚的服饰——空中的星光——融为一体，然而那些光亮不是星光，而是你灵魂的意志，它勤于自我装点和变化，热衷于虚构的故事，借此寻找想象的力量，来让美守护你，并对抗世界。那个无意识地包围起一切的宇宙——你假装自己的双眼总能获得完全的满足——的确，你总在不安地想象和呼唤着它们——在你兴奋地存在于其中的地方，让你不被精神以外的力量入侵的，是你警惕而不安的欲望：夜晚，美丽-悲伤：你想存在，你的美丽刺痛了我，我将你等同于不可能的存在，不可能在艺术中获得解释的存在。

你肯定你的精神之光——没有你的许可，白天和黑夜都将失去光明——同时对失去它们毫无畏惧。你平静地折叠着你的目光、你的呼吸，同时对失去它们毫无畏惧；你想成为黑夜，在我眼前隐没进去，消失于四面八方、无边无际的夜……如今，你又从摄人心魄的、谜一般的夜色里，出发去往临近的梦中，出发的起点就在黑夜的胸口，梦境在那里无形地撞击着我们——你聆听我说话，你的呼吸激荡着这段旅程，你带着笃定的心和灼热的幻想，走完了它。

你是如乌檀般深邃的黑夜，光高高照耀在银河顶端，分居两侧的是闪烁的颈窝，壮阔的天穹无限延展着。

你的思想体现在你的性格、服饰和举动上；你是黑夜的雕像，它的步履纤巧而华丽，它的气息贴着我们，洪亮的嗓音和有节奏的呼吸向四面八方传播延伸出去，它渐进的脚步唤醒了我们眼前的空气，远去的步伐则与地平线和所有山峰都融为一体，一股脑涌向黎明。在你身上，漫长夜晚的"声音"化成"语言"，这是我第一次听到它的语言；在你手上，我还了解到一样更奇异的东西：黑夜的触摸。

夜为自己选择它珍贵的、简朴的、精致的、一成不变的服饰，不像白天，白天压迫般耀眼，让人别无选择；你月光一样苍白的脸，在黑色眼睛和头发的映衬下泛着蓝。我们被一阵迫近的声音淹没，此外还有更宽广的杂音，它们来自辽阔、深邃又高耸的乌檀林。夜晚抚摸着我们，我们随之颤抖，一如它遥远的光。

黑夜是活在悲伤的美丽中的生命，但血液里搏动着希望，连同主动的、修饰性的、节俭又崇高的思想，而你就是这样成了既苍白又黑暗的你，从未放弃对不朽的追求；你收获了生命中最高尚和坚定的爱，以及灵魂重生的喜悦，由此，你把美带给了自己，让它守护你的永恒，以及你想体验永恒的心愿。

你是黑夜，有着威严的外表，心中却是蓬勃的生机，宛如一则热情洋溢的虚构故事。

倾斜的白天

我知道那个能在你心中打败我的"苍白者"是谁。他是我走在路上时偶尔遇得到偶尔遇不到的人，他总沿着墙壁和篱笆急切前行。他会把玫瑰花缠绕在篱笆上，在午后阳光中高高升起的无数白色火花中，在每棵树的底部绑一根颜色乌黑的遮阴布条，让农家低矮的围墙脚下延伸出一条狭窄的暗影带；他在墙脚放置一块黑色木板，让它的影子"垂直"于午后烈日下冒火的湖面，即便一天中的日光在不断挪移、倾斜。暗黑的微小污点，色泽耀眼的斑马，白日里玫瑰花丛下隐藏着的秘密，仿佛玫瑰花是从这些秘密中生长出来的，而玫瑰的香味就是这些秘密的眼泪。

还有一个人，也有着艺术和爱情的苍白，那是另一位"苍白者"，他更多情、更艺术。他没有更多的生命，只有我们赋予他的那部分。他是你梦想和相信能在我身上找到的那个人，也是我渴望成为的人：艺术家，也是照看事物影子的人，以使影子免于被白天吞没，使其真实透明地存在于事物中。他是爱一切、讲述一切的人。

他是无形的，午后的阳光能将他穿透；黑夜中他是黑暗的，但他苍白的脸又是清晰的，一如苍白的星月。你想到他时，我也会想到他。

你有漆黑的眼睛和乌黑的头发，它们厌恶光线，一如那些努力躲避被午后小憩吞噬的事物；温柔的事物爱它们的影子，爱这些卑微的情事；艺术家会守护影子，后者不想陷入午后透明力量的深渊中。它们等待着，握紧各自的影子；它们朝黑夜走去，抓着各自的薄纱裙，夜晚告诉它们，它们的影子还在。

你让你此刻的脚步与黑夜交织，面对白天和总统对你的召唤，你把自己隐藏起来；你将你的现在变成夜，转而爱着那炫目的过去。

你爱着黑夜；有时，在你的苍白，你的奕奕神采，你的双眸、叹息、沉默和不在场的回忆中，你就是黑夜。我相信你爱的苍白、回忆中的苍白，但不相信未来死亡将在你身上模拟出的苍白。

你是夜，我在其中看见我的路。

你指引着我，你是引航的夜！

发光的夜，我如此唤你，

因为夜晚的光使你生机勃勃，

白日的光则损伤你，否决你的世界。

你是夜。只出现在我于夜间走过的路上，而你便是那夜。

也只有我，

能在夜的阴影中，

发现你。

我多么希望留住你

我将被打败，但只有一份思想——来自我的思想——能对你的存在以及所有存在的神秘作出完整的回应。总有一天，你会为了它而寻找我，在永恒之路上寻找我。我将告诉你世间为我所独有的那句话，而你将从此永远留在我的身边。我拥有足以解释一切存在的思想，包括你的存在。此刻，我在你的肖像上寻找"你正如何存在"、而非"你的存在如何"的痕迹，因为你只是我们看到和了解到的样子。

亲爱的存在：

没有什么是比你、比我们更重要的了；没有一项人类或世界的劳作，能具备如你这般的气息，它令人松弛，为人带来片刻休憩，也会在你沉睡的记忆突然迸发一阵喃喃自语时，于瞬间消散。连那短促而高贵的笑——我的笑——湿润和颤抖中的哭——那是你对我的倾诉，只为我准备的倾诉,因为只有我懂——也不具备那样的气息。在我抵达之前,或整个"未来"抵达之后,永远不会有另一个人来你的喉咙、你的存在中吮吸它,就像此刻正对你说话的艺术家所做的一样;他已找到你,并将追随你。他不希望你——泉,永恒的孩童,温柔而短促的笑中还挂着原先的泪;有时我能在与你的对话中引出这笑声,它仿佛是一场痛哭的最后一声呜咽,又仿佛是新的一天开启时刚绽放的花冠:眼泪,清晨的眼泪,希望的眼泪,"别再哭泣"的眼泪……

未能实现

你将给我征兆
痛苦的永恒。
我们心怀慈悲地伤害对方
让遗忘之吻
留在记忆中燃烧
再将我们抛在没有爱的土地上。
没有这份未能实现的爱。
只有在那一刻,盈盈泪水中的吻
才将我们的脸庞贴紧,我们的身体才了解
何为最极致的亲近。
我们才将感受到激情带来的
最终且最大的痛苦。
让我们铸造
那致命的征兆
它只关乎痛苦

需以死亡来铸造。
祈求死亡
是为爱的开启，
而非使爱人恐惧。
是黑夜后的白天，
而非白天后的黑夜。

征 服

若不能守候你左右
你应当赠予一个使我
免于爱上你的护身符。

你对我既慈悲又强硬
你亲手铸造了遗忘之吻，
致命之吻、不可能之吻，
它征服了我们的命运。
我们朝向它出发
以它为起点出发，
远离我们距离彼此最近的一刻。
从我们给予彼此的唯一一次爱抚，
从我们相距最近的那一刻出发
迈出没有回头路的第一步
踏上我们被征服的命运。

我们在心神激荡中等待对方

在那里，爱将被战胜。

即便我能够，也不曾解开

你沉睡的爱，唯有待你醒来。

我已然知晓它的样子。

在对未来的热切研习中

我急躁的爱已然知晓：

我们幻想的双手彼此寻找，说着：过来我这里

然后……

哦永恒，请你的唇不要再说：我是过客

你停滞不动，呼吸苍白

轻吐着安静的存在，

向远处投出苍白的一眼、一道休憩中的思绪

悄悄生出片刻兴趣

波澜不惊，也不渴求生命，

你洁白温柔的手

搁在我手上，宛如微风轻拂，

我由此了解你新思绪的步履。

透过你手掌温热的压力，我感受着你灵魂的步伐，

与你共饮你呼吸的空气，

它适才随着你的嗓音颤动了一下，因为你说：

我是过客。

在我视线的疆界，白色手掌之下，

黑色瞳孔正迸发高高的火苗

我看不见也能猜到，这令我满足。

你说的话，和此刻不望向我的沉默都是如此可贵，而等待

又是如此美妙，你确信自己已知晓答案

陷入爱中的我将其寻找，殚精竭虑

只为将广博而永恒的它赠予你。

你沉默着，永恒，那相信爱的嘴唇

纤弱地微笑，你的沉默温柔而明亮

一如你微笑时散发的光，只有我看得见，

我想珍藏。

在我永恒的记忆中将其永久珍藏，

连同我们充盈的爱语。

沉默

你以紧闭的双唇维系着沉默

却以欢喜的注视靠近我，

撩动着我。

我心中那情人的恼怒，对抗着

一切转瞬即逝之物

我所有的思想，则对抗着死亡。

请抛弃你——在爱的安全中——正把玩着的这份沉默

心怀希望却假装无望

你对那个我无从遮掩的答案心知肚明
它是一切关于停止和出发的虚构故事的答案
我们将它称为死亡。

幸运的我紧靠着你，望着你的喉咙
和你鲜活的胸口，窃窃私语般的呼吸是它的访客。
你的气息去而复来，搅动、再消散，
消散于广博的意涵
微启的双唇。
我们共饮的空气，
脉搏的律动
与海洋共鸣的胸口的浮沉。

永恒小姐，我爱过你
却不曾期望被你所爱
而如今，多么令人谦卑！
用举重若轻的奇妙的话语
被生命壮美的创造照亮了般！
你给了我的存在一个开端，一个最真实，
最原初的开端，比诞生更加前所未有
你说："是的，我也爱你。"

是的，此人颤抖着，
幸福地颤抖，仿佛置身美丽的梦
为醒来梦即被剥夺而心痛

然而，现实正守候着梦境
清醒正为它保管着幸福，
我如此地颤抖着
未接受这份赠礼，未能相信，
未能以生命中最私密和确切的欢乐将其接过，
未给予它我的信念，
你此刻的爱，我过去，
曾无数次祈求，
无数次在梦中获得的爱
一醒来即被剥夺。

即便我能够
让今日的真实幸福过一切梦境，
你要再一次对我说，呼唤我，叫醒我；
我缺乏胆量
哪怕是清晨醒来后去拉开窗帘，
为了不让这场梦远去，我将不惜放弃真实。

成为伴侣

"我不是不懂，而是懂得太迟。"
我对你说，声音慌乱，连自己都讶异，驯服而满足，
这是与你的初次相识。
我揣测着你，踏上你的门槛
完成与你的相识。

我知道是你，但无法确定你

地点与时刻的所在。

以及你注视与讲话的姿态。

只有你的灵魂知道那是爱。

灵魂中再无其他

我中再无其他。

我只是来迟了

因为围栏告诉途中的我

从这里起，还有更远的路

一次又一次对我说：

"过去从未有爱，未来亦然。"

确实，围栏上的花朵总在凋谢

最漫长的小憩，最明亮的光线。

我对田野中的栏杆和围墙说：

"我已放弃一切，理应获得爱情。"

我已除了爱情一无所知

任它是神明，还是智慧，

还是世界，还是人类

我除了她

一无所有。

伴侣。

爱的日光下的阴影

我对你的爱中最爱的部分，在于将你视为自存且永恒，在于看脆弱又温顺的你披一身凡俗服饰，并想到终有一天，你的面孔和双手上都将浮现死亡的幻象。

我确信，你将从这个梦中升起。那个念头——你的心日渐失语，我的爱再听不到它发出的声音，你的脉搏再也不会永久反复地跳动，一再说着"我的爱人"——令人痛苦却不剥夺生机，它折磨着我的尘世存在，却不会减弱我的坚定。

你胸口的沉默，和那不曾握紧，却始终在追随着我的双手——我的掌心也在呼唤着你——是悲伤，是全部经验于瞬间集结而成的全然痛苦。我们的一切都成了痛苦，从你的心遗忘了生命赋予它的所有话语开始，它的搏动只为说出这句话："我的爱人！"直到这可怕的沉默来临！

如果你或我必须成为听到这句最终预言的人，如果你或我必须是那个第一次感受到心脏——无论是我的心，还是你的心——沉默的人，愿我们两人中体验到更多痛苦的那个先行启程；不要祈求多听到一次心跳，这片土地上的痛苦已被偿还，生命已被偿还；去追寻新的相遇吧，去寻求与一个人共同醒来，你们将紧紧挨着彼此，就像每一场醒来都是在紧紧挨着梦境。

让我们永远这样说。

有时，在你身旁，
你双眼半睁半闭，将我遗忘。

在你身旁的我被你遗忘
仿佛一个停留在黑夜中的人
照护着一份沉睡的爱情。
但你未曾入睡，而是起身离开；你永远爱着，却并不爱我。

于是我观察着

我们在日夜流转间缝制起的纠缠

迫切地寻求

你对此一无所知，

缔结新的关联，那个不可见的、最强硬的联结。

然而我抓不住它，因为你已经改变。

我将永远恐惧

那段一再归来的你的过去，

这段从我手里剥夺了的你的现在。

人长久！

你眼中如此多疑惑

是为照料一种热切的情感而付出的劳作。

观看，环顾四周观看

你恐惧的一切

想到你渴求的、你最爱的，

竟会伤害你。

由你来发现吧，去发现！

我会望向你的视线所在。

若你找不到，谁能找到？

今天，我会站在你所在的位置。

你是全然之爱，而我了然于心。

第十六章

（今天有比昨天更多的过去。）

　　于是永恒小姐用手指揪起裙子一角的褶皱，递给总统，说："抓住这里，随我去忏悔吧。"

　　每当总统控制不住坏脾气或掩饰不住忧郁时，他都希望被这样对待——像一个被母亲惩罚的孩子。他的坏情绪来源于，在与永恒小姐频繁的交谈中，她总是表现得如此自信（虽然同时也始终充满爱心），无论是在亲近时，还是在爱情发生脱轨、淡化或麻木时，她总是比他更善于正确应对。看到她始终比他更美丽、亲切、敏锐和有活力，他感到不快、被动，同时又陶醉其中。他让自己屈服于那些让他感到快乐的微妙而聪慧的想法："对我来说，让所有的美都被她拥有就够了，我是什么又有什么重要呢？"

　　就这样，他跟着她走。
　　而永恒小姐……

突然，永恒小姐温柔地转过头，朝着读者，你，用一副礼貌而高亢的嗓音说：

——读者你好，我是永恒小姐，一个或许称得上是高贵、美丽、慷慨、思维强健、命途多舛的女人，我的言行举止高傲且威严，仿佛来自一个古老而显赫、高堂广厦、子嗣绵延的家族；有着纯粹而严肃的、未必快乐的过往，敢于冒险；优雅、微微颤抖着，而又充盈且无杂音的笑声，仿佛是从内心最深处响起，其回声甚至足以将死亡的念头从这地球上抹去。

"你读了我在这里说的话、做的事，也许会认为我与总统一起度过的时日十分轻松。希望这几行字能让我的声音和形象浮现在你面前，并且，请允许我要求你再靠近一点：

"告诉我，带上对我的同情告诉我，你能感受到我的呼吸吗？能听到我的声音吗？

"每天我都有更多的过去：活着就是创造过去；既然过去每天都在增长，而这只能发生在活人的身上，那么我一定是活着的，你和我也一定正处于同一条时间的河流中，它在喁喁细语中，一去不回头，而你会发觉，每翻过一页，你就了解了更多一点我的过去。

"但我永远不会知道我是什么；或许我曾经真实存在过，而一位饱受摧残的奇怪艺术家，在其热切又顽强的构想中，将我变成了这些被他亲笔写满文字的纸页上的一个梦。

"如果是这样，那么我也有你所拥有的：发生在我身上的事一定是由小说的因果关系预先决定的。而你所没有的则是一种令人惧怕的痛苦：知道自己为了追求理想而承受与获得的，那些我一无所知却终将降临到我身上的一切，都已经被事先写好，在这些书页中早有预示。我对这一页之外的自己一无所知，对命运将如何处置我的理想一无所知,而让我更加不安、促使我更想反抗的,是想到你将是如何心不在焉地阅读这里的内容,你看不到也想象不到,此时此刻正折磨着我的,正是你于此时此刻进行的阅读,而这或许也将夺去由过去或未来所赋予我的一切美好。"

的确,永恒小姐,你是完美的,一种独特的完美:你的整个存在中只有情感,换言之,哪怕是发生在你身上的最微小的事件,或是你做出的最不起眼的行动及为之承担的后果,都对其自身含有情感判断,例如对其温柔程度、责备或笑声的判断。

这就是为什么,本没有一丝情感的总统在认识那样的她之后,于一瞬间永远地变成了一个孩子。永恒小姐赞美恋人之间的每一次爱抚,也愿意给予和接受所有的爱抚,可是,她至今仍拒绝着他给予她的或向她索求的任何爱抚;她原本能够做到不知疲倦、不加辨别地沉浸在爱抚中,但前提是她正毫不疑惑地爱与被爱着。她受尽折磨,无法接受爱抚,也不能就如何给予爱抚提供建议,而这就是人类所遭受的最严重却又最难以察觉、最特殊又最被低估的不幸。

"爱人"理解永恒小姐的爱。他是爱人,是他最先猜测到或许天才对甜人儿的感情;在反复思考这份爱,以及永恒小姐的爱之后,他认为,尽管或许天才是最爱甜人儿的人,而她也是自己最爱的,但这并不能使甜人儿成为女人中被爱得最深的那个,因为我们不能证明或许天才是世界上拥有最强大的爱的人。可能有另一个女人,她正被拥有最强大的爱的力量的男人全心全意地爱着;也有可能,这另外一个女人正被世界上最多情的男人爱着,但她不是他唯一爱的人,也不是他最爱的人。

相比之下,永恒小姐只想成为最有爱的男人的唯一的爱,她没遇到那样的人，也就没有那样一份灿烂的、最伟大的人类爱情。她就是真实所爱的，即完美。真实已经不再如此渴望实现完美，不再执着于在同类中辨识多元、消灭多元了。她知道她正被存在爱着、被世界爱着，这就是洋溢在她脸上的幸福的缘由；然而她没有一份来自真实个体的完全的爱，她紧闭着的双唇里巨大的悲哀正归因于此：她是最幸福和最不幸的女人。她不被理解。真实仍然是不快乐的，它感觉到了她的痉挛和迷失。最好的爱人依然没有来到他最好的另一半身边；她被爱过，甚至是来自好几位真实恋人的专一的爱，但不曾拥有过最好的爱人的全然的爱。现实无法停下脚步：荒诞的、愚蠢的多元性仍在继续，它没有被废除。

——作者：我到底在为了什么鬼原因而写？读者，你正在做的、我正在做的，难道比睡觉更有益吗？读者可以定义自己为一个手里没有书就睡不着的人，但这是一种很好饶恕的小怪癖。而作者写的却是已经入睡的人，或者其他人都已入睡的故事。

——读者：我在寻找，我在等待。

——作者：等待成为作者吗？

——读者：我拒绝相信"文化人"是这样的：把这世上的一切都说尽，却仍然对一切一无所知。

——作者：读者，有时你在我的书页前只是一份记忆，你并不真的在场：你的脸靠近过来，倒映在纸上，梦想着存在，却并不真的存在。读者困扰着我：你是我的主题，你的存在无法被消除；余下的就只是为把你留在我的书写程序中而寻找的借口。

——读者：谢谢你。

第十七章

（在"小说"中，多一分钟，或少一分钟。）

——甜人儿：你有没有注意到总统有点失落？

——或许天才：他满怀热情地开始了对布宜诺斯艾利斯的征服，那是一场堪称典范的行动，但现在我感觉他的积极性有所减弱。

——或许是他的过往记忆在捣鬼。

——过去真是让人心情沉重啊。

——但很多人都是在靠着过去短暂的幸福活下去的。

——让总统伤心的是过去还是未来？

——我们可以问一下他？他人那么好。

——他会很想守护住他的秘密吗？

——我不这么认为。等到有了合适的时机，我就会设法了解他的心事。

——但让我们也聊一聊我们自己眼下的状况吧。

——或许天才：最亲爱的甜人儿，今天我想到两个新的故事情节；你看我是如何兑现我的承诺，每天给你编一个故事或一段情节的？想一想，几乎所有人的生活都是悲伤且缺乏伟大灵感的；创造出一些五彩斑斓、充斥着奇思妙想的命运故事，让人觉得活着比从没活过好，这是一件值得高兴的事。

——甜人儿：缺乏色彩的人生同样让我难过。活着一定不只是睡觉前的一阵光亮。但我不想消沉，我想和你一起笑。

——我得编一个新情节出来；跟你在一起我真高兴，高兴到想哭。

——没关系，把今天的两份故事都讲给我听吧，哪怕是悲伤的也没关系。

——听你的。我的第一份设想只是一个小说的框架，它叫"完美的第三方或爱情的朋友，或爱情中的友谊第三方"。在我看来，人类最微妙的两种状态是：知道自己的激情被公众所知晓的状态，以及在他人爱情面前，或是已逝友人的友情面前，友谊第三方的状态。我的小说将被命名为《爱情中友谊第三方的透明性》，或是《透明的第三方》，或是《第三方的小说——爱情的透明性》。你觉得怎么样？

——即使没有标题，这部小说也一定会成功的。

——只是当我看着你的时候，我的即兴创作会变得一团糟。

——但你那无论是想象还是笑话或是伟大的想法，都总能让我和你一起度过一段最美好的时光，而我呢，甚至都不知道如何向你展示你为我带来了多少鼓舞和陪伴。但我会记住你的小说；活在别人生命的阴影中是很让人忧郁的。你的另一个故事呢？

——它非常悲惨，也许会让你印象深刻，它叫"每一份恐惧"。同样也只是个草稿，而且故事会有点长，我们把它留到以后再说怎么样？

——现在就讲吧。我会很乐意听，这种当场聆听的快乐将足以持续整个下午。

——里面的人物说:"虽然我快死了,但我必须说……"

——作者(对甜人儿和或许天才):或许天才讲述的事情同样在我身上发生过。(对读者):甜人儿兴致勃勃听或许天才说话的样子,可以让人感觉到,在她心目中或许天才是最优秀、最富创造力的生活经验讲述者。甜人儿已经忘记了,我才是叙述者。此时,她正端着一个托盘,上面放着做马黛茶的材料,准备煮茶给或许天才喝,好让他把发生在他主人公身上的一切都事无巨细地一股脑讲给她听;趁这个时间,读者,我来给你讲我的故事。倾听中的永恒小姐,模样有如神灵,望着仔细聆听中的永恒小姐,会让总统讲不成任何一个故事。那样的情形同样会使我陷入瘫痪,但我会把我的故事写下来送给她,或许正是这个迫使我不得不写出合格的小说。

——或许天才:你有没有听到一声低语?

是生命在试图进来吗?它总是在暗中窥视。

——甜人儿:继续,继续,我正等着听你那个垂死之人的故事。

——垂死的人挪了挪身子,说:"请大家让我留下吧,因为我还有一件关于自己的大秘密没告诉你们。"大家回答道:"好,好,留下吧,留下吧,替代者[1],我们都为你求情。"由此你就知道,在那些日子里,非正常人中的精神病人会被挽留下来,就像今天我们会让亲切可爱的访客在即将退出谈话时多停留一会儿一样。于是,这个病入膏肓的人便豪迈地开了口:"我来告诉你们我为什么一直称自己为替代者。我是作为狄奥尼修斯的替身降临于世并开启人生的。同属于我们这个人种

---

[1] 原文为 Suplido,是小说中的一个人物。——译者注

的不正常的截肢者[1]将美丽又聪明的狄奥尼修斯留了下来,以便于使用精湛的截肢手段——例如用超大型手术刀雕刻手术模型——来折磨他。每个人都知道,我们所尊重的截肢行为是纯粹的截肢,也就是说,它不应该带有仇恨,也不具备仇恨之心所携带的污秽和粗俗。

——请继续,这个故事的叙述者没有权利喘息。

——"好:在遇到我的开膛手[2]之前,我一直活得小心翼翼。而他暂时还不是开膛手,尚未开始履行开膛手的职责,因此它只属于我一个人,我像所有人一样,自然而然地希望他的第一次'行动'(其破坏性决定了它配得上这个名字)在我身上执行。我活在殉道的恐惧中,当……不,我后悔请求延长生命了:我应该承担起最终的后果,应该带着属于我个人的伟大秘密死去……"替代者恳求所有不正常的人一起努力,去寻找一种具有反作用力的死亡,以便于在死亡降临的那一刻,死者可以延长忏悔的时间。垂死之人担负着责任,同时也拥有属于他们的权利,而非正常者们——尽管替代者使他们陷入焦灼的好奇——也并不想强迫他去面对殉道的恐怖。

——或许天才或替代者:如果对一个故事的结局想法不清晰,就不要承诺讲它,你得养成这个习惯,否则就会在你好奇又虔诚的听众心里留下伤口。我不同意让"替代者"把非正常者的最大秘密带进坟墓。

——我承认替代者这个人物有一定缺陷,不过我想,如果他知道你如此感兴趣,他一定会把特级手术刀的秘密透露给你。我打算给你读一读《只有一个鼻孔的人》(一本不可思议的小说)的第一章。

但甜人儿不想这么快忘记替代者,所以或许天才必须想方设法把

---

[1] 截肢者,原文为 Mutilador,是小说中的一个人物。——译者注
[2] 开膛手,原文为 Destripador,是小说中的一个人物。——译者注

她吸引到他平时喜欢思考的一些微妙话题上来：作为同一个世界中两个一模一样的生命而存在（双重人）这种状态；或是另一种存在可能，这种存在依托于认识他的人跟听说过但不认识他的人在通信或交谈时对这个人的提及。但由于甜人儿仍在沉思，他选择了用精神的搔痒来治愈她的精神创伤，于是他给她讲，虽然那艘从布宜诺斯艾利斯驶向里约热内卢的客轮上，没有一个真正的海上遇难者搭载，但管弦乐队的声音比船行驶的噪音还大，足以淹没一百个遇难者发出的喧嚷。而且船长靠一条妙计办成了大事：遇到风向不利，他下令将所有滚烫的饭菜搬上桌，大家向饭菜吹气以使之冷却，船长让船上一千个乘客全部朝同一个方向吹气，这样就有了稳定的风，最终在一天之内到达了港口，不负众望地没有迟到。

——朋友，你的想象和故事情节都相当厉害，只是，它们是写给现实中人物还是小说中人物的故事？

——读者：人物的故事够多了，需要更多写给小说的故事！它已经连续几章毫无动静了。创作一部把一切交给读者来思考的小说太偷懒了！这里没有什么值得深入领悟，一切必须被讲述出来。

——作者：请不要要求我对你隐瞒故事结局，不要让我迎合你的趣味，迎合你喜欢的全能枪手、全知调查员、嫁给百万富翁的裁缝、爱上司机的公主，以及对不公的完满报复；读者，请不要把我庸俗化，作者很容易变得庸俗，在追求真正艺术的道路上，他们需要大家的扶持。你没读我的序言吗？

——对，当缺乏想象力时，最好还是不要去编造情节；你的小说是怎么结束的？

——这就是你想要的！

——其余的读者：出去，只想着知道结局的读者！我们会给你一本"言情小说"。如果还不够，我们中会有人给你讲述情节，或者我们给人物打电话，好让他们把你从好奇心中解救出来。现在就来了一个人物。

——人物：我马上就告诉大家小说中发生的事；隐藏的、无从猜测的结局只会让我发笑，它们就像是一些自称为音乐家的人，所做的一切无非是写出一个不完美的和弦，让公众等待着它们的解决。我的生活……

——读者：对不起，我会改正的，会看看自己能否做到不再关心这部小说是否结束。

——其余的读者：我们都希望如此。

——作者：读者，我感到非常无力。我已经让你舒舒服服地睡过一觉了，现在让我睡一下吧。

——其余的读者：我们不要打扰作者。任何有望具备结局的艺术作品都不是艺术，也没有情感。做个不一样的读者吧，不要放任自己的激情。要让这部小说没有尽头。最具艺术性的时刻就是发生在当下的充分阅读。

——总统（朝着作者说）：这又是谁在低声细语？又是没有永恒小姐出现的一页？作者，永恒小姐为什么不在我们面前现身，为什么不出来活动呢？

第十八章

　　这是一本出色的小册子,其中的人物凑到一起,刻意压低声音交谈,以共同寻求赋予永恒小姐生命的方法。

　　每个人物都试图做一些事情来使永恒小姐获得生命。一个说要在一朵玫瑰上摘取一道月光,另一个说要寻找一只用翅膀在月亮表面画画的燕子。

　　直到他们被一个人物打断:

　　——我们自己都没有生命,怎么能给予别人生命呢?

　　爱人打破了此刻的不安:

　　——你们应该做的不是拥有生命,而是去了解永恒小姐是否想要获得生命。直到现在我们都还没思考过这一点,而只有总统知道答案。让他告诉我们:永恒小姐想要生命吗?

　　总统:你们不要再拿这样的问题来折磨我了。如果这个世上有值得她爱的人,她就会想要获得生命。但这还没有发生。在那之前,她唯一的幸福就是知道自己只是个小说中的角色。

第十九章

这里有什么？疼痛
章节在后背被截断

  他们以美丽和神秘之名征服了布宜诺斯艾利斯，每个人都盼着再次回到庄园，也就是他们的友爱之乡。在"小说"中的旧生活被再度开启。有些人想整修花园，或修复画作，另一些人则已经开始整体性地粉刷庄园里的房屋，以便像以往一样在这里继续生活下去。

  行动已经完成，然而精神却没有得到满足；没有激情的行动对总统而言仍然缺乏意义。当他意识到行动的方方面面都获得了完结时，便为其画下了句点；结局符合对这场行动的预期，但与此同时，总统感到自己的精神并没有任何收获。他没有感到丝毫的满足；他的态度和行为预示着，"小说"中的生活无法再重回过去的气氛。在每个人物身上，都存在着一种这一切必将无法持久、甚至被中止或断送的伤痛感。

  连最后一次赋予永恒小姐生命的尝试，也因总统的摇摆不定而失败了。

幸福面临着消亡的危险。总统心不在焉，让大家再一次担心起他是否要改变主意。最后，他转身离开，选择了去进行形而上学的冥想。

只有爱人，即不存在的绅士，认为这场行动完不完成都一样好，他觉得现在的自己和参与行动之前，乃至知道自己即将参与行动之前，都是一样的快乐。

作者致读者

下面就是所发生的事：应总统召唤，大家在某个时段聚在了一起，听到显然承受着巨大痛苦的总统向大家声明，他即将离开"小说"。他猜测自此没有人愿意继续留下，所以邀请所有人都进行一场彼此的永别。每个人选择一条使自己尽可能远离其余所有人的路，以此保证大家无须再经历另一次告别，即死亡。因死亡而分离的苦涩，他们在这次集体告别中已经体会得如此彻底，以至于他们感觉自己已经提前献出了死别的眼泪。

只有单纯想说话，他是唯一一个试图抗议、试图挽留住大家幸福可能性的人。肯定没有一个人听到他的声音，但他还是喃喃地说（任何一个总统的最后任期都会面临这种必将出现的反抗草案，而这些声音也是对每一位总统的认证）：

——为什么选择痛苦，为什么！我们正在放弃快乐，放弃幸福。

但是"爱人"，这个对死亡寄望最多的人，一脸凝重地穿过人群，向大家辞别：

——请怜悯下这个幸福的人：让我离开吧。

他的"真理"即是死亡。

他们不可能比此刻更加悲惨了。除了"爱人"，所有被总统召集在他的"小说"庄园的人都很不幸，因为他们曾经体验过幸福。谁是最痛苦的，不是永恒小姐吗？

而此刻，视线所及，只剩下人物离去时蜷曲的背影。

最后的消息

甜人儿永远不会放弃——如她亲口所说——两样东西：继续在"小说"中生活；与总统一起过这种生活。她即将出发去寻找他。或许天才喜欢这个计划，他会竭尽全力辅助她。

留在"小说"中的人仍有希望。

幸福，幸福不能被舍弃。任何公民都可以要求任何总统弃位，但"小说"的总统不能弃位。

在送进印刷厂之时，这部小说已经完成背影的散去、无目光接触的道别、理论性的死亡。

第二十章

结　语

　　一切命运都是一阵下行的风，与从烟囱里疯狂上涌的呛人烟雾迎头相撞之后，仓皇而逃，于瞬息间急速盘旋向高空。

　　然而还是存在着完美的智识与爱，清澈而温暖的心，如海水般灵动、通透、生机勃勃；它有着澄明的灵魂，情感永远在其中搏动——这些都属于那些伟大的女性，也属于"爱人"。

　　对于一个充盈而澄明的灵魂来说，逆境也可以是完美的。为了全然的爱，永恒小姐承受了过多的悲伤，绝望的她让自己成了虔诚的奴隶、受挫之爱的奴隶。她本不该是这副样子。

　　不要爱总统，要恨他；对于"智识"而言，"热情"是它最糟糕的际遇。只属于智识的东西，不应该对"心跳"感到好奇；那是可耻的。

　　一切都结束了，但没有一个人收获了满足。

　　终。

试图愈合一道
意识上的伤口

INTENTO DE SEDACIÓN DE UNA HERIDA QUE
SE TIENE EN CUENTA

在这几页里，读者激动地要求人物复活、情节继续，因为他们已经爱上了这部小说。（我的书就像永恒小姐打结的发辫，温柔地将读者卷入其中，而他们不知道自己是在哪里、被哪一页征服的。）

在一部令人心碎的小说的大结局里，任何欣赏它的读者都会渴望作者能够复活一个或多个人物——小说式的复活，即让他们继续做人，而不是小说式的存在，即把人物变成真人。由于不继续讲述情节他们就不能继续作为人物，作者只能通过关注人物后续的行踪和接连遭受的磨难来满足读者。

我猜读者最希望继续看到的人物是甜人儿，最希望看到的情节是她在"小说"中继续生活的样子。永恒小姐的悲伤，顶着过于宏大的光环，以至于读者没有勇气继续阅读她，也完全不愿意进一步了解这种崇高且无望的命运。另一方面，由于读者和作者一样聪明，他们可以想见，如果我把小说写下去，继续讲述关于永恒小姐的故事，继续描写"小说"中令人艳羡的生活，或许天才会很快听到风声，尾随着甜人儿再次出现。即使他不提醒我，我也不会让他与甜人儿分开的。读者会在心里打赌，如果甜人儿和或许天才得以在"小说"相伴而行，不仅会有精彩绝伦的故事和对话——跟或许天才听来的那些故事同样精彩——而且两个人物会专注地沉浸在巨大的幸福中；与此同时，读者也将体会到一种狡黠的乐趣：看一个原本专门致力于描写绝对不幸的作者，不得不转而刻画起坚若磐石的幸福。读者会狡猾地把一份"牢不可破的幸福"交到我的手上；在悲观直觉的统领下，我一再试图把这份幸福打破，却只是徒劳无功，而读者每次看到都要笑出声。如果他想亲自来写，我举双手赞成，因为我承担不起描写幸福的责任，要知道，在艺术中没有任何幸福是不朽的，而眼泪、啜泣和悲惨的"唉，我真可怜！"则足以被阅读几个世纪。况且我还得忙着创造至少十二个场景，让我的人物在其中向生活进军。

"小说"庄园中幸福的居民们被分散到那么远的地方，再也无法重温那种纯真的生活，这难道不是很可悲吗，读者？

关于那里的生活，即便我只提供了很少的细节，它若隐若现的样子一定已经足以让你们羡慕；而且没有人会来强行驱逐，除非出现突发状况，必须把永恒小姐从羞辱中解救出来，或者是在总统忍不住对甜人儿出言不逊时，把甜人儿解救出来。

要终止这段生活，我身为作者比任何人都更痛心，因为没有谁比我对人与人之间的温情共处更能感同身受。

没有一个作者亲眼见过，读者在看到"终"这个字时会陷入怎样的痛苦。没有人在意那一刻。我在这里是第一次谈及这件事，因为我知道，当读者爱上一本书时，他总是想违背"终"字的含义，而继续多读两页。书的终结，反而让它们留在了读者心中。

最后，我有一个优点，需要得到你的认可（虽然优点这种东西总是让我一想到就窒息）——请认可我这本在多处有头无尾的小说，是赋予你最大程度信任的一本书：它相信你的幻想，尊重你补完和替换结局的需要及能力。除了我自己，不曾有任何一个小说家相信过我的幻想。完整的小说是最容易写的，也是过去唯一的一种小说，完全由作者一人掌控。这种小说把我们都当成孩子，用勺子给我们喂食。这是令人恼怒的怠慢，也代表了一种极差的品味，但是无妨，就请在我的小说中尽情获得补偿吧！

分阶段的小说

LA NOVELA EN ESTADOS

不久后将占主导地位的艺术流派，当它以最大程度的严苛统治艺术时，将只会容忍分阶段进行的小说。它类似一种没有音乐的、分阶段展开的旋律，不同阶段对应着不同章节；没有音乐的旋律用来喻指在阅读小说过程中每个时刻的感受。

散文将像音乐一样，是对一系列状态的呈现，而无须冗长的动机解说，这可以通过思索贝多芬的奏鸣曲来理解。在一刻钟的时间里，我们听到了阅读四百多页小说的全部感受，而后者需要我们付出很多很多个小时。

在下面的内容中，我会拿自己的小说来举一个简明扼要的例子。

这就是你刚刚读完的这部小说分成阶段之后的样子。

——那里面（"小说"庄园）是一群各具特色、彼此同情的人。

——他们没有过去：面对一种他们在梦里以为不可能获得——而

非有望获得——的幸福，为了更真实地感受它，他们切断了自己的过去，将其化为梦境；联结、家庭、回忆，统统遗忘。

——在痛苦的强行遗忘之后，他们尽可能感受着快乐，然而没有激情。把他们召集在一起的总统，为他们加油打气。

——他们享受着共处的快乐，但每天一成不变；这是不安全感的第一个征兆。

——为了躲过他们脆弱幸福的第一次动荡，每个人——总统、永恒小姐、甜人儿、或许天才、爱人、父亲、单纯、安达卢西亚人——都遵照总统的指示，疯狂地投入欢乐的演习中，这是一项罕见的旨在积极应对变化的训练。

——一切都结束了，人物通过了考验，他们返回了梦幻般的庄园生活。

——但快乐并没有完全回归。总统的担忧令他们不安，不知是否要出发去投入"行动"。

"行动"的计划是要平息布宜诺斯艾利斯城中欢乐派和浪漫派之间旷日持久的争斗；布宜诺斯艾利斯在这场争斗中几被摧毁，而总统认为这种盲目的不和是因"丑陋"被长久允许统治这个城市所引起的。

总统和他的朋友们在交战中占了上风，将城市里的"丑陋"一举消灭。

——通过行动，他们达成了目的，而这些都仰赖于小说的奇迹。

——大家从一场胜利中获得了可悲的满足。他们错误地认为，这足以让"小说"居民重新获得幸福。

总统所赋予大家的友谊是真实的，即便它微妙到难以感知。但他自己身上一些不快乐的影子，使得他需要这场"行动"。可是后来，他再次感到不满，于是提议所有人各奔东西，奔向虚拟的死亡。

他的不快乐，来源于他无法成为他本应成为的人，即一个纯粹的思想者，而他为永恒小姐带来的不幸，正是在于他终于成了他本应成为的人。这使他不得不转而做一个作家，和一个悲伤的读者。

——那些弯曲的、为死亡之外的原因而痛苦着的背影，渐渐消失在远处。

给想写这部小说的人
（最后一篇序言。）

AL QUE QUIERA ESCRIBIR ESTA NOVELA

我把它当作一本开放的书，也许它将是文学史上第一本"开放的书"，意思是，作者一边希望它能写得更好，或至少写得合格，一边确信它破碎的结构对读者而言可怕又愚蠢；然而他也相信，这部作品是具备丰富含义的，他愿意授权给未来任何一个有动力且具备高强度工作条件的作家，允许他们对这本书进行自由的修改和编辑，提不提我的作品和名字都不重要。这不会是一份简单的工作。大可对原作进行删减、修正、改变，但如果可能的话，还是请保留下一些什么。

我想趁这个机会重申，要想真正实践我的小说理论，只能创作这样一种小说，它讲的是好几个人聚在一起阅读另一部小说，由此，这些读者-人物——这本小说的人物，那本小说的读者——不断地作为真实存在的人而非小说人物出现，与他们阅读的那本小说中的形象或画面形成反差。

这种由身为阅读者的人物和被阅读的人物——后者只有被阅读这一种可能——共同构成的故事情节，只要得到系统的发展，就能满足上述学说的统一要求。那将是一种双重小说的情节。

我这样说是为了承认，我的小说与上述人物公式相差甚远。它也是一项"开放的工程"。

这就是我的完美小说理论；这部小说是对该理论的一次不完美的实践，以及一个为实践它而制订的完美计划。

请注意，有很大的可能，双重情节会依附在一起，这时，你就能够通过某种意识炼金术赋予人物-读者以生命，连被阅读人物的虚无存在也变得富有生气；对其不存在状态的坦率强调，使他更像一个人物，并从中得到净化，从而进一步避免与现实混杂的可能。与此同时，身为阅读者的人物会与真实的读者产生共振；由于与阅读者角色的相像，读者自己的存在变得不再清晰。

这种蓄意造成的混淆，可能成为意识中一片具有解放性力量的富饶领域。这是真正的艺术劳动，这种充满可能性的弄虚作假，作用在意识上，会打破存在的概念及其确定性；对同样荒谬和空洞的"不存在"这个概念的普遍惧怕，也来源于对存在确定性的假设。除了"不存在"，什么也没有；人物的不存在，幻觉的不存在，想象的不存在。幻想者永远无法理解"不存在"。